Sw native
GUN GALE ONLI
5th SQUAD JAM

NE XIII

Sword Art Online Alternative

GUN GALE ONLINE

XIII

5th SQUAD JAM

時雨沢恵一
KEIICHI SIGSAWA

イラスト／黒星紅白
KOUHAKU KUROBOSHI

原案・監修／川原 礫
REKI KAWAHARA

Sword Art Online Alternative

GUN GALE ONLINE

Playback of 5th SQUAD JAM

前巻までのあらすじ

中巻までのあらすじ

SJ5が、盛り上がってきましたよ。

スポンサー作家のワガママによるクソ——、大変に独創的かつ個性的なルールのおかげで、

そして誰《だれ》かが懸《か》けやがった1億クレジット（100万円）の賞金のおかげで、みんなに執拗《しつよう》に狙《ねら》われたり、大爆風《だいばくふう》で家の中まで吹《ふ》っ飛《と》ばされたりと、初《しょ》っ端《ぱな》から散々な目に遭《あ》っている我らがレンですが、強く生きています。レンは強い子です。

濃霧《のうむ》の中でせっかく見つけた安住の地を、フカ次郎《じろう》のプラズマ・グレネードで吹《ふ》っ飛《と》ばされましたが、どうにか逃《に》げ切《き》り、フカ次郎《じろう》との合流には成功しました。

ビービーは逃《に》がしました。フカ次郎《じろう》は怒《おこ》りました。お前のせいじゃ。

レンとフカ次郎《じろう》、そしてボスの三人は一団となって、逃《に》げも隠《かく》れもしますが、スキャンで位置が分かるレンは、賞金目当ての多くの敵に囲まれてしまいます。ピンチ続行中。

そんな中、今回の特殊《とくしゅ》ルールの〝武装スイッチ〟が、さっそく活躍《かつやく》することに。

レンとフカ次郎《じろう》がお互《たが》いに持っていた武装は、防弾板《ぼうだんばん》で作ったゴミ箱そっくりの物体——、塵箱偽装型二人乗人力走行装甲車両《ごみばこぎそうがたふたりのりじんりきそうこうそうこうしゃりょう》と2振《ふ》りの光剣でした。

その名も《PM号》に乗って、動力役のフカ次郎《じろう》と光剣ぶった切り役のレンは、実況《じっきょう》プレイヤー・セインを含《ふく》む敵グループを霧《きり》の中で鏖殺《おうさつ》、つまりは皆殺《みなごろ》しの血祭りに上げたのでした。お疲《つか》れ様《さま》でした。

その頃《ころ》——、

フィールドのあちこちで、仲間達それぞれが、それぞれの方法で生き残っていました。

シャーリーは、マップ南東の雪原フィールドをスキーで走り回り、濃霧《のうむ》の中のマンハントを遠慮容赦《えんりょようしゃ》なく楽しみました。そして、爆弾野郎《ばくだんやろう》の一人と、偶然《ぐうぜん》出会います。出会ってしまいます。

中央北部の荒野《こうや》フィールドでスタートしたクラレンスは、SHINCのターニャと合流、その後は二人で仲良く全力ランニング、つまりは逃《に》げ回《まわ》りました。そして、フィールド中央の城にたどり着くと、ある重要なメッセージを、誰《だれ》よりも早く見つけます。

ピトフーイは、中央南部の森の中で引《ひ》き籠《こ》もりを選び、ノンビリしました。人生、のんびりがいいのです。

一番大変だったのはエムでした。

北東の都市部スタートの彼は、追われて逃《に》げてきたSHINCのアンナを助けます。彼女こそ、SHINCのリーダーマーク保持者。つまり位置がバレる人。

強チーム狙《ねら》いの爆弾野郎《ばくだんやろう》にやられる恐《おそ》れがあったので、エムは彼女と共に、見つけた車で全力逃避行《とうひこう》ドライブと洒落込《しゃれこ》みます。

しかし、やっぱり見つかって大爆発《だいばくはつ》に巻き込まれました。雪原フィールドまで吹《ふ》っ飛《と》ばされた上に、たくさんの敵に囲まれます。大ピンチ。必死に戦う二人を最終的に救ったのは、そこで暴れ回っていたシャーリーでした。

別《わか》れ際《ぎわ》、シャーリーはエムとアンナを撃《う》たず、二人もシャーリーを撃《う》ちませんでした。

そして森林フィールドで、エムとアンナは、レン達、そしてピトフーイと合流するのです。

試合開始から1時間が経過。霧《きり》は一斉《いっせい》に晴れて、SJ5のフィールドが、その全容を現します。SJ5のフィールドは、なんと標高3000メートルのテーブルマウンテンの頂上だったのです。

そしてそれは、端《はし》からどんどん崩《くず》れていきます。最後に残るのは、中央にある直径3キロメートルの丸いお城だけという、実にフザけ——、ユニークな特殊《とくしゅ》ルール。レン達は城を目指しました。森なんかにいる場合じゃない。

城まで残り僅《わず》かの、見晴らしのいい場所を突破《とっぱ》できずにいたレン達を、爆弾《ばくだん》チームの一人の自爆《じばく》による土埃《つちぼこり》が救います。

実は彼、シャーリーと結託《けったく》していたのでした。自爆《じばく》は、レンと同じように困っていたシャーリーを無事に城に行かせるための陽動。

しかし、シャーリーは動きませんでした。何かを信じて。

レン達が城に張り付いたとき、そして土埃《つちぼこり》が晴れたとき、シャーリーの執念《しゅうねん》の一撃《いちげき》が800メートルという距離《きょり》を移動し、ピトフーイの頭を捕《と》らえました。

炸裂弾《さくれつだん》の直撃《ちょくげき》で、ピトフーイ、死亡。

彼女の無残な死を目撃《もくげき》して、レンの衝撃《しょうげき》はいかばかりか。

まあ、それまでのSJで、何度もピトフーイをエグい方法で屠《ほふ》っているのはレンなんですけどね。そこはそれ、それはそれ。

こうしてSJ5は終盤《しゅうばん》を迎《むか》えます。

城の中での過酷《かこく》な戦いに、レン達は臨《のぞ》むのでした。

死んで待機所に飛ばされたピトフーイは、そこでさらなる特殊《とくしゅ》ルールを見ました。

『死んだからって、まだやれること、ありますよね？　そう、化けて出ることです。だからみなさん――、〝幽霊《ゴースト》〟になってみませんか？』

SECT.10

第十章　城の罠。あるいはビービーの

第十章　「城の罠《わな》。あるいはビービーの」

SJ5開始から、1時間と6分が経過しました。14時06分。

「分かった。城へ入るぞ！」

エムが言いましたが、チームメイト達は、すぐには動きませんでした。

その光景を、見ていたからです。目を奪《うば》われていたからです。

マップ中央の巨大《きょだい》な城の城門で――、

【Dead】のタグを付けた、うつ伏《ぶ》せで転がっているピトフーイの死体の脇《わき》で――、
レンは、フカ次郎《じろう》は、ボスは、アンナは、つまりエム以外の生き残った面々は、見ました。

見ていました。

大地が崩《くず》れていくのを。

自分達の足元で、震度《しんど》2くらいの揺《ゆ》れがずっと続いているのですが、その原因は視界に収まっています。ついさっきまで自分達が隠《かく》れていた500メートルほど先にある森が、消えているからです。

ここからは見えませんが、森の木々の下の大地がボロボロと、経年劣化《けいねんれっか》したスポンジのよう

に崩《くず》れているのでしょう。その上に生える巨木《きょぼく》が次々に下に落ちていき、消えていき、森の緑がどんどん薄《うす》くなっていきます。

やがて——、

「グッバイ・フォレスト……」

フカ次郎《じろう》が渋《しぶ》く切なく悲しげに呟《つぶや》くのと同時に、あれほど緑を誇《ほこ》っていた森が完全に視界から消えました。なぜ英語なのかは知りませんし、聞いてもしょうがないのでレンは訊《たず》ねません。

そして、先ほど必死になって通《とお》り抜《ぬ》けた、５００メートル幅《はば》の荒野《こうや》の消失が始まりました。

「グッバイ・アース……」

フカ次郎《じろう》がなぜ呟《つぶや》くのか、レンは訊《たず》ねません。ただその景色を、珍《めずら》しい物として見ていました。

レン達が豪快《ごうかい》な景色に目を奪《うば》われている間——、

エムはただ一人、油断していませんでした。

反対側、すなわち城の内部を睨《にら》み、楯《たて》を二枚組み合わせた個人防楯《こじんぼうじゅん》の後ろで、ＭＧ５マシンガンを腰《こし》で構えています。

城壁《じょうへき》の幅《はば》が50メートルあるので、城門もまたそれくらいの長さがあり、高さ10メートル、幅《はば》20メートルの、真っ暗なトンネルになっています。

出口側は明るく光っています。今のところ、人は見えませんでした。

大地の崩壊《ほうかい》を見ていたレンが、

「あ、右側……」

それに気付きました。

レン達から見て右側で、荒野《こうや》を走っているプレイヤーが一人見えました。

深緑色のつなぎを着た、見知らぬ男です。必死になって足を動かし、全力疾走《ぜんりょくしっそう》です。こっちを、つまり城を目指しています。

位置関係からして、フィールドの南西の端《はし》でずっと隠《かく》れていたのでしょう。そして、今になって慌《あわ》てて、生き残るために懸命《けんめい》に走っているのです。

彼と城の間には、まだ300メートル以上の距離《きょり》があって、それは残酷《ざんこく》な数字でした。

「ああ、アレは間に合わんな」

ボスが、淡々《たんたん》と言いました。

優勝するためには彼は敵となるので、ここで消えてくれるのは単純に考えて嬉《うれ》しいのですが

——、

がんばれ！

レンも今さっき、この空間を必死になって駆《か》け抜《ぬ》けてきた身です。彼の応援《おうえん》もしたくなると

いうもの。

「ああ、アレは間に合わん」

フカ次郎《じろう》もまた、言葉に感情を載《の》せずに漏《も》らして、

「間に合わなければ、空を飛べばいいのに」

「うん、ALOと違《ちが》うから」

レンは一応ツッコんでおきました。フカ次郎《じろう》の古巣のALOでは、みんな妖精《ようせい》なので、空を自由に飛びたいな、と思ったら、ハイ、翼《つばさ》が使えるのです。

次の瞬間《しゅんかん》、走る男の周囲にポツポツと土煙《つちけむり》が生まれました。そして頭の上の方から小さく聞こえてくる乾《かわ》いた発砲音《はっぽうおん》。

必死になって生き残ろうとしている男を、安全な場所にいる誰《だれ》かが、サクッと殺そうとしているのです。

「むごいな。しかし、仕方ない」

ボスが渋《しぶ》く言いました。

ひょっとしたらそれは、自爆《じばく》チームの援護《えんご》？　がなければ自分達の姿でした。

男が必死に走る数秒が過ぎて、

「あっ！　ああ……」

レンの目の前で、そして200メートルほど遠くで、男がパタンと、音もなく倒《たお》れました。

小さく赤い被弾《ひだん》エフェクトが見えましたので、どこかを撃《う》たれたようです。

そして、【Ｄｅａｄ】のタグは見えないまま、つまりまだ生きている状態で、地面の崩壊《ほうかい》に巻き込まれて消えていきました。

大地崩壊《だいちほうかい》の音と、切ない空気が流れる城門で、

「可哀想《かわいそう》にのう……」

フカ次郎爺《じろうじい》さんが悲しそうに言うのです。

「もそっと近《ちこ》うに来ていれば……、ワシがグレネードで仕留めてやったのに……」


この名も知らぬ彼の悲壮《ひそう》な運命を見届けていたので、レン達は気付きませんでした。

みんなの視界の左側、ギリギリ見えるか見えないかといったところで、シャーリーが似たように、決死のランニングをしていたことなど。

「クソやばいクソやばい！　よくないよくないよくない！」

汚《きたな》い言葉とそうでない言葉を叫《さけ》びながら、シャーリーは全力疾走《ぜんりょくしっそう》。

長い愛銃《あいじゅう》、Ｒ９３タクティカル２を両手で体の前に保持し、必死に、これ以上は無理な速さで両足を動かします。

この期《ご》に及《およ》んでも城壁《じょうへき》の上から撃《う》ってくる連中から、体の何箇所かを撃《う》たれました。どれ

も骨を外れていたのが幸いして、シャーリーの走る勢いは止まりません。痛がっている余裕《よゆう》などないのです。

走って走って撃《う》たれて走ってまた撃《う》たれてそして走って――、
ヒットポイント五割減で、シャーリーは、どうにか城門近くまで着きました。

しかし、崩壊《ほうかい》は彼女のすぐ側《そば》まで迫《せま》っていました。

振《ふ》り向《む》かなくても、シャーリーには音で分かります。今地面から離《はな》した足が次に着地する場所があるか、その保証はありません。

「氷の次は――、土か！　クソッタレが！」

SJ4で割れる氷に殺されそうになったシャーリーが、思いっきり悪態をつきました。

巨大《きょだい》な城門直前までたどり着いて、でも崩壊《ほうかい》の音は、もうポンと肩《かた》を叩《たた》いてきそうなほど近《ちか》くにあって、

「とりゃあああああああっ！」

最後はリアルではなかなか出すことのない気合いと共に、シャーリーは、城壁《じょうへき》に開いた空間にむけて跳躍《ちょうやく》しました。今までのVR世界人生最大のジャンプです。

空中を進み、シャーリーは城門に飛び込みました。

R93タクティカル2を抱《だ》きしめながら、ゴロゴロと城門内の地面を転がって、さらに転がって、最後はトンネルの側壁《そくへき》に頭をゴツンとぶつけて止まりました。

「イテ」

そして急いで立ち上がると――、

「うわっ！」

それは驚《おどろ》き声《ごえ》も漏《も》れるというもの。自分の目の前3メートルほど先、すなわち城門の向こうは、そのまま何もない空間に、つまりは空になっていました。

後ろが見えなかったシャーリー本人は知り得ませんでしたが、最後は本当に本当にギリギリでした。

ジャンプした足が大地を蹴《け》って離《はな》れた次の刹那《せつな》には――、その場所にもう大地はなかったのです。

ジャンプせずに走《はし》り抜《ぬ》けるつもりだったら、次の足が空を切っていたことでしょう。アクション映画のラストシーンのような危《あや》うさで、シャーリーは命を繋《つな》ぎました。

「よっしゃ！」

シャーリーは振《ふ》り返《かえ》ると、城壁《じょうへき》の厚みの分だけ長い、すなわち50メートルのトンネルを駆《か》け出《だ》しました。

そして、ブーツの底が甲高《かんだか》い音を響《ひび》かせてしまったので、

「おっと……」

ゆっくりコソコソ、歩いて行くことにしました。

ついでに、半分まで減ったヒットポイントを回復させるため、救急治療《きゅうきゅうちりょう》キットも打ちました。残り二つ。

シャーリーのヒットポイントが緩《ゆる》やかな回復を始めたとき、数百メートル離《はな》れた場所で、

「絶景かな！　絶景かな！」

フカ次郎《じろう》は、自分のブーツの爪先《つまさき》の先30センチから始まる、３０００メートル下の大地を見下ろして、はしゃいでいました。

「高すぎて怖《こわ》い……」

レンも正直な感想を漏《も》らし、城門の脇《わき》から後ずさりします。

大地の崩壊《ほうかい》は、城壁《じょうへき》外側ギリギリで止まりました。

城壁《じょうへき》の外側面と大地が、面一《つらいち》――、つまり一直線です。まさに絶壁《ぜっぺき》。今、この直径3キロメートルの円は、同じ高さの筒《つつ》の頂上になっているのです。

「まったく、コレだから普段《ふだん》から飛ばない連中は」

たじろぐレンにフカ次郎《じろう》がドヤ顔で言って、

「ALOに行かない理由がまた増えた」

レンは真顔で返しました。一番の理由は、アバターが超《ちょう》高身長美女だからです。

「翼《つばさ》を授《さず》かって飛ぶ感覚、一度キメると気持ちいいぜ？」

「違法《いほう》な薬みたいな言い方ヤメレ」

完全に別のことを考えている二人の後ろで、一人警戒《けいかい》していなかったエムが、

「そろそろ行くぞ」

全員に──、主に自チームのチビッコ二人に言いました。まったく引率《いんそつ》は大変です。

「あ、了解《りょうかい》」

レンがくるりと身をひるがえし、その際、ピトフーイの死体がチラリと視界に入りました。

天国──、じゃなかった、地獄《じごく》──、でもない、待機室で見ていてね、ピトさん。わたし、がんばる。

レンは心の中で呟《つぶや》きつつ、サプレッサーまでピンクに染めたＰ９０を、ぎゅっと握《にぎ》りしめるのでした。

「ボクもがんばるよ！」

そうだね、ピーちゃん。

「おっと……、サプレッサーがついていたから……、コソコソ声で言うよ……。がんばるよー……」

うふふ。ピーちゃんは、まったく賢《かしこ》いなあ。

「おらレン！　置いてくぞ！　どこ見てんだ？　ヤバイ目してるぞ？」

「ボス。他のメンバーからの返事は?」

長さ50メートルの暗いトンネルを、その中央を慎重《しんちょう》に進みながら、エムが、後ろに続くボスに、振《ふ》り向《む》かずに訊《たず》ねました。

ちなみにトンネル中央を行くのは、壁際《かべぎわ》だと跳弾《ちょうだん》が怖《こわ》いからです。

撃《う》たれた銃弾《じゅうだん》が壁《かべ》に当たった場合、跳弾《ちょうだん》は得てして、より壁《かべ》に沿った角度で飛び去ると言われています。つまり、入射角より反射角の方が小さくなりやすい、ということです。

ならば壁際《かべぎわ》より中央の方が——、ちょっとでも安全かもね、という、言わば生活の知恵《ちえ》。もとい、戦場の知恵《ちえ》。

こうした、平和な日本での日常生活に不必要な知識を、GGOプレイヤーは、何度か壁際《かべぎわ》を歩いて撃《う》たれて、身を以《もっ》て学んでいきます。

お下《さ》げ髪《がみ》のゴリラは、あるいはボスは、ヴィントレスを肩《かた》にしっかり構えながら、トンネルの先、明るい場所に何か見えたらぶっ放す準備万端《じゅんびばんたん》で、エムの左後を進んでいます。

「まだ、返事はない」

分厚い唇《くちびる》が、小さく動きました。

SHINCの面々のうち、ボスとアンナはここにいます。ターニャは城の高い場所にいます。

残りはソフィーとローザ――、二人のPKMマシンガン使いと、凄腕狙撃手《すごうでそげきしゅ》のトーマです。

死んでいない事は仲間のステータス表示で分かりますが、通信アイテムで呼びかけても、先ほどから返事が一言もありません。

その可能性は一つだけ。

三人は、喋る余裕《しゃべるよゆう》が一切《いっさい》ない場所にいるのです。つまり、すぐ側《そば》に敵がいて、ちょっとでも喋《しゃべ》ると見つかる場所に。

要するにピンチです。

アンナもそれを分かっているので、険しい顔でボスの後ろを続きます。

アンナはトレードマークのサングラスを外していませんが、この薄暗闇《うすくらやみ》でも、周囲は見えています。ゲーム内のサングラスなんて、飾《かざ》りのようなものですから。見え方は自動調整されます。

最後尾《さいこうび》に、MGL―140を両手で軽々と持つフカ次郎《じろう》。そして、レン。

レンは殿《しんがり》なので、後ろ向きに歩きながら警戒《けいかい》します。

後ろ向きに歩くレンの視界の先、明るく見える城門入口の向こうで、大地は完全に崩《くず》れてしまいましたが――、

だからといって、外から入ってこられない訳ではありません。城壁《じょうへき》を、ロープで降下すればいいからです。

あるいは、城壁外側《じょうへきがいそく》が割とゴツゴツしていましたから、それを手がかり足がかりにして、フリークライミングよろしく降りてくることも可能です。

普通《ふつう》に考えれば、ゲーム中とはいえ、落ちたら即死《そくし》のそんなことはしないでしょう。

しかし、1億クレジット欲しさに、ヴァーチャル命を賭《か》けてトライしてしまう人は、いるかもしれません。

その奇特《きとく》な誰《だれ》かに自分を含《ふく》めてチームを皆殺《みなごろ》しにされてはたまらないので、レンは後方警戒《こうほうけいかい》を怠《おこた》りませんでした。

味方がそんなことをすることはないので、何かチラリとでも動くものが見えたら撃《う》つ気持ちで、目を光らせます。

先ほどの14時00分に、弾薬《だんやく》・エネルギーがフル回復しています。

ピーちゃんもヴォーちゃんも、残弾《ざんだん》は満タンです。これまで人を散々ぶった斬《ぎ》って消耗《しょうもう》した、第二武装の光剣2振《ふ》りのエネルギーも戻《もど》っているはず。

レンは、そして他のメンバーも、特殊《とくしゅ》ルールのオススメに従って、残弾《ざんだん》をパーセンテージ表示に、あるいは弾数《たまかず》と並行《へいこう》表示《ひょうじ》にしてあります。もちろん今は、レンは一発も撃《う》ってないので100パーセント。

この先はもう自動回復はなく、ファイナルアタックを決めた場合、つまり誰《だれ》かを仕留めた場合、自分の残弾《ざんだん》パーセンテージに応じて復活します。

特殊《とくしゅ》ルールに書いてあったのは――、残りが0から10パーセントまでで、50パーセントまで復活。

同じように、以後30までで60。50までで70。79までで80。80以上の場合は復活なし、となっています。

撃《う》ちまくって弾《たま》がなくなると心細いので、ラストアタックは積極的に決めていきたいところですが、そんなことを気にしながら戦える状況《じょうきょう》になるかは、まだ分かりません。

また、味方とラストアタックを奪《うば》い合《あ》っても意味がなく、かと言って一番弾数《たまかず》が少ない人に譲《ゆず》ることも、ぶっちゃけそんな余裕《よゆう》はないんじゃないかと、レンは思うのです。

トンネル内をジワジワと進むエムが、残り30メートルほどになって、

「クラレンス。今、喋《しゃべ》れる安全な場所にいるか？」

通信アイテムで訊《たず》ねました。

「ほほ、ほいほーい」

クラレンスから、気の抜《ぬ》けた返事が戻《もど》ってきました。問題なく喋《しゃべ》れるようです。

「城内の様子が、上から分かるか？　俺達は今、ほぼ真南から、城門をくぐり抜《ぬ》けようとしている」

「分かるよー。あんれれれ？　さっき言ってなかったっけー？」

言ってません。

エム達も、訊《たず》ねていません。

大地《だいち》崩壊前《ほうかいまえ》に城にたどり着かねばならず、とてもそれどころではなかったからです。

「頼《たの》む。分かることを、全て喋《しゃべ》ってくれ」

「おっけー。えっとねえ、この城はまん丸くて、マップによると3キロメートルの直径があるのさ。デカいよ。まるで町だよ。分厚い城壁《じょうへき》の内側は、幅《はば》が数百メートルはあるドーナッツで、通路が折れ曲がったり行き止まりだったりして、とってもごちゃごちゃしてる。まるでアレだね、遊園地の迷路《めいろ》だね。ちょっとどうやったら中央に来られるか、分からない。さっき俺とターニャは、霧《きり》の中で適当に彷徨《さまよ》っていたら、いつの間にか到着《とうちゃく》しちゃったけどね。それとも、さっきはそこまで複雑な迷路《めいろ》が形成されていなかったのかもしれないね」

クラレンスの報告を聞きながら、レン達は脳内に城の絵を描《えが》いていきます。

彼女曰《いわ》く、このトンネルを抜《ぬ》けた先には、遊園地があるようです。わあい、それは楽しそうだ。入場料は要《い》らないのかな？

なお、時間によっては迷路《めいろ》が形成されていなかったというのは、ゲーム中は良くあること。気にしたり怒《おこ》ったりしたら負けです。

「で、円の中央にお城の中心？　本丸？　とにかくドカンとデカいのがあるよ。これが、直径2キロメートルくらい。地面からの高さが、数十メートル？　ケーキの土台みたいな感じ。中央部の屋上は、丸い広場になってる。真っ平らな場所に、いろんな障害物が置いてあって、ちゃんと戦える場所になってる。ほら、《コロシアム風演習フィールド》みたいな」

演習フィールドとは、GGO初心者が、いえ別に初心者じゃなくても、射撃練習《しゃげきれんしゅう》やその他トレーニングに使う場所の総称《そうしょう》です。

その中でも《コロシアム風演習フィールド》は一番シンプルなタイプです。

地面は、コンクリートのような極《きわ》めて平坦《へいたん》なもの。材質はGGOの常で謎《なぞ》です。まったく凹《おう》凸《とつ》はありません。色は灰色。

そして適度に身を隠《かく》せるように、板を切り取って置いたバリケード、あるいは障害物が点在しています。

バリケードは、目立つようにクリーム色をしています。大きさは縦横が2メートルくらい。単純な長方形のこともあれば、銃《じゅう》を構えやすいように、角が段になっている場合もあります。厚みは10センチもなく、材質はやっぱり謎《なぞ》。

このバリケード、実はダメージ設定があります。つまり、〝射《う》てば壊《こわ》れる〟ということ。

10発くらいは拳銃弾《けんじゅうだん》を、5発くらいはライフル弾《だん》を防ぎますが、それ以上は耐久値《たいきゅうち》を超《こ》えるようで突然壊《とつぜんこわ》れてしまい、アイテムごと消失します。

被弾《ひだん》と共に削《けず》れていき壊《こわ》れる、のではなく、一定のダメージを受けると瞬時《しゅんじ》に消えるのがミソであり、怖《こわ》いところ。

そしてこれらのバリケードは、消滅後《しょうめつご》10秒で再び実体化して元《もと》に戻ります。戻《もど》らないと、戦闘《せんとう》が続くにつれて、ただの焼け野原になってしまいますから。

つまりは〝一箇所《いっかしょ》にずっと隠《かく》れていられる場所ではない〟という設定で、プレイヤーがそこに延々と陣取《じんど》れないようになっています。動き回る訓練の場所。

GGOプレイヤーは、これらの演習フィールドで好きなだけ銃《じゅう》を撃《う》って、上手《うま》くなって、そして巣立っていくのです。

「その広場と城壁《じょうへき》とは、細くて長い橋で繋《つな》がってるよ。何本かあるよ。でも間違《まちが》いなくあちこちから撃《う》たれるから、もう使わない方がいいね。素直《すなお》に迷路《めいろ》を突破《とっぱ》して下から来た方がいいよ。俺がいるのは、土台の円周の上にある、丸い塔《とう》の上でね、先端《せんたん》が尖《とが》ってて、その下に鐘楼《しょうろう》みたいなスペースがあるけど鐘《かね》はないよ。下からの高さ、100メートルくらいあるかなあ。景色メッチャいいよ。えっと、等間隔《とうかんかく》で八本ある塔《とう》の、一番北側の一本だよ。以上報告終わり！」

縁《ふち》の高い大きなお皿の上にクリスマスケーキを載《の》せて、八本のローソクを立てたような絵が、レンの脳内に生まれました。美味《おい》しそうでした。

「分かったありがとう。安全な場所なら、そこにずっといて欲しい。下にいる敵が見えたら撃《う》っていい」

エムが言い終えた瞬間《しゅんかん》——、
ばきん、という音と、

「きゃっ！」

クラレンスの悲鳴が混じって聞こえました。

撃《う》たれた？

そう思ったレンの視界の左上で、満タンだったクラレンスのヒットポイントが、バーゲージが、ぐーんと減っていきます。

ゲージの緑色がすぐに黄色に変わりました。恐《おそ》ろしい速度です。

まさか、即死《そくし》……？　ピトさんみたいに！

レンが最悪の事態を脳内で想定する中で、真っ赤になったバーの減少が止まりました。

なんと残り一割です。あわや致命傷《ちめいしょう》の場所を撃《う》たれたに違《ちが》いありません。

「痛い！　狙撃《そげき》された！　ぐっそー！」

塔《とう》で身を乗り出していたクラレンスを、見事に射貫《いぬ》いた誰《だれ》かがいたようです。

でも、どこから？

「あー、ダメだこれ！　隣《となり》の塔《とう》に、誰《だれ》か登ってきたよ！　ちょっとでも顔出すと、ひゃっ！

——撃《う》たれるよー！」

クラレンスの泣き言の合間に、びしん！　ばしん！　ばきん！　と着弾《ちゃくだん》の激しい音が短い間隔《かんかく》で混じりました。かなり派手に狙撃《そげき》されているようです。連射速度からして、間違《まちが》いなく、相手は自動式の狙撃銃《そげきじゅうつか》使いです。

レンが脳内で計算します。

直径2キロの城の本体――、ケーキの土台の円周長は約6．3キロ。八本の塔《とう》ということは、割ると7が立って8がきて、およそ780メートル間隔《かんかく》。

実際には円弧《えんこ》ではなく直線最短距離《ちょくせんさいたんきょり》で狙《ねら》えるので、射撃距離《しゃげききょり》はもうちょっと短く――、あもう、暗算は無理。誰《だれ》か計算してください。765メートルくらいのはず。

確かに、腕《うで》のいいスナイパーなら狙《ねら》える距離《きょり》です。決して簡単ではない狙撃《そげき》ですが、一発目から当ててくるとは。

「ありがとう。身を隠《かく》して回復に努めてくれ」

エムが言いました。

上から逐一《ちくいち》情報がもらえると、これ以上ないほど助かるのですが、隣《となり》の塔《とう》のスナイパーをなんとかしない限り、これ以上クラレンスとターニャに顔を出してもらうのは酷《こく》というものでしょう。

ちなみに二人の愛銃《あいじゅう》、AR―57とビゾンでは、どんなに頑張《がんば》っても、その距離《きょり》を狙《ねら》って撃《う》ち返《かえ》せません。

弾《たま》が届くだけなら届くので、銃口《じゅうこう》に角度を付けてばらまく方法はありますが――、命中など期待出来ない上に、その撃《う》っているところを狙《ねら》い撃《う》たれてお終《しま》いでしょう。

銃《じゅう》の有効射程というのは残酷《ざんこく》な数字でして、より遠くを撃《う》てる銃《じゅう》には、よほどの事がない限りは勝てないのです。

「そうさせてもらうよー！　塔《とう》の螺旋階段《らせんかいだん》を登ってきたヤツだけは、上から撃《う》ったりグレネード落としたりできるから！　伏《ふ》せてさえいれば、ここで延々、それこそゲームの終わりまで陣《じん》取《ど》っていられると思う！　だからチーム全滅《ぜんめつ》はないぜ！　でも、寂《さび》しいから、みんな早く来てねー！」

「我々もその中央の広場を目指すが、まずはＳＨＩＮＣの他のメンバーを見つけて合流するのが先だ」

「なら、チームメイトのシャーリーも頼《たの》むよー！　俺の第二武装、せっかく練習したショットガンを使いたいよー！　せっかく大枚叩《たいまいはた》いて買った一丁、１発くらいは誰《だれ》かの顔面に向けて撃《う》ちたいんだよー！」

そんな清々《すがすが》しいほど自分勝手なクラレンスの願いに、

「分かったなんとかする」

そう答えるエムは優《やさ》しい男です。

「ところで、知っての通り、ピトがさっきやられたが――」

「うんうん」

「狙撃《そげき》で一発だ。与《あた》えたダメージ量からして、やったのはたぶんシャーリーだ」

「うっひょ！　やるじゃん！　やったじゃん！　シャーリー、頑張《がんば》ったなあ！」

「ああ、頑張《がんば》ったたな」

「くっそー、そのスポッターやりたかったなあ！」

今彼等は、仲間が仲間を屠《ほふ》った話をどこか楽しそうにしていますが——、このチームでは良くある事です。気にしないでください。


「仕留め損《そこ》なったか……」

このとき、クラレンスとターニャのいる隣《となり》の塔《とう》に、同じように突端下《とったんした》の小さなスペースに陣《じん》取《ど》っていたのは、チームＭＭＴＭの一人、ラックスでした。

いつものユニフォーム——、いくつかの緑を直線基調に色分けしたスウェーデン軍迷彩《めいさい》に身を包み、肩《かた》にはナイフを咥《くわ》えたドクロのチームエンブレム。顔には彼のトレードマークのサングラス。

尖塔《せんとう》の最上部のスペースで、四角を囲む石の柱の陰《かげ》で、彼は三脚《さんきゃく》に載《の》せた長い狙撃銃《そげきじゅう》を構えていました。

狙撃銃《そげきじゅう》の名は、Ｆ＆Ｄディフェンス社製《ＦＤ３３８》。

ＡＲライフル——、つまりＭ１６とか、より大口径のＡＲ—２５とか、米国で一番有名な銃《じゅう》があります。

パテントが切れたそのデザインを使い、いろいろな銃《じゅう》がいろいろな会社から出ていますが、FD338もそのうちの一つ。

特徴《とくちょう》として、装塡《そうてん》ハンドルの位置が左側面です。他のARシリーズのように、銃後方上部《じゅうこうほうじょうぶ》ではありません。銃口先端《じゅうこうせんたん》には、大きなマズルブレーキが付いています。これは、発射ガスを斜《なな》め後《うし》ろに吹《ふ》き出《だ》し、反動を減らすパーツ。

先ほどの高速連射でお分かりの通り、引き金を引く度《たび》にセミオートで撃《う》てる、自動式狙撃銃《じどうしきそげきじゅう》です。

口径は、名前に表れていますが、《.338ラプアマグナム》。

対人狙撃銃《たいじんそげきじゅう》が使う弾《たま》としては最大クラスの、最大有効射程1500メートルほどを誇《ほこ》る、大変に強力、そして高精度の弾薬《だんやく》です。

長距離対人狙撃用《ちょうきょりたいじんそげきよう》の弾《たま》なので、基本的には、高精度が期待できるボルト・アクション式のライフルで使われます。

なので、この弾《たま》がセミオートで撃《う》てるライフルは、リアルワールドでもGGOでも、それほどたくさんはありません。諸説ありますが、市販品《しはんひん》では、この銃《じゅう》が世界初とされています。

新型で、GGO内ではとても高価なFD338自動式狙撃銃《じどうしきそげきじゅう》を、チーム一のガンマニアのラックスは大枚叩《たいまいはた》いて購入《こうにゅう》し、SJ5に持ち出してきました。

これはちょっとチームメイトには言えませんが、彼は貯金から、リアルマネーを、相当注《つ》ぎ込《こ》みました。その額を聞いたら、ドン引きされること間違《まちが》いなし。

これまでチームMMTMの中で、一番銃《じゅう》を取《と》り替《か》えているのがラックスです。

SJ1とSJ2では、ケンタと同じく、ドイツH&K社製《G36K》アサルト・ライフルを使っていました。5．56ミリ口径。

SJ3では、チームにスナイパーがいないことを不利と感じ、ジョブチェンジを図《はか》りました。同じくH&K社の《MSG90》という、7．62ミリ口径自動式《じどうしき》狙撃銃《そげきじゅう》にスイッチ。

SJ3終盤《しゅうばん》の豪華《ごうか》客船《きゃくせん》攻防戦《こうぼうせん》では、裏切り者チームに入ったリーダーを狙撃《そげき》で牽制《けんせい》し続けるなど、かなり活躍《かつやく》しました。おかげでラックスは溺《おぼ》れ死《し》んでしまいましたが。

しかしSJ4では——、空港でのレン達との戦いにおいて、彼はトライクの高速走行から転倒《てんとう》。そこで交通事故死しただけではなく、滑走路《かっそうろ》に叩《たた》き付《つ》けられたMSG90も折れてボロボロになり、全損、廃銃《はいじゅう》の憂《う》き目《め》に遭《あ》ってしまいました。なんてこった。高かったのに。

先日のファイブ・オーディールズでは、仕方がないのでガンコレクションの中から、自衛隊《ちょう》の新型小銃《しんがたしょうじゅう》《20式小銃《しょうじゅう》》を持ち出してきましたが、この銃《じゅう》の口径は5．56ミリ。長距離狙撃《きょりそげき》には向かないので、今回またも、新調することになりました。

そのラックス、床《ゆか》に胡座《あぐら》で座り、その高さに調整した三脚《さんきゃく》に、FD338を載《の》せて構え続けていました。

銃《じゅう》に取り付けたスコープの倍率を上げて、隣《となり》の尖塔《せんとう》を覗《のぞ》きます。

スタート地点が城に近い雪原だったラックスは、ゲーム開始直後に城を見つけられた、ラッキーな男でした。

しかしアンラッキーなことに、彼は直接城門に入ってしまったのです。壁《かべ》に明朝体《みんちょうたい》で出た、あの重要な注意書きを読むことができなかったのです。

ほとんどまだ誰《だれ》もいない城の中を、霧深《きりぶか》い町中を彷徨《さまよ》い、なんとか城中央に到着《とうちゃく》。その中の階段を登り、中央広場にたどり着き、そこにあった遮蔽物《しゃへいぶつ》の陰《かげ》に隠《かく》れていました。

とはいえ当然ですが何も見えず、近くに敵も来ず、霧《きり》の中で退屈《たいくつ》な時間を過ごしていました。あまりにも暇《ひま》なので、昼寝《ひるね》でもしてしまおうかとすら思いました。

そして、待ちに待った時間が来て、霧《きり》が晴れて――、

すぐ近くに見えたのは、そそりたつ尖塔《せんとう》の数々。こんなのが建っていたんですね。

彼はスナイパーですので、あれに登れば有利になれるのは一瞬《いっしゅん》で分かります。全力ダッシュでそこに飛び込み、螺旋階段《らせんかいだん》を駆《か》け上《のぼ》りました。

一番上で三脚《さんきゃく》と銃《じゅう》をセッティングして、撃《う》てる敵を捜《さが》しまくりました。

そして、すぐ隣《となり》の尖塔《せんとう》に憎《にく》きＬＰＦＭとＳＨＩＮＣの面々がいたのは再びの幸運。

しかし、油断しまくっていた、堂々と身を乗り出して双眼鏡《そうがんきょう》を覗《のぞ》いていたＬＰＦＭの宝塚《たからづか》キャラを、最初の一撃《いちげき》で完全に屠《ほふ》れなかったのは、再びのアンラッキーでした。

どうやら彼の撃《う》った弾丸《だんがん》は、クラレンスに直撃《ちょくげき》したのではないようです。僅《わず》かに狙《ねら》いが逸《そ》れて尖塔《せんとう》の石の柱に当たり、跳《は》ね返《かえ》り、それからクラレンスを穿《うが》ったようです。

さっきまで油断だらけだった彼女は、もう頭を出してくれません。もう一人、迷彩服《めいさいふく》からしてSHINCの白髪《しらが》もいたハズですが、こちらも狙《ねら》えません。

当てたのに仕留め切れなかったのが実に悔《くや》しいですが、今は報告しないといけません。

通信アイテムで、彼は喋《しゃべ》ります。

「リーダー、城中央、北北西の尖塔《せんとう》に陣取《じんど》った。いつでも狙撃支援《そげきしえん》可能。隣《となり》の塔《とう》にLPFMの宝塚《たからづか》とSHINCの白髪《しらが》がいる。仕留め損《そこ》なった。でも、頭は抑《おさ》えていられる」

「よくやった、ラックス」

デヴィッドの落ち着いた声が、耳に戻《もど》ってきました。

そして、こんな追加情報も。

「みんなも聞いてくれ。俺達はZEMALと共闘《きょうとう》する。ZEMALのメンバーを見かけても撃《う》たず、支援《しえん》をしろ。それともう一つ。レンとその相棒を撃《う》てることがあっても、なるべくなら撃《う》つな。ピンクのチビ達を、どうしても手ずから仕留めたい御方《おかた》がいるので協力する。その人がレンを仕留めた場合、1億は山分けの約束がついている」

一瞬驚《いっしゅんおどろ》いて、サングラスの下の目を丸くしたラックスですが、続いて口元をニヤリと歪《ゆが》ませました。

「了解《りょうかい》！　面白《おもしろ》くなってきた。ところでリーダー、今ドコ？」


エム達の進むトンネルは、残り15メートル。

明るい出口に、敵の影《かげ》はありません。外は明るすぎて、どうなっているか見えません。

時間は14時09分。

「エム、次のスキャンはどうなると思う？」

ボスの問いに、

「分からない」

聞かれた大男は正直に答えました。分からない事は、格好付けずに分からないと言う。それがエムという男の誠実さです。

フィールドが城だけになった今、サテライト・スキャンは今まで通りに行われるのか、それとも別ルールなのか。

SJ3の時、浮《う》かび上《あ》がった豪華《ごうか》客船《きゃくせん》の中では、スキャンは働きませんでした。そのかわり、サテライト・スキャン端末《たんまつ》には船内マップの詳細《しょうさい》が表示され、5分おきに生存キャラクターの位置の自動表示となりました。

エムが進みながら、背後の仲間達に声で指示を出します。

「町に入ったら、常に俺が先頭に立つ。狭《せま》い通路なら楯《たて》とマシンガンの効果は高い。サポートにボスとアンナ。特に上を、城壁《じょうへき》や中央からの狙撃《そげき》を警戒《けいかい》してくれ。フカは、必要に応じて砲撃《ほうげき》。しかし狭《せま》い場所で、水平撃《すいへいう》ちは避《さ》けてくれ。レンは同じく殿《しんがり》だ。余裕《よゆう》があれば端末画面《たんまつがめん》を見てくれ。この先、有効な作戦はない。とにかく中央を目指し移動し、見かけた敵は全て屠《ほふ》る。ボスは、チームメイト達からの情報があればすぐに教えてくれ」

全員が、短く肯定《こうてい》の意を返しました。

レンは守られる一方ですが、この場合は仕方がありません。

よっしゃ、やったるか。

レンが心の中で呟《つぶや》いたとき、トンネルの出口――、すなわち城の中の町の入口と、14時10分がほぼ同時に近づいてきました。

残り2メートルで、エムが左腕《ひだりうで》の楯《たて》を構え直し、右腕《みぎうで》だけでMG5を保持しながら、

「行くぞ。まずは俺だけが町に飛び出る」

そう言いました。

エムが、トンネル出口ギリギリからコッソリと町を窺《うかが》うではなく、そこへと勢いよく飛び出る理由は――、

もし誰《だれ》かが待ち構えていて撃《う》ってくるとしたら、素直《すなお》に撃《う》たれて囮《おとり》になるためです。楯《たて》があるので、誰《だれ》よりも即死《そくし》はしにくいでしょう。

これがもし、トンネル出口で顔だけ出して周囲を窺《うかが》っているところを撃《う》たれたら、入り込んだ銃弾《じゅうだん》が中にいるみんなに当たるかもしれません。それは避《さ》けねばなりません。

言わば、一人で攻撃《こうげき》を引き受ける腹積もり。

「せっ！」

エムの大きな足が、バトルに臨《のぞ》む気合いと共に地面を蹴《け》ったそのとき、14時10分。

さっきまで聞こえてなかったソフィーからの慌《あわ》てた声が、ボスの耳に届くのです。

「ボスっ！　もしまだ町に入っていなかったら、絶対に入らないでっ！」

14時10分になるのと、
駆《か》け出《だ》したエムの足がトンネルから一歩外に出るのと、

「なに？　――エム、待て！　入るな！」

ボスが叫《さけ》ぶのが同時でした。

間に合いませんでした。

いろいろなことが、同時に起こりました。

持っていたスキャン端末《たんまつ》がブルブルと震《ふる》えて、見ていたレンの目に、画面に現れた文字が映りました。

『SJ5特殊《とくしゅ》ルール。14時10分追加情報。

城の中では、サテライト・スキャンは働きません。

そのかわり、城壁内部《じょうへきないぶ》の町中50メートル以内にいるキャラクターの名前と直線距離《ちょくせんきょり》は、より近い場所から順次、カーソルとして視界に出す設定になっています（邪魔《じゃま》な場合、空中タップで視界から消すこともできます）』

エムの視界に、茶色の石で造られた城内の様子が見えました。通路幅《つうろはば》が2メートルから3メートルしかない、裏路地のような狭《せま》い町中です。左右には、平屋の家がびっしり建ち並んでいるので、通路は壁《かべ》で挟《はさ》まれています。入れる場所が見えないので、家は、単に迷路《めいろ》を構成するためだけのアイテムなのでしょう。

その茶色い壁《かべ》の向こうに、

【KEES　41m】

【BOB　46m】

【YAMATYANN　49m】

という三つのカーソルが、距離《きょり》の近い順に、連続で出たのです。その都度、脳内に〝ぴん〟

と可愛《かわい》い音が鳴りました。ご親切に、気付かせてくれる音です。

「クソッ！」

エムが悪態をつくと同時に、今出てきたばかりのトンネルへと、バックステップで戻《もど》りました。

時既《ときすで》に遅《おそ》し、でしたが。

飛び出したエムの背中を見ていたアンナの視界に、小さな緑のカーソルと、

【Ｍ　5ｍ】

そんな文字が出ました。

アンナより3メートル後ろにいたフカ次郎《じろう》の視界には、

【Ｍ　8ｍ】

という文字が出ました。

それらの文字とカーソルは、トンネルの内側の壁《かべ》と重なっていました。

つまりこのカーソルと名前と距離《きより》は、途中《とちゅう》に壁《かべ》があろうが家があろうが出てしまい、位置は常にバレ続けるということになります。

「エムがいた！　カーソルが一瞬《いっしゅん》だけ出たぞ！　見えたか？」

「ああ！　南側、24メートルだった！　エムがいるってことは……、実は出場しているピンクのチビもいる可能性、あるよな？」

「ああ！　倒《たお》しに行こう！　優勝より1億だぜ！」

エムが位置を知った三人が——、
すなわち登録名、KEESとBOBとYAMATYANNが、そんな言葉を交《か》わしました。


「やられたな……」

トンネル内に戻《もど》ってきたエムが、苦々しく言いました。

「すまない……。あと数秒早ければ……」

ボスが責任を感じて言いましたが、ボスのせいではありません。強《し》いて言うのなら、タイミングが最悪だっただけです。

「ソフィー、ローザ、トーマ——、無事だな」

ボスが問いかけました。ヒットポイントが残っているのは分かりますが、それ以外のいろいろを含《ふく》めての問い。

ソフィーが答えます。

「無事だけど、トンネルの中。さっきまで——、いろいろ大変だった！」

「無事なら何よりだ。我々は南側の城門だ」

「ああ、私らは北側！　およそ正反対！」

3キロメートル離《はな》れた、一番遠いところということになります。

「北側か……」

ボスの呟《つぶや》きに、エムが応えます。

「なんとしても生き残る。お前達も、健闘《けんとう》を祈《いの》ると伝えてくれ」

「了解《りょうかい》！」


城壁《じょうへき》の反対側、北側の城門トンネル内に——、
SHINCの残り三人、ソフィー、ローザ、トーマがいました。

背が低く横に広い、ドワーフみたいな体格のソフィー。

背が高く、赤い短髪《たんぱつ》のそばかす顔の、肝《きも》っ玉母《たま》さん的雰囲気《ふんいき》のローザ。

長身細身で黒い髪《かみ》、緑のニットキャップを被《かぶ》ったトーマ。

ソフィーとローザは、SHINCの火力の要《かなめ》、マシンガナーです。愛用の機関銃《きかんじゅう》は、共にソ

ビエト・ロシア製ＰＫＭ。

ＳＪ２以降、ソフィーは、対戦車ライフル《デグチャレフＰＴＲＤ１９４１》を運んでいました。

ちなみに〝対戦車ライフル〟と言っても、ＳＪ中に戦車は撃《う》ちません。

大口径対物ライフル、すなわち〝すんごく強い狙撃銃《そげきじゅう》〟としての運用です。射手は、チーム一のスナイパーであるトーマ。

可搬重量《かはんじゅうりょう》が大きなソフィーでも、さすがに両方は運べないとマシンガンを手放していたのですが――、

今回は、スペシャルルールに助けられました。これによって、ソフィーは愛銃《あいじゅう》のＰＫＭを普通《ふつう》に持ち運び、使えるのです。

ソフィーの第二武装として、トーマがＰＴＲＤ１９４１とその弾薬《だんやく》を、ストレージに入れて運んでいます。使うべき時が来たらスイッチで実体化、すぐさまトーマに手渡《てわた》しするという算段。

通常の武装スイッチとは違《ちが》ったやり方ですが、別に禁止されていません。問題なし。

ソフィーが運ぶ第二武装は、前回のクエスト、ファイブ・オーディールズから使い始めたグレネード・ランチャーの《ＧＭ―９４》。

グレランのくせにポンプアクション式で、最大４連発というヘンテコウェポン。

こちらもスイッチを終えたらトーマの手元に現れるので、ソフィーに手渡《てわた》すという寸法です。

ここまで、あるいは、これまで——、

三人は、概《おおむ》ね快調に、つまりダメージも少なく、SJ5をプレイしてきました。

スタートポイントは、ソフィーはフィールドマップ北西の山岳地帯《さんがくちたい》、トーマはやや下の高速道路の上でした。

二人はすぐさま隠《かく》れる場所を見つけ、誰《だれ》にも見つかることなく、1時間を無事にやり過ごしてきたのです。

ローザは、マップ南東の四分の一を占《し》める雪原フィールド、その北限に近い位置からスタートでした。

雪の上は遮蔽物《しゃへいぶつ》がないので、待機するにはよろしくありません。ローザはすぐに、ボンヤリと見えていた都市部に移動しました。

霧《きり》の中の大きなビルの中で、かすかな音も立てずにずっと隠《かく》れていましたが——、

そのおかげで、13時40分過ぎの、アンナとエムを狙《ねら》った自爆《じばく》チームの大爆発《だいばくはつ》に、あわや巻き込まれるところでした。

爆風《ばくふう》が隠《かく》れていたビルにも襲《おそ》いかかり、ガラスは元々割れていたので、室内のありとあらゆる物が吹《ふ》っ飛《と》ばされました。ついでに自分も部屋から、掃《は》き出《だ》された埃《ほこり》のように放り出されま

した。ゴロンと転がりました。目が回りました。

そのかわり、その直後に起きたビルの倒壊《とうかい》には巻き込まれずに済みました。結果論ですが、食らったダメージも少しだけ。

もうちょっと部屋の中央にいたら、室外に吹《ふ》き飛《と》ばされることもなく、潰《つぶ》されて死んでいたでしょう。ラッキーでした。

ローザは、駆《か》け抜《ぬ》けていったアンナとの合流は諦《あきら》め、さらに西側へ移動しました。

荒野《こうや》フィールドに退避《たいひ》して、霧《きり》に霞《かす》む大きな岩の陰《かげ》に、じっと隠《かく》れていました。


そして迎《むか》えた14時と、聞こえたターニャからの警告。

全員が返事を出す余裕《よゆう》もなく、全力で城に向かいました。

一番遠かったトーマが間に合ったのは、走り出してすぐ、高速道路上で見つけた車のおかげです。

霧《きり》の中に、マニュアルミッションの四輪駆動車《よんりんくどうしゃ》が――、トヨタの《ランドクルーザー40》が一台、置いてあったのです。

このご時世、MT車を運転できる人は、リアルでもGGOでも、あまりいません。

発売されている新車の半分近くがEVやPHVになっている今、MT車を見つける方が難しいくらいです。

トーマは、ランドクルーザーを猛《もう》スピードで走らせて、城へとたどり着いていました。

故郷でMT車の乗り方を教えてくれた父親には、どこまでも感謝です。GGOでばかり役立っています。

途中《とちゅう》で、自分の足でドスドスと走っていたソフィーを見つけて乗せて、さらに城壁《じょうへき》の近くでローザにも会えたのは、ただの偶然《ぐうぜん》でしかありませんでした。

特にローザは、そのとき後ろにいた敵に――、もう絶対に間に合わないヤツに、〝死なば諸《もろ》共《とも》〟とでも思われたか、猛烈《もうれつ》に撃《う》たれていました。

助手席からのソフィーのPKMの連射がなければ、そこでローザは死んでいたことでしょう。

三人は崩《くず》れる大地に追われるように、ランドクルーザーごと一つの城門へと飛び込みました。

そのまま内部へと走り、町中に入って――、しまいました。

そして後悔《こうかい》するのです。

町に入ってすぐ、それ以上は進めなくなったランドクルーザーから降りた瞬間《しゅんかん》、目の前に出たカーソルと、名前と距離《きょり》。

当然自分達の位置もバレバレです。すぐさま、偶然《ぐうぜん》近くに、壁一枚向《かべいちまい》こうにいた二人のプレイヤーから、激しい銃撃《じゅうげき》を食らいました。

今度はとことん不運だったとしか言いようがありません。三人は慌《あわ》てて踵《きびす》を返《かえ》して、城門へと逆戻《ぎゃくもど》り。

50メートルのトンネルの中で迎《むか》え撃《う》とうとしましたが、そこへグレネードが撃《う》ち込《こ》まれれば、たまったものではありません。

爆風《ばくふう》で吹っ飛《と》ばされ破片《はへん》を浴びて、それぞれヒットポイントを半分くらい失いながら、一度外に出て別の城門へ入り直そうと思ったときには——、大地はもう崩《くず》れきっていました。

逃《に》げる場所は、もうありません。

グレネードの煙《けむり》が充満《じゅうまん》する中で、ここまでかと、ローザとソフィーの二人は、死を覚悟《かくご》しました。

しかし、

「諦《あきら》めちゃだめ！　私達には、できることがある！」

トーマが言葉と共に装備を一括解除《いっかつかいじょ》したことで、何をするか、二人は理解しました。

「いねえ……」

赤茶迷彩《あかちゃめいさい》を着てAC—556Fを持った男と、米軍のウッドランド迷彩《めいさい》を着て、《M16A1》に《M203》グレネード・ランチャーを付けた愛銃《あいじゅう》を構える男が、城門ギリギリで下を覗《のぞ》いていました。

今までGGOで、そしてどんなVRゲームでも見たこともない、高さ3000メートルの断《だん》崖絶壁《がいぜっぺき》です。高すぎて意味が分かりません。飛行機から見た景色のようです。

少し前のこと。

追《お》い詰《つ》めたはずのアマゾネス三人が煙《けむり》で見えなくて、二人はトンネル内にありったけの銃《じゅう》弾《だん》をぶち込みました。正直やり過ぎなくらいに。

グレネード弾《だん》も、3発くらい撃《う》ち込《こ》みました。正直やり過ぎです。

当然彼等も、トンネルからの苛《か》烈《れつ》な撃《う》ち返《かえ》しや、三人の決死の突撃《とつげき》を覚悟《かくご》していましたが、ありませんでした。

そして、煙《けむり》が晴れてから50メートルのトンネルを進んだ二人ですが、その中には誰《だれ》もいなくて、そして死体もなくて、

「これは、落ちたな……」

「落ちたな。悪く思うなよ。成仏《じょうぶつ》してくれ」

二人は結論づけると、絶壁《ぜっぺき》の縁《ふち》で、踵《きびす》を返《かえ》しました。

その城門外側の上に、つまりは城壁《じょうへき》に、三人がへばり付いていたことなど気付かずに。

リアルでは新体操部の女子高生であるＳＨＩＮＣの面々は――、
リアルでもヴァーチャルでも、身体能力の高さにおいては、ほとんどのプレイヤーに負けま

せん。

ソフィー達三人は、身につけた装備を全て一括解除《いっかつかいじょ》、ブーツも靴下《くつした》もストレージにしまい、迷彩《めいさい》の戦闘服《せんとうふく》だけの姿に変身してから——、

かすかな出っ張りを足がかり手がかりにして城壁《じょうへき》を登っていたのです。

かなりギリギリの行動でした。

三人は何度か落ちそうになりましたし、敵の二人がもし一瞬《いっしゅん》でも上を見たら、動くこともできずに的になっていたでしょう。その時は、ソフィーが二人めがけて落ちていき、巻き込んでやろうと思っていましたが。

そして、女三人は賭《か》けに勝ちました。見事に、男二人をやり過ごしました。

男達が去ると同時に降りてきて、音もなくトンネルに戻《もど》ると——、

素足《すあし》で、そして無音で追いかけたソフィーとローザが、トンネルを出た場所で、油断していた二人の男の首を、後ろから無言で絞《し》めました。

「むがむご！」

「ぐがああ！」

慌《あわ》てた二人は銃《じゅう》を乱射しましたが、周囲やトンネル内を騒《さわ》がせて、すぐに弾切《たまぎ》れになっただけでした。

がっちり首に食い込んだ二人の太い腕《うで》が、ズルズルと男を引きずっていきました。城の外へ向

けて。

そこに何があるか、男達はさっき見たばかりです。

そうです。何もないのです。

「おい、ちょっ——、まさか、待て！　いや、待ってください！　プリーズ！」

赤茶迷彩男《あかちゃめいさいおとこ》が懇願《こんがん》して、

「なあに、そんなに遠慮《えんりょ》するなよ」

ソフィーは容赦《ようしゃ》なく引きずり続けました。

「うへ？　ヤメロ！　ほら！　おねーさん、でっかいおっぱい当たってるぞ！　なあ！」

米軍ウッドランド迷彩男《めいさいおとこ》が叫《さけ》んでも、

「なあに、減るもんじゃねえだろう？」

ローザは意に介《かい》しませんでした。豊満な肉体から、男を離《はな》しません。

「くそう！　おっぱい当たってるのに！　全然嬉《うれ》しくねえ！」

「そうかい。残念だったなボウズ」

「うがあああ」

みっともなくジタジタバタバタしながら、およそ50メートルを引きずられた二人は、

「悪く思うなよ。成仏《じょうぶつ》してくれ」

さっき言った言葉をそのまま言われて、そのまま3000メートル下まで放り出されて、

「おのれえええええええええええぇぇぇぇぇぇ！」

「くっそおおおおおぉぉぉぉぉおおおおぉぉ！」

長いドップラー効果を残しながら、延々と落ちていきました。

ローザ達はそれを見送りましたが、落ちていく男達に【Ｄｅａｄ】タグは付かず、

「つまりあれか、３０００メートルをキッチリ落ちきるまでは生きているってことか」

「スカイダイビングは楽しめるね」

今後役に立つか分からない知見が得られました。


そんなこんなで、どうにかひとまずの窮地《きゅうち》を脱《だっ》した三人。

ボスからの命令は、

「なんとしても生き残れ！　健闘《けんとう》を祈《いの》る！」

でした。

三人は再び装備品を身につけ、トンネルの出口直前で、じわりと町中を覗《のぞ》きました。

数十メートル先に、知らない名前の誰《だれ》かが一人いるのが、カーソルで分かります。

今でこそ、一方的に見えるだけですが、トンネルから一歩でも出ると、向こうにも自分達の位置が分かります。

しかもこの先は、複雑な、迷路《めいろ》のような町中。

つまり、相手の場所と距離《きょり》は分かるけど、そこにどうやって接近すればいいかは、よく分からない、という状況《じょうきょう》です。

「こういう場合、取るべき手段は一つだね」

腰《こし》にＰＫＭをどっしりと保持しながら、ドワーフ女が言って、

「一つだわな」

同じくＰＫＭを体の一部にして、肝《きも》っ玉《たま》母さんが言いました。

「背中は任せて」

狭《せま》い場所では不利なドラグノフを背負い、ホルスターから抜《ぬ》いた《ストリージ》拳銃《けんじゅう》を右手に、ニット帽女《ぼうおんな》が言いました。

町中へ一歩を踏《ふ》み出《だ》しながら、ローザが言います。

「いきあたりばったりで行くよ！」


14時10分過ぎ。

「なるほど、50メートル以内なら、敵の場所が分かるのか……」

デヴィッドは、トンネル手前ギリギリで、城の内部のルールに気付いていました。

たまたま50メートル以内に、誰《だれ》かがいたからです。視界に出たカーソルは、知らない名前でしたが。

今彼がいるのは、城の北西部に位置する城門。

ローザ達からは四つくらい離《はな》れた場所ですが、お互《たが》いの位置は、現在分かっていません。派手な銃声《じゅうせい》がさっき聞こえたな、くらいです。

デヴィッドの隣《となり》には、ひょんなことからコンビを組むことになった赤毛の美女が、マシンガンの女神《めがみ》、ビービーが控《ひか》えています。

銃身《じゅうしん》を切《き》り詰《つ》めたRPD機関銃《きかんじゅう》を腰《こし》で構えてしゃがんでいる彼女が、

「ますます、中に入りたくないわね」

素直《すなお》に言いました。

1億クレジットの値《ね》が付いたレンほどではありませんが、デヴィッドもビービーも、それなりに名前が売れています。

ここから出れば、そして名前が判明すれば、確実に狙《ねら》われることでしょう。

「では、邪魔《じゃま》な人達は、今日一番名前が売れているヤツの元へ行ってもらおう」

デヴィッドの口に笑《え》みが浮《う》かんで、

「〝お主も悪よのう〟——、とでも言いましょうか？」

美女も微笑《ほほえ》みました。

デヴィッドが、ビービーに質問します。

「と、その前に——、そちらの生き残りはどこに？」

シノハラとトムトムが戦死しているのは知っていますが、他のメンツのことはまだ聞いていません。

ＺＥＭＡＬの残りの三人は——、
筋肉質の黒人アバターで、《ミニミ・Ｍｋ４６》使いのマックス。

チームでは一番小柄《こがら》、とはいっても結構ガタイのいい、鼻に貼《は》ったテープがトレードマークのピーター。得物は、イスラエル製マシンガンの《ネゲヴ》。

茶髪《ちゃぱつ》オールバックのマッチョで、デカくて重い《Ｍ２４０Ｂ》を軽々と振《ふ》り回《まわ》すヒューイ。

三人とも、バックパック型給弾《きゅうだん》システムで、８００〜１０００発まで継続連射《けいぞくれんしゃ》ができる火力馬鹿ばかりです。

味方にすれば、こんなに頼《たよ》りになる連中はいません。しかもビービーの言う事なら素直《すなお》になんでも聞きますし。

「マックスとピーターは東側のトンネル待機。ヒューイは、町の中のどこかで、本人曰《いわ》く場所が分からないごめんなさい、とのこと。とりあえず生きのこれと伝えてある」

「了解《りょうかい》。では、こちらだが——」

デヴィッドは、自チームの情報も詳《つまび》らかに伝えます。

「ラックスはさっき言った通り北西の塔《とう》の上。絶好の狙撃《そげき》と監視《かんし》ポジションだ。サモンはおよそ西側の城門内らしいので、俺達の近くにいるはずだ」

サモンは、チームでは一番大柄《おおがら》の男で、《SCAR—L》アサルト・ライフル使い。

マップ西端《せいたん》の高速道路がスタート地点。すぐ近くにあった廃《はい》トラックの荷台で、ノンビリと50分を過ごしたそうです。

割と近くの操車場にリーダーがいたことなど、まったく気付きもしなかったでしょう。崩落《ほうらく》で死にそうになりましたが、警告を受けてからのなりふり構わぬ全力ダッシュで、ギリギリ間に合いました。

「ジェイクとボルドは運良く合流済みだ。およそ東北東の城壁内《じょうへきない》にいる」

細身のジェイクは、MMTM唯一《ゆいいつ》のマシンガナーで、H&K社製《HK21》使い。

ボルドは髪型《かみがた》カスタムで決めたドレッドヘアがオシャレな男。得物は、ベレッタ《ARX160》アサルト・ライフル。

ジェイクは雪原スタートで、この場所は良くないと、割と早い段階で都市部に逃《に》げ、さらに大爆発《だいばくはつ》で西に進んでいました。

つまりはSHINCのローザとほとんど同じような動きをしていましたが、濃霧《のうむ》の中でお互《たが》いを見つけなかったのは、お互《たが》いにとって幸運以外の何物でもありません。

会えばガチンコで殺し合っていたでしょう。マシンガン同士の近距離《きんきより》遭遇戦《そうぐうせん》なんて、双方共《そうほうとも》倒《だお》れの予感しかしません。

ボルドはその都市部スタート。必死になって城に走る途中《とちゅう》に、仲間のジェイクの背中を見つけたラッキーガイ。

「ケンタは、南側のどこかの城門。大きな爆発《ばくはつ》で、あわや死にかけたそうだ」

黒髪《くろかみ》でチーム一の俊足《しゅんそく》のケンタの得物は、アサルト・ライフルの《G36K》。彼は森スタートですが、霧《きり》が晴れたときにいたのが城のすぐ近くだった幸運の持ち主。

訓練によってチームプレイに長《た》けたMMTMにとって、バラバラにされてしまっているのは実にムカ――、腹立たしい特殊《とくしゅ》ルールです。デヴィッドは、スポンサー作家を撃《う》ってやりたくて堪《たま》りません。

とはいえ六人全員が、ほぼ無傷で生きのこっているだけで、とても素敵《すてき》な状況《じょうきょう》とも言えます。自他共に認める、優勝に一番近いチームでしょう。とはいえこれは、傷心のビービーには言えません。言いません。

「全員無事なのは素敵《すてき》なこと」

なので、先に彼女に言われてしまいました。

「その上で申し訳ないけど、ケンタを走らせることはできる？」

トンネル正面に敵が出てきたらすぐに撃《う》とうと、STM―556の銃口《じゅうこう》と視線を外に向けていたデヴィッドが、

「ああ……、なるほど！」

彼女の意図を理解しました。

レン達がどこにいるのか分かりませんが――、いや、死んでいるかもしれませんが、生きていた場合、可能性として一番高いのは、南側でしょう。

住宅地で別れたレン達は、フィールドマップの南側中央へと向かいました。デヴィッド達は北に向かいました。

そこで時間を迎《むか》えたとして、城に全力で向かったのなら――、既《すで》に入場していなかったのならですが、今は城の南側のどこかにいるはず。ケンタが一番近いです。

ケンタに、カーソル位置でレンを見つけてさえもらえれば、自分達はひたすら、

『1億クレジットはあそこにいるぞ！　今なら見失うことなく襲《おそ》えるぞ！　おいおい、俺達と戦っている場合か？』

などと喧伝《けんでん》して、敵のほとんどをレンに押しつける、という作戦。

「それでいこう」

デヴィッドの即決即断《そっけつそくだん》は、今日も健在でした。

ケンタに話しかけようとしたデヴィッドを、

「そして――」

ビービーが言葉を続ける事で制します。

「敵がレンに食いついたら、私達は全員、全力で、城の中央に向かうべき」

この言葉には、デヴィッドは首を傾《かし》げました。

「ここにいる方が安全では？」

城壁《じょうへき》のトンネル内は、迷路《めいろ》の敵の様子は、あるいは近づいてくる敵の位置はカーソルで分かり、向こうからはこちらが分からないという、一種のズルい安全地帯です。

レン達の騒動《そうどう》が終わる一定時間は、ずっとここにいた方がいいのではないか？

そう思っての発言でしたが、

「あああっ！」

デヴィッドはすぐに気付きました。

「ここも、崩《くず》れる。そう言いたいんだな？」

迷路《めいろ》の町に出てくるかもしれない敵を警戒《けいかい》して顔を見ていませんが、ビービーが小さく頷《うなず》く気配がしました。

「ええ」

「なぜ、そう思う？」

デヴィッドの問いに、

「私だったらそうするから」

ビービーは答えました。アッサリと答えました。

「かなりプレイヤーを怒《おこ》らせる、性悪《しょうわる》なルールだが……」

「だからね」

「は？」

「性悪《しょうわる》なルールは、中途《ちゅうと》半端《はんぱ》じゃダメでしょう。どこまでも徹底的《てっていてき》に、最初から最後まで性《しょう》悪《わる》な方が、トコトン呆《あき》れられたり、時に一周回って褒《ほ》められたりして、後々で怒《おこ》られにくいでしょう？」

デヴィッドには見えていませんが、ビービーはにこやかに微笑《ほほえ》んでいました。

そのデヴィッドも口元を歪《ゆが》ませ、

「〝ぐう〟の音も出ないな。――余談だが、この言葉を使ったのは、人生で初めてな気がする」

「今が14時13分。崩壊《ほうかい》は、おそらくは30分でしょうね。20分だと短すぎる。追加情報の告知が20分、実行が30分ってところかしら」

「ぐう」

「何、今の？」


「リーダー、それ……、マジ？」

南南西、時計の針にすれば7時くらいに位置する城壁《じょうへき》トンネルの一つで、入口から20メー

トルほどの真っ暗な場所に伏《ふ》せているケンタが聞き返して、

「マジだ」

デヴィッドからは短い返事が戻《もど》ってきました。

命じられたのは――、
レンに敵を向かわせるように、足の速いお前が宣伝しながら走り回れ、ということ。

特に、レンより50メートル以遠にいて、レンに気付いていない連中に知らしめて、ヤツらを向かわせるように。連中には、別のプレイヤーと戦うより1億クレジットを目指せと唆《そそのか》すように。

ただし、ケンタ自身は、30分までに中央に行けるように。

命令は、今までのMMTMの、良くも悪くも正々堂々としたオーソドックスな戦いぶりからすると正直あり得ない卑《ひ》き――、斬新《ざんしん》さでしたが、

「了解《りょうかい》！」

ケンタは快諾《かいだく》しました。なぜなら、

「それは、面白《おもしろ》そうだ！」

面白《おもしろ》そうだからです。

チームメイトと共用できるように、M16系のマガジンが使えるようにカスタムされたG36Kを手に、

「よっしゃ、走ってやるぜ！」

黒髪《くろかみ》アタッカーは立ち上がりました。

SECT.11

第十一章　城内戦

第十一章「城内戦」

城の中で、それぞれのプレイヤーの思惑《おもわく》が、複雑に、そして嫌《いや》らしく交差しまくって、もちろんお互《たが》いはまだそんなことを気付きようもなくて――、
迎《むか》えた時間は14時14分。

「行くぞ」

エムが、そして仲間達が動き出しました。

エム、ボス、アンナ、レン、フカ次郎《じろう》の五人は、このまま城門の、あるいはトンネルの出口で待ち構えているより、己《おのれ》の力を信じて迷路《めいろ》を突《つ》き進《すす》むことを選びました。

城の中央がどっちかは、霧《きり》が晴れると同時に復活したコンパス――、自分の視界の一番上に表示される方位、を見ていれば分かります。

問題は、そこまでの道が今は全然サッパリ分からないことです。

何せ迷路《めいろ》ですから。幅《はば》が最短で500メートルもある超巨大迷路《ちょうきょだいめいろ》だからです。

スキャン端末《たんまつ》で地図を見ても、当然ですが迷路《めいろ》の様子は分かりません。答えが書いてある問題用紙がないように。

とはいえ、何もしないでじっとしていても、さっきカーソルで位置がバレたエムへと、敵はやってくるはず。

ここでじっとずっと防衛していても、それがSJ5優勝に繋《つな》がるとは思えません。もうレン達は、行くしかないのです。

勝負においては、時に作戦が思いつかないことがあります。その時は、とにかく動くしかないのです。

うっし！

レンは心の中で、気合いを入れ直しました。

ここまで散々な目に遭《あ》いましたが、自分はまだ生きています。生きているから戦えるんだ。

手の平をP90に当ててみると、ピンクに輝《かがや》く、私の得物。

今、楯《たて》を左手に、マシンガンを右手に持ったエムが、巨体《きょたい》をトンネルから出して、迷路《めいろ》へと入っていきます。

続いて、ボスとアンナ、フカ次郎《じろう》、そしてレン。

町中に入る直前、レンは初めて、迷路《めいろ》の様子を見ました。

幅《はば》3メートルくらいの通路左右に、高さも5メートルくらいの茶色い壁《かべ》が、左右に続いています。それは家の壁《かべ》ですが、家にはドアが一つもなく、つまりは〝ただ迷路《めいろ》を構成するためのアイテム〟です。単に塀《へい》だけの場所もあります。

ぴん。ぴん。ぴん。

レンの視界にも、敵のカーソルが出ました。

KEESとBOBとYAMATYANN。見たこともない名前達。三人が組んでいるのは間《ま》違《ちが》いないので、仮に、KEES達、としましょう。

KEES達との距離《きょり》はおよそ20メートル。エムはひとまず北へ、城中央を目指して進んでいます。三人のカーソルは左斜《ひだりなな》め前《まえ》に出ました。すると、いるのは北西。

20メートルとは、GGOにおいては肩《かた》を叩《たた》かれてもおかしくない距離《きょり》。かなり近いです。

でも、見えません。

見えるのは、目の前にそびえる、レンの身長の倍近い茶色い壁《かべ》だけです。それも数メートルで終わって交差点になっています。本当に迷路《めいろ》でした。

実に嫌《いや》なフィールドだなあ……。

レンは素直《すなお》に思いました。戦いにくくて堪《たま》らんと。

エムは無言でズイズイと、彼にしてはほぼ全力の速度で進みます。

ボスとアンナが3メートルほど距離《きょり》を取って走って、フカ次郎《じろう》、そして殿《しんがり》のレンが追いかけます。

もちろんレンにとってはジョギングのスピード。あと三倍は速く走れます。時々、後ろ向きで走っても、全然置いていかれない速度です。

パーティーがトンネルを出て20メートルほど真《ま》っ直《す》ぐ進むと、そこで通路は丁字路《ていじろ》にぶつかりました。

左右どちらかに再び3メートル幅《はば》の通路があって、曲がらねばなりません。

普段《ふだん》だったら走るのを止めて一度止まって、曲がり角の敵を警戒《けいかい》すべきでしょうが、

「右に行く」

エムはスパッと決めて、角を飛び出すと、右側へ、つまり東へと進みました。

ボスとアンナが、エムが曲がった直後に左をチラリと確認《かくにん》しましたが、それだけでエムの背中を追います。

あ、そうか！

レンは脳内で、状況《じょうきょう》を理解しました。

カーソルは、彼我《ひが》の位置がバレてしまって嫌《いや》ですが、その分、出会《であ》い頭《がしら》に敵と遭遇《そうぐう》、ということは避《さ》けられます。

つまり、よほどカーソルが近づかない限り、迷路《めいろ》を遠慮容赦《えんりょようしゃ》なく進める、というメリットもあるのです。

だとすると……。

「あれれ？　これ……、カーソルさえ見ていれば、あとは迷路《めいろ》を走《はし》り抜《ぬ》けるだけじゃん」

後方を警戒《けいかい》しつつ、25メートルと少し伸《の》びたKEES達のカーソル距離《きょり》に注意しつつ、レン

が言いました。

どうやらその連中は、自分達に近づけるルートを迷路《めいろ》の中で発見できず、右往左往しているようです。

「おいおい、今気付いたのかよ！　これはそういう迷路《めいろ》ゲームだぜ」

レンの3メートル先を行くフカ次郎《じろう》が言って、

「やっとね。さすがゲーム内」

レンは後ろ向きに走りながら答えました。やっと理解しました。レン達は、ここで無理に戦わなくても、逃《に》げるだけでいいのです。

そのとき、レンの脳内に響《ひび》いた、〝ぴん〟という可愛《かわい》い音。

「おっと新手だぜ。4時だ」

フカ次郎《じろう》が言った通り、エムが進む方向を0時として4時の位置で、レンの視界に、そして今いる仲間達全員のそれに、新たなカーソルが出現しました。

4つのカーソルが、50メートルから発生しました。すぐに49メートルになり、48メートルになりました。

しかし、次の瞬間《しゅんかん》、カーソルは47メートルで止まりました。

これはレンの予想ですがたぶん間違《まちが》っていないと思います。彼等は、迷路《めいろ》の突《つ》き当《あ》たりにぶつかったのです。

もちろん同じように、向こうにも『LLENN』の名と距離《きより》が見えているはずです。1億クレジットという大変に魅力的《みりよくてき》な数字と共に。

現れた四人の中に、シャーリーの名前はありませんでした。全て、名前の知らないプレイヤーです。

出てくる未知のプレイヤー名を全て認識《にんしき》していたら大変なので、レンは場所と距離《きより》だけを気にすることにしました。

47と49の間をウロウロしている彼等は、まだ警戒《けいかい》しなくて良さそうです。

先頭を走るエムが、再びの丁字路《ていじろ》にさしかかりました。

どっちに行くかは悩《なや》みどころですが、エムは即決《そつけつ》します。ひとまず右に行って、より近いKEES達を躱《かわ》す方向へ。彼等との距離《きより》が少し離《はな》れ、新参の四人との距離《きより》が少し近づきました。

「これ、相手までの距離《きより》が3メートルになって、薄《うす》い壁《かべ》のすぐ向こうにいることもあるんだよね……？」

レンが聞いて、

「そうなるな」

エムが答えてくれました。

「向こうが、壁《かべ》の上から手榴弾《しゆりゆうだん》とか投げてこない？」

「それなんだが……」

珍《めず》しくエムが言《い》い淀《よど》んで、

「その前にオイラがぶっ放すか？　ちょいと近《ちけ》えが、四人の方ならサクッと狙《ねら》えるぜ？」

グレネード・ランチャー持ちのフカ次郎《じろう》が、

『コンビニでアイス買ってこようか？　ちょっと遠いが、原チャリがあるから楽だぜ？』

くらいの気軽い口調で言いました。

確かにフカ次郎《じろう》なら、距離《きょり》と角度が分かれば、山なり弾道《だんどう》でグレネード弾《だん》をかなりの精度で撃《う》ち込《こ》めます。この迷路《めいろ》において、一方的な、無敵の攻撃手段《こうげきしゅだん》です。

しかしレンは疑問に思います。

有効な攻撃方法《こうげきほうほう》なら、もっと早くエムがそれを命じていてもおかしくなかったのに、何も言いませんでした。なぜでしょう？

レンの脳内に浮《う》かんだいくつかの可能性――、

その1・グレネード弾《だん》の節約。ファイナルバトルに備えて、こんなところでホイホイ使うのはよくない（たとえ復活があったとしても）。

その2・移動を優先したい。迷路《めいろ》を抜《ぬ》けるのが先決。

その3・えっと――、

「やらなくていい」

レンが三つ目の理由を思《おも》い浮《う》かべる前に、エムが否定しました。そして、

「レン。空に向けてP90を一発撃《う》ってみてくれ」

「え？　——了解《りようかい》」

その意味は分かりませんが、その意味はあるはず。ならばリーダーに従うのみ。

って自分がリーダーだった。まあそれはさておく。

レンは足を止めると、サプレッサー付きのP90を斜《なな》め上《うえ》に向けました。

世の中のP90ニストには、『太陽は東から昇《のぼ》る』くらいの一般常識《いつぱんじようしき》ですが、それ以外の正常な人類にはあまり知られていないこととして——、

『P90はセレクターがフルオートモードでも、浅く引き金を引くことでセミオートの単発撃《たんぱつう》ちが可能である』

という事実があります。いわゆる〝プログレッシブ・トリガー〟という機構。

レンは浅く引き金を引《ひ》き絞《しぼ》りました。

しゅぱん！

ピーちゃんが鋭《するど》く震《ふる》えて、銃口《じゆうこう》からは5．7ミリ口径の小さな弾丸《だんがん》が一発、音より速く飛び、空薬莢《からやつきよう》が銃《じゆう》の下から弾《はじ》き出《だ》されました。

銃弾《じゆうだん》は赤く青い空の向こうに消えるかと思いきや、

「あ！」

迷路《めいろ》の壁《かべ》、5メートルの高さの場所で、止まりました。

小さな弾丸《だんがん》は、速すぎて飛び出しても分からないので、空中で止まった際、まるでそこにいきなり出現したかのように見えました。

同時に、空中で波紋《はもん》が生まれたようにも見えました。

そして、止まった弾丸《だんがん》はポロリと落ちてきました。石の床《ゆか》に落ちて、カツンと小さな音を響《ひび》かせました。

「止まった！　落ちてきた！」

目の前で起きたことをなぞっただけのレンの言葉に、

「やはりな」

エムが、そして、

「やっぱりか」

ボスも言いました。どうやら、彼女も予想が付いていたようです。

「どういうこと？」

なんとなく分かりましたが、レンは再確認《さいかくにん》も込《こ》めて問いました。自分の中で有耶無耶《うやむや》なまま結論づけるのは、危険ですし。

「この迷路《めいろ》の上へは、攻撃《こうげき》ができない。撃《う》った弾《たま》は止まる。上から撃《う》たれてもたぶん同じだ」

エムが言いました。

「〝透明《とうめい》バリア〟みたいな？」

レンが訊《たず》ねます。

ＧＧＯ通常プレイのフィールドでは、エネミーでも大型の、いわゆる〝中ボス〟以上が、こういう〝見えない防弾《ぼうだん》ガード〟を使ってきます。特に名前がないので、みんななんとなく〝透《とう》明《めい》バリア〟と呼んでいます。

弱点だけなど一部だけのときもあれば、前面全てに張ることもあり、後者の場合は裏をつく作戦が必要になります。

透明《とうめい》バリアは、プレイヤーのアイテムとしては未《いま》だに存在しません。あったら有利すぎるからでしょう。

「そうだ。透明《とうめい》バリアを、上部全面に張っているようなものだ」

エムが答えました。

「なるほど、完全に納得《なっとく》」

「だから、フカがもしグレネードを撃《う》っても――」

迷路《めいろ》を走りながら、エムが言葉を続けます。

「爆発《ばくはつ》する前に、そこで止まるだろうな。だが安全距離《あんぜんきょり》より短いので、爆発《ばくはつ》はしない」

グレネード弾《だん》には、〝この距離《きょり》で爆発《ばくはつ》すると危険なのでさせない〟という安全距離《あんぜんきょり》がありま す。レンの記《き》憶《おく》が確かなら、フカ次《じ》郎《ろう》のそれは20メートルくらいだったはず。

「したっけ、道の先へプラズマ・グレネード、ぶっ放してもいいんだぜ？」

おいやめろ。

レンの心の中で、電光石火のツッコミが生まれました。

「爆発直径《ばくはつちよつけい》20メートルの武器を、この狭《せま》い所で使うな。さっきわたしを吹《ふ》っ飛《と》ばしたのを忘れたか？」

じろりと見るレンを意に介《かい》さず、

「うん、忘れた。——この鬱陶《うつとう》しい壁《かべ》が吹《ふ》っ飛《と》ばないかね？」

それでもやめろ。

レンの心の反応は素早《すばや》いです。

エムが、

「この迷路《めいろ》の壁《かべ》は、何をしても破壊《はかい》できないだろう。可能なら迷路《めいろ》でなくなるからだ」

だよねー。

レン、心の中で相槌《あいづち》。それが可能なら、道を真《ま》っ直《す》ぐ作ればいいだけです。たぶん、グレネードを持っているキャラは全員やっています。

「つまりオイラは、迷路《めいろ》を抜《ぬ》けるまで役立たず、ってことか」

フカ次郎《じろう》がネガティブなことを言って拗《す》ねました。

「しゃーねえ、右太《みぎた》と左子《ひだりこ》はポッケにしまって、拳銃《けんじゆう》でも撃《う》とうかな」

フカ次郎《じろう》がポジティブなことを言いました。

「スミス&ウェッソンはオイラのパスポート。黒くて硬《かた》いパスポート。群がる敵の頭に、コイツをぶち込んでやるさ」

腰《こし》に収まるS&Wの《M&P》がフカ次郎《じろう》の愛銃《あいじゅう》。スミス・アンド・ウェッソンのミリタリー・アンド・ポリスの略です。9ミリ口径自動式。

フカ次郎《じろう》がホルスターから抜《ぬ》く前に、

「んー、危ないから止めて」

レンに止められました。

レンが迷路《めいろ》の屋根に気付いたのと、だいたい同じ頃《ころ》、あるいはほんの少し前、

「なるほど……、そういうことか……。そりゃそうだよな」

必死になってたどり着いた城門、あるいはトンネルの出口で、シャーリーもまた、そのカラクリを完全に理解していました。

この先は迷路《めいろ》の町。

今さっき一発、試《ため》しに城中央にある尖塔《せんとう》めがけて撃《う》ったR93タクティカル2の7．62ミリ弾《だん》——、もちろん炸裂弾《さくれつだん》はもったいないので予備で持ち運んでいる通常弾《つうじょうだん》は、見えない天井《てんじょう》で止められました。

下から上への狙撃《そげき》は、不可能です。〝逆も真なり〟でしょう。英語で言えばヴァイス・ヴァーサ。

その甲高《かんだか》い発砲音《はっぽうおん》を聞き取ったか、それともたんなる偶然《ぐうぜん》か、40メートルほど離《はな》れた壁《かべ》の向こうをうろちょろしているカーソルが二つ、シャーリーに見えてきました。

シャーリーはスナイパー。遠距離《えんきょり》で敵を見つけて、撃《う》ってあげるのが本業です。

走りながらのスナップ・ショットもそれなりに得意ですが、それだってある程度は相手と離《はな》れていて、途中《とちゅう》に何もないことが条件です。

カーソルが出ず、相手の位置が分からなければ、迷路《めいろ》の角から飛び出した瞬間《しゅんかん》に撃《う》つなどできたでしょうが、距離《きょり》が完全に分かっている場合は——、

「勝てないな……」

まったくもって不利です。このまま迷路《めいろ》の町に突入《とつにゅう》して、ちゃんと戦える気がしません。

負《ま》けず嫌《ぎら》いなシャーリーですが、自分の能力は——、つまりできることとできないことは、誰《だれ》よりもよく分かっています。現実無視の空想はしません。

「せめて、アイツがいればなあ……」

今ここにクラレンスがいれば、彼女に、自分が持ち運んでいる第二武装のショットガンを渡《わた》して、矢面《やおもて》に立ってバカバカ撃《う》ちまくってもらえたのに。

射程は短いが散弾《さんだん》が散らばり、被弾《ひだん》した相手を一時的にスタンさせるショットガンは、ここ

ではピッタリの銃《じゅう》です。

だけど、クラレンスはいません。やっぱり現実を認めます。

ではどうするか。

「ずっとここにいるか……？　いや、なかなかのクソルールだ、ここだって、何時《いつ》どうなるか……。最後に残るのは中央だけでもおかしくない……」

シャーリーも、ビービーのように、そのことを危惧《きぐ》しました。

ハンターの持つ、野性の勘《かん》でしょうか。違《ちが》うかもしれません。

「銃《じゅう》を持たずに、ひたすら走って逃《に》げるか……？」

長いR93タクティカル2をストレージに入れれば、より身軽に全力疾走《ぜんりょくしっそう》ができます。使える武器は、腰《こし》の剣鉈《けんなた》だけになりますが。

カーソルで相手の位置だけを見つつ、それに捕《つか》まらないように祈《いの》りつつ、迷路《めいろ》を全力で駆《か》け抜《ぬ》ける――、というのも一つの方法でしょうが、

「いや……、追いかけられたら、それで終わりか……」

シャーリーは、この選択《せんたく》を排除《はいじょ》しました。

レンのみならず、シャーリーより高速で走れるキャラはたくさんいるはずです。後ろから追いかけられたら、反撃《はんげき》の方法も暇《ひま》もないまま、死にます。

ピトフーイを屠《ほふ》るという人生の――、もとい、SJ人生の大目標を達したとはいえ、シャー

リーは、降参や自殺はもちろんのこと、簡単に殺される事を是《ぜ》とはしません。

バトルの結果、体中を射貫《いぬ》かれて死ぬとしても、この先も、最後の1秒まで徹底的《てっていてき》に暴れてからです。

「ならば、これしかないな……」

それしかないと結論づけたのなら、それがどんな無茶な方法でも、それがベストな方法です。

シャーリーは、踵《きびす》を返《かえ》すと、トンネルの中を走り出しました。城の外へ向けて。走りながら左腕《ひだりうで》を操作。長いライフルが、光の粒子《りゅうし》になって消えました。

そして彼女は、さっき命がけで飛び込んだ城門入口に、すなわち高さ3000メートルの崖《がけ》の際に立つと、

「…………」

顔を上げて、空と城壁《じょうへき》を険しい顔で睨《にら》みました。

迷路《めいろ》にいた一人のプレイヤーが、

「おい！　話を聞けって！」

迷路《めいろ》の隣《となり》の通路から大声で話しかけられて、大変にビビっていました。

彼は中肉中背の若い男性アバターで、短い金髪《きんぱつ》に青い瞳《ひとみ》を持っています。顔はマスクで分か

りません。

革《かわ》っぽいけど革《かわ》ではない、じゃあ何かと言われると誰《だれ》も分からないGGO特有の謎素材《なぞそざい》で仕立てられた黒いつなぎを着ています。

手にしている銃《じゅう》は、木製ストックが特徴《とくちょう》のソ連製《SKS》。AKシリーズにも使われる7.62×39ミリ弾《だん》を、セミオートで10発まで連射できる自動式ライフルです。

彼の視界に出ている《ケンタ》という名前には見覚えがあります。あの、MMTMの一人です。何度か動画で戦っているところを、あるいは屠《ほふ》られているところを見ました。

ケンタに見えているであろう彼の登録名は、カタカナで《ムラチ》といいました。

そのムラチは、

「なっ、なんで話しかけてくるんだっ！」

ビビると同時に、パニクっていました。

ケンタが自分に迫《せま》ってくるのは、数十秒前からカーソルで見えていました。

そして迷路《めいろ》を走って逃《に》げた末に今いる場所は、行き止まりのどん詰《づま》り。前は壁《かべ》、右も左も進んですぐに壁《かべ》。これ以上は進めません。

グイグイと、ケンタのカーソルの距離《きょり》が縮まってきていました。ムラチは二進《にっち》も三進《さっち》も行《い》かなくなって、とうとう3メートルの距離《きょり》に。

通路が隣《となり》でなければ、もう殺されていたでしょう。

「おーい！　壁《かべ》の向こうにいるやつ！　聞こえてるだろ？　ムラチって人！」

「な、なんだよ！　て、てめえ！　俺にこっ、降参しろって言うのかよおっ！」

他に考えられなくて、思わず悲鳴に似た怒号《どごう》になってしまいました。

そんなムラチは、ＧＧＯは始めたばかり。正直、ぺーぺーのプレイヤーです。

元々は、別のフルダイブＶＲゲームを遊んでいた身分。

それは《鉄拳制裁《てっけんせいさい》・オンライン　〜ウィー・アー・ザ・フルボッコ・バスターズ〜》——、略称《りゃくしょう》ＴＳＯという名前。巨大《きょだい》ロボットを操縦して、敵ロボットと肉弾戦《にくだんせん》バトルをする格闘《かくとう》ゲームです。

実際にラジコンロボットを使って破壊《はかい》バトルをするイベントがありますが、それのオンライン版、そして超巨大阪《ちょうきょだいばん》みたいなゲームです。

全高１００メートル近い鋼鉄の塊《かたまり》が、どっかんばっかんと殴《なぐ》り合《あ》い、ボディを壊《こわ》し合《あ》う。その迫力《はくりょく》はかなりのもの。

相手と戦わず、ただ大都市のビルを壊《こわ》しまくるという市中《しちゅう》破壊《はかい》モードもあって、ストレス解消には最高です。

そっちはそれなりにやりこんで、それなりに強くなったのですが、ゲームとしては人気が無かったのか、三ヶ月ほど前、サービス終了《しゅうりょう》の憂《う》き目《め》に遭《あ》ってしまいました。残念なり無念なり。

そんなムラチは今回、ＧＧＯ歴が長くそれなりに強いリアルの友達に、そして彼の所属するチームに、人数あわせで誘《さそ》われました。

そしてGGOに、一時的にやって来ていたのです。

パラメーターを、言わば強さを相対的に引《ひ》き継《つ》げるのがコンバートなので、GGOでも数値の高いキャラクターになりましたが、これまでのフルダイブゲーム体験で、銃《じゅう》なんて扱《あつか》ったことがありません。

撃《う》ち方《かた》もよく分からないまま、そのままSJ5に参加したはいいけど、

「なあに、俺の〝別装備〟持ちとして、一緒《いっしょ》に行動していればいいだけだよ。チームメイトの火力はスゲーぞ！　みんなで、お前のケツを守ってやるぜ！　大船《おおぶね》に乗ったつもりでいいぜ！」

そんなことを言っていた頼《たの》みの友達は、クソルールのおかげで行方《ゆくえ》知《し》れず。さらには、つい先ほど判明しましたが、もう既《すで》に戦死済みときたもんです。ざっけんな。とんだ泥船《どろぶね》ですよ。

ちなみにその友達は、南部の住宅地でレンに首チョンパさせられたのですが、もちろんそんなことは、ムラチは知り得ません。

手にしている銃《じゅう》は、その友達から一時的に貸してもらったもの。セミオートで10発撃《う》てるだけのSKS。

正直言えば、ショボいアイテムです。値段も安ければ戦闘力《せんとうりょく》も低い、初心者用の銃《じゅう》です。使いやすいのは、まあ、いいのですが。

ＳＫＳは、木製のストックによるクラシカルな佇《たたず》まいで、好きな人はとっても好きという、通好みの歴史的〝レア名銃《めいじゆう》〟らしいのですが――、

ガンマニアじゃないからそんなの知るかよ。俺にはこれしかないんだよ。でも一番いいかって言われたらそうでもないんだよ。

濃《こ》い霧《きり》の中で孤独《こどく》と不安と恐怖《きようふ》に必死に耐《た》えて、生き残るために走って、城へもどうにかたどり着いて、しかし迷路《めいろ》で迷っていたら、

「ＭＭＴＭってチームも強い。全員強い。正面切って戦いたくないな」

なんて言われていた強敵にロックオンされて追いかけられて――、

今日の彼は、もういっぱいいっぱいです。

正直降参して、このフィールドからとっとと逃《に》げたいくらいです。そうしないのは、友達や仲間に、後でネッチネチと何を言われるか分かったもんじゃないから。

そんなムラチに、ケンタからの声が戻《もど》ってきます。

「〝降参〟？　いや、そうじゃねえよ。お前に言いたい。レンが南側にいるぞ」

「は？　誰《だれ》？」

ムラチは本気で聞き返していました。生き残るのに必死でしたので。

「忘れたか？　レンだよ！　ピンクのチビで、ＳＪの強豪《きようごう》にして、１億クレジットの賞金首だ。酒場で見かけなかったと言われているが、実は参加している。南側で城に入り込んだ。今

でもその辺でうろちょろしているハズだ」

「ま、マジ……？」

「マジだぜ。見事仕留めたら、1億クレジット、ゲットだぜ？」

「いちおく……、くれじっと……」

思わず反芻《はんすう》したその数字のパワーが、

「うおおおおおっ！」

ムラチの恐怖心《きょうふしん》を一瞬《いっしゅん》で振《ふ》り払《はら》いました。

そう、人は愛とか勇気とか友情とか優《やさ》しさとか、人に生まれた事を誇《ほこ》りたくなる理由で動きますが、かなりカネでも動くのです。

ムラチの脳内CPUが、フル回転を始めました。

1億クレジット、あるいは日本円で100万があれば、何ができるでしょう？

自己顕示欲《じこけんじよく》を炸裂《さくれつ》できる、友達もひれ伏《ふ》す、とんでもないレア銃《じゅう》が手に入りますね。

いや、GGOなんてとっととおさらばして、現実世界で使うことを考えましょうか。せっかく、リアルマネートレードができるゲームなんですし。

1億クレジットは、すなわち100万円です。渋沢栄一《しぶさわえいいち》が百人です。

100万円あれば、長年の夢の、豪華海外旅行《ごうかかいがいりょこう》に行けちゃいます。地球の裏側のあの国とか、あの国とか、ずっと行ってみたかったんだ。行けるじゃん！　それもビジネスクラスで！

お金を節約すれば、世界一周バックパックの旅だってできてしまうでしょう。そうなったら、今通っている大学は、スパッと休学することにします。

または、大学はしっかり通って、旅行もせず、そのかわり×××××な店で×××××して、さらには×××××なことも楽しんじゃうのもいいかもしれません。やべぇ鼻血が出そう。

ケンタが畳《たた》みかけます。

「急いで南へ行け！　その際だが、別チームのメンツがいたら教えてやれ！　そうすれば、無《む》駄《だ》な戦いをせずに、全員でレンに襲《おそ》いかかれるぞ。なあに、周囲がダメージを与《あた》えたところでお前が最後の一撃《いちげき》を決めればいいんだ。簡単だな。１００万円はもう手に入ったようなもんだ」

「うあああああおおおおおおお！　やったるぜ！　情報あんがとさん！」

彼は――、生まれ変わりました。

それまでの気弱で軟弱《なんじゃく》でひ弱で情けないムラチは、今さっき死にました。

「行くぜＳＫＳ、お前にピンクのチビの血を吸わせてやる……」

ＳＫＳが答えてくれたかどうかは、分かりません。

「ひゃくまんえーん！」

奇声《きせい》を上げながら迷路《めいろ》の通路の先を駆《か》けていく男を見ながら、

「ほい、いっちょあがりー。ちょろいなー」

ケンタは周囲の視界を探《さぐ》り、ムラチの次に一番近いカーソルを探しました。

「さって、次に行くか」


14時17分。

レン達がトンネルから動き出してから3分ちょっと。

ここまで、敵との非友好的接触《ひゆうこうてきせっしょく》は、要するにバトルはありません。

最初のKEES達三人と、その後出た四人、さらにこれまでに三人追加と、合計十人分のカーソルがレン達には見えていますが、その距離《きょり》はなかなか縮まりません。

近づいて来たかと思ったら止まって、また離《はな》れて。迷路《めいろ》が複雑過ぎるのか、相手も、なかなか近づいてこられないようです。

もちろん、見えない天井《てんじょう》のおかげで、城の上から狙撃《そげき》されたり、グレネード弾《だん》を撃《う》ち込《こ》まれたりすることもありません。

城の中央や、外の城壁《じょうへき》、あるいはその二つを繋《つな》ぐ橋などからは、自分達は良く見えているはずです。スナイパーがいれば撃《う》ってきてもおかしくないですが、一発も飛んできません。

レンに見える城中央の土台、クリスマスケーキが、少し近くなってきました。

最初は500メートルの距離《きょり》にかすかに見えていたのが、高さと近さを、そして存在感を増しています。迷路《めいろ》なのではっきりせず概算《がいさん》ですが、半分くらいは近づいたのではないでしょうか。

レンは後ろを警戒《けいかい》して、ほとんど背中歩き——、正確には小走りですので、

「おっと、レン。止まれー」

迷路《めいろ》の行き止まりに着くと、フカ次郎《じろう》が教えてくれます。

レンが振《ふ》り返《かえ》りました。一列で進むパーティーの先頭、エムの先で道が終わっているのが分かります。

壁《かべ》の色が一緒《いっしょ》なので、かなり近づかないとそこがどん詰《づま》りなのか、それとも曲がる箇所《かしょ》があるのか見分けが付きません。実に嫌《いや》らしい造りです。

エムが戻《もど》ってきました。レンの脇《わき》をドスドスと通《とお》り抜《ぬ》けます。手に持った楯《たて》とMG5マシンガンが強そうです。

そしてボスが続き、アンナが続きます。

先ほどから、ボスとアンナは、チームで統一している拳銃《けんじゅう》、《ストリージ》のマガジンを左手に持っていて——、時折そこから9ミリパラベラム弾《だん》を親指で抜《ぬ》いて、壁際《かべぎわ》に落としていました。

エムが通路を曲がったとき、もし端《はし》に弾《たま》が落ちていたら、そこは一度通ったことがある場所、

という意味。なかなかのヘンゼルとグレーテル作戦です。

あとは、エムのマップ能力にかけるしかありません。

ストーカー行為《こうい》で磨《みが》かれた――、よい子は決してマネしてはいけません、エムの地理感覚は本物です。同じどん詰《づま》りに捕《つか》まることなく、最適解で、城の中央に向かって行けるはず。

敵は50メートル以内に十人いますが、もし同じ通路を通らなければならない場合は、バトル不可避《ふかひ》。そうなれば、マシンガンのエムを先頭に火力で押しきって行く覚悟《かくご》です。都合十人くらいならなんとかなる、はず。

それぞれの知恵《ちえ》と能力を駆使《くし》して、割とスムーズに、バトルを避《さ》けつつ迷路《めいろ》を進めています。

これは、このままなんとかなる、気がする。

そんな蜂蜜《はちみつ》に漬《つ》け込《こ》んだ黒砂糖みたいに甘い考えのレンに、ザッバンと冷や水をぶっかけてくれたのは、
ぴん、ぴん、ぴん、ぴぴぴん、ぴん。

ぴぴぴん、ぴんぴん。

カーソルが出る音の連打でした。

「え？」

「ええ？」

「おいおい、こりゃどうしたことだぜ？」

周囲50メートル以内に突然《とつぜん》増えた、そして距離《きょり》を詰《つ》めてくる敵カーソルに、フカ次郎《じろう》が驚《おどろ》いていました。

なるほどフカでも、この状況《じょうきょう》はヤバイと思うか……。

レンが思った次の瞬間《しゅんかん》、

「そんなに可憐《かれん》で美しいオイラの近くに来たいのか！　しょうがないな近《ちこ》う寄れ一列に並べ。グレネード弾《だん》をサイン入りでプレゼントしてやる」

ヤバイのはフカ次郎《じろう》でした。

「ちぃっ！」

ボスが野太い声で舌を打ち、

「良くないですね……、これ」

アンナも危機感を感じさせる声を出しました。

それらの声が、レンの緊張《きんちょう》を否《いや》が応《おう》でも高めます。

さっきフカ次郎《じろう》は、レンの緊張《きんちょう》をほぐすためにあんな事を言ってくれたのかと思いましたが、いやたぶん違《ちが》うとすぐに否定しました。

ではエムが何を言うか、レンは静かに待ちました。

「…………」

何も言わなかったので、凄《すご》く怖《こわ》かったです。

「よう！　お前も1億クレジット狙《ねら》いか？」

「そうだ。だから選べ。ここでムダに殺し合って、勝った方だけがヘロヘロボロボロの状態で100万円を追いかけるか、それとも一時的に休戦し、元気なヤツらが一斉《いっせい》に攻撃《こうげき》して、ラストショットを決める幸運に賭《か》けるか」

「そりゃあ、悩《なや》むコトなく後者だなー。この世の中に、命の次に大切な物は二つある。一つはカネ、もう一つはカネだ。車のローンを早く返したい」

「カネだよな。俺は子供が産まれたばっかでな。じゃあそういうことで」

「そういうことで。あと——、おめでとう」

あちこちで、細部はかなり違《ちが》いますが内容はだいたい同じ会話が生まれて、臨時のチームが結成されていきます。

チーム名は、

『100万円が欲《ほ》しいんじゃーズ』

とでもしましょうか。略称《りゃくしょう》は知りません。

もちろんその連中にMMTMやSHINC、ZEMALのメンツはいませんが、T—Sのプロテクター兵士はいました。歴史コスプレチーム、NSSの一人もいました。かつてレン達に煮《に》え湯《ゆ》を飲まされた、光学銃《こうがくじゅう》ばかり使うRGBのメンツもいました。

チームの合流より、SJ5の優勝より、名誉《めいよ》より、栄光より――、懐《ふところ》に入る100万円を狙《ねら》う、清々《すがすが》しくがめつい男達です。

そんな連中が、今、城の南側にズルズルと集まり始めました。


「守銭奴《しゆせんど》の見本市か！」

呆《あき》れたのか感心したのか、あるいはその両方か――、酒場で誰《だれ》かが叫《さけ》びました。

酒場の連中には、何もかもが、よく見えています。

壁際《かべぎわ》の、あるいは天井《てんじよう》からぶら下がる大きなモニター画面には、あるいはテーブル手元で宙に浮《う》かんでいる画面には、SJ5の最後のフィールドになった城の地図が表示されています。

手元の画面はピンチアウトで拡大することで、複雑怪奇《ふくざつかいき》な迷路《めいろ》の様子もバッチリと分かります。

そして、そこにはキャラクターの位置がカーソルで、名前と一緒《いつしよ》に表示されているのです。

言わば神の目線。

そして明確に分かります。

南側に現れた『LLENN』とその仲間四人達に、迷路《めいろ》にいるプレイヤーがワラワラと群がっていく様子が。

砂糖を見つけたアリのように、茶色の地図の中を、たくさんの黄色いカーソルが向かっていきます。

といっても迷路《めいろ》なので右往左往してますが、全体的には、まあ向かっています。中央近くにいるカーソルがわざわざ外側に向かっているのを見るに、ヤツらは絶対に、レンを狙《ねら》っています。

一人の観客が、目ざとく見つけました。マップ南東エリアで、ケンタが敵に接触《せっしょく》して、しかしその敵が消えず、すぐに南に向かっているのを。

そしてMMTMの思惑《おもわく》に気付いて、皆《みな》に伝えました。

「なるほど、そういうことか。さすがエゲツねえな……」

「やってくれるぜ！」

「これぞ俺のMMTMだ！」

「お前んじゃねえ」

「お約束のツッコみありがとう」

そして14時19分過ぎ。

とうとうレン達は、完全に囲まれました。

拡大した地図をつぶさに見ていた一人が、

「おいおい、こいつぁ困ったな！　ピンクのチビ達に、敵と接触《せっしょく》しないで中央に行くルートは、もうないぜ！」

とても楽しそうに報告しました。


14時19分30秒。

フィールドでは、いろいろなことが同時に起こりました。

まず、

「いい感じだぜ、リーダー。カーソルの動きから分かる！　かなりの数が、南に行った！」

走り回って声をかけまくったケンタが、デヴィッドに報告。

北西部の城門トンネルにいたデヴィッドは、50メートル以内にはもう誰《だれ》もいないことを確認《かくにん》して、

「よし、俺達も出る。ラックス？」

塔《とう》の上にいる仲間の名を呼びました。

「はいよ！　リーダー、頑張《がんば》ってみる！」

返事が来て、デヴィッドはスモーク・グレネードを一つ放りました。

黄色い煙《けむり》が、迷路《めいろ》の町に生まれて、広がり、そして立《た》ち昇《のぼ》っていきます。

「確認《かくにん》！」

ラックスの声。中央北東の尖塔《せんとう》の上から、双眼鏡《そうがんきょう》でこちらの位置を確認《かくにん》しました。

上からなら、迷路《めいろ》の様子が分かりますので、ある程度の誘導《ゆうどう》ができます。

複雑な迷路《めいろ》なので、最短ルートは無理でも、今行っている道が行き止まりかどうか、さっき通った道なのかどうかは、当人よりずっとよく分かるでしょう。

チートとも言えるズルい手段ですが、それは先んじて城に入った仲間がいることの特権です。

しかし、リーダーを優先する以上、西側の城門にいるサモンの誘導《ゆうどう》はできません。

デヴィッドは、

「サモン——、〝頑張《がんば》れ！〟としか言えぬ。すまん」

「気にしないで、リーダー。中央で会おう」

「ああ、中央で会おう」

デヴィッドは、

「後ろは任せて」

そう言ったビービーと一緒《いっしょ》に、ずっと潜《ひそ》んでいたトンネルを、勢いよく出ました。

「おかしい……。敵がだいぶ南へ——」

迷路《めいろ》を全力で、ドスドスと走っていたソフィーは、視界の中からカーソルが減ったことで疑念を抱《いだ》き、そして発言中に答えに気付きます。

「ああ！　これ、レンに向かってるのか……。ボス！　敵がそっちに集まってる！　たぶん、誰《だれ》かが意図的に居場所を教えてる！」

ソフィーの後ろを走るローザとトーマも、顔をしかめました。

そしてボスからの返事が、三人の耳に戻《もど》ってきます。

「ああ、そんなトコロだろうな……。もはや周囲は敵だらけだ。おかげでお前達の周囲からは減っているはずだ」

「そうだけど！」

「じゃあ、堂々と中央を目指せ。こっちを助けに来ようとか思うなよ。数が多すぎる」

ソフィーは、迷路《めいろ》を走りながら
「………。了解《りょうかい》！」

そう答えるしかありませんでした。

「うーん、暇《ひま》だな。〝しりとり〟でもする？」
尖塔《せんとう》の最上部でＡＲ―５７を抱《だ》きながら寝《ね》っ転《ころ》がり、すっかりリラックスしているクラレン

スが言って、

「それどころじゃ……」

ボスやレンの窮地《きゅうち》を通信アイテムで知った、同じく狙撃《そげき》を避《さ》けるために寝《ね》っ転《ころ》がっているターニャが言いました。

しかしクラレンスとは違《ちが》い、階段の下の警戒《けいかい》は怠《おこた》っていません。

その手には、手榴弾《しゅりゅうだん》が一つ握《にぎ》られています。もし誰《だれ》かが登ってきたら、床《ゆか》に開いた穴へと、安全ピンを抜《ぬ》いて投げ落とす準備万端《じゅんびばんたん》。

クラレンスも、LPFMの通信アイテム越《ご》しに会話は聞いているはずなので、チームの仲間が大変だとは察することができると、ターニャは思うのですが、

「〝じゃ〟……。ジャパン！」

クラレンスは、まったく気にしていない様子でした。

「あ、今のナシ！」


14時20分が、現実世界にもGGO世界にもやって来ました。

そのときのレンは、周囲をあまりにも敵に囲まれたのでエムが足を止めて、それに倣《なら》って静止していました。

ぶぶぶぶぶ。

なので、胸に入れたサテライト・スキャン端末《たんまつ》が震《ふる》えたことにすぐに気付きました。

「端末《たんまつ》に何かきた！」

「情報だろう。レンが代表して見て、読み上げてくれ」

「了解《りょうかい》」

エムに従い、レンは胸のポケットから端末《たんまつ》を取り出し、画面を見ました。

『14時20分追加情報』から始まる文字を、レンは読み上げます。

「えっと、『さっき意図的に書き忘れたけど、このお城も外側は全部崩《くず》れます。14時30分になったら、次々に全部崩《くず》れて――』。はあ？　なにこれ！」

「いいから全部読むんだ、レン。コトは冷静に、な？」

フカ次郎《じろう》に冷静になれと言われ、レンは続けます。

「『次々に全部崩《くず》れて、残るのは中央だけです。言わばラストステージ！　みんなその上で、最後のバトルを楽しんでね！　そんじゃグッドラック！』――以上！」

「だー！　なんじゃそりゃ！　ざっけんなボケぇ！」

フカ次郎《じろう》が爆発《ばくはつ》して、

「冷静、どこ行った？」

ツッコんだレンを冷静にさせてくれました。

「おいおいマジかよ！」

慌《あわ》てたのは、レン達だけではありません。

「あと10分弱……」

「そんだけか……」

「もしその間にやれなかったら——」

「まあ、全員死ぬな」

口々に呟《つぶや》くのは、レンを屠《ほふ》って100万円をゲットしようとしていた、金に浅まし——、いえ、収入に対する情熱を誰《だれ》よりも素直《すなお》に滾《たぎ》らせている熱い男達です。

彼等の脳裏《のうり》をよぎるのは、一つの疑問。

このままレンを追いかけて100万円ゲットのチャンスを摑《つか》むか。

それとも、そんなのは諦《あきら》めて、今すぐ城の中へ駆《か》け込《こ》むか。

「おいこれ——、どうする？」


「いやあ、今すぐ城の中を目指した方がいいぞ、これ」

酒場で、誰《だれ》かが言いました。

もちろんこちらの画面にも、『14時20分追加情報』はデカデカと表示されています。発表されたとき、多くの人が囃《はや》し立《た》て、多くの人が笑いました。参加者じゃないから気は楽です。

「城に行った方がいいって、その心は？」

ヴァーチャル世界で今日何杯目《なんばいめ》か忘れたルートビアを飲んでいた男が訊《たず》ねて、

「だってよ――」

その誰《だれ》かが答えます。

「レンはどう考えても、必死になって城を目指すだろう。そして俊足《しゅんそく》で凄腕《すごうで》だ。生き残る確率の方が高い。そしたら、城の中央のファイナルバトルで殺すチャンスがある。こんなところで狙《ねら》うより、すぐにでも中央に行った方がいい」

「ああ、なるほど。冷静になって考えれば、そうだな」

「迷路《めいろ》にいる連中が、金に目が眩《くら》んでなきゃいいんだがなあ」

「でもよ、全員が金の亡者《もうじゃ》の方が、レンが倒《たお》される可能性も上がるよな？」

「そうだけど、俺はレンなら、この難局を凌《しの》ぎきると思っている」

「その心は？」

その問いに、聞かれた男は真剣《しんけん》な顔で答えます。

「それでこそ、俺のレンだからだ」

「お前のじゃねえ！　――またかよ！」

ました。

塔《とう》の上部の狭《せま》いスペースで、相変わらず寝《ね》っ転《ころ》がっているクレランスが、ニヤけ笑顔《えがお》で言いました。

「まじかー!」

驚《おどろ》いていますが、それ以上に楽しんでいます。自分の居場所は安全ですから。ええ、彼女はそういう奴《やつ》です。

クラレンスは仰向《あおむ》けのまま、左手でサテライト・スキャン端末《たんまつ》を顔の前に保持していました。寝《ね》スマホのようです。手を滑《すべ》らすと顔に落ちて、とても痛いヤツです。

その隣《となり》で、

「これで、ボスやレン達も楽になるカナ? だって、みんな死にたくないから、中央を目指すでしょ?」

手榴弾《しゅりゅうだん》をしっかり握《にぎ》ったままのターニャが、期待を込《こ》めて声を弾《はず》ませましたが、

「ノウ」

クラレンスが言って、

「なんで英語?」

ターニャは聞き返しました。そして、今はそれは重要ではないと、

「なんでそう思うの?」

肝心《かんじん》なことを聞き返しました。

「だってさー、ここまでSJ5は、楽しみにしていたチーム戦を封《ふう》じられてきてさ、たぶん全員無事なチームも少なくてさ、未《いま》だに合流もできなくてさ、そんな中でチームの優勝より、100万円狙《ねら》わない？　フツー」

「まあ、確かに……」

「どうする？」

ここまでレンを追いかけ囲んだ彼等の脳裏《のうり》をよぎったのは、一つの疑問。

このままレンを追いかけて、100万円ゲットのチャンスを摑《つか》むか。

それとも、そんなのは諦《あきら》めて、命をひとまず大事にするために、今すぐ城の中へ駆《か》け込《こ》むか。

「どうするだと？　決まってる！　俺は賞金首を追う！」

そう言ったのは、レン達まで残り15メートルまで迫《せま》った男。黒基調の戦闘服《せんとうふく》に、《ベネリM3》オートマチックショットガンを握《にぎ》りしめています。

「中央に行きたいヤツは行け。別に背中から撃《う》ったりはしない。弾《たま》がもったいないからな。この弾《たま》は、全部レンに撃《う》ち込《こ》む！」

一人の男の、熱い欲望――、いえ、魂《たましい》の言葉が、近くにいた、ついさっきまで顔も名前も知らなかった男達の心を打ちました。

「ま、どうせチームもボロボロだし――」

「優勝しても、100万円ほどの物は出ないし――」

「そもそも、優勝できる可能性は極《きわ》めて低いし――」

男達が口々に、情けないことを言って、

「俺も目指すぜ、100万円！」

結局そこにいた人達全員が、満場一致《まんじょういっち》、レンを目指すことに相成りました。


「こうなれば、いや、こうなる前からだが――、敵の包囲網《ほういもう》を突破《とっぱ》するしかない」

エムの言葉に、

「だよな」

ボスが同意して、

「どうせそのつもりだったし」

アンナが応えたとき、

「前方！　来るぞ！」

エムの鋭《するど》い声がしました。

エムは左腕《ひだりうで》の楯《たて》を地面にガツンと打《う》ち据《す》え、

「レン、フカ、後ろでしゃがめ！　ボス、左、アンナは右！」

何が起きたのか、レンにも分かります。

視界の中に入っていた二つのカーソルが、急に迫《せま》って来《き》たのです。

エムの先、細い通路の向こうにあったカーソル、17と16メートルと表示されていたそれらが、次の瞬間《しゅんかん》に14と13になりました。突然《とつぜん》の急接近です。

レンとエムの距離《きょり》が4メートルはあります。エムの先、7メートルほどに曲がり角がありまます。

すると、敵二人は、そこをめがけて走ってきているはず。まさに目の前に出てくるはず。

「いいぜ！　来やがれ！」

フカ次郎《じろう》が右太《みぎた》と左子《ひだりこ》を向けようとして、

「やめ！」

レンはその頭を押さえつけるように伏《ふ》せさせて、自分も伏《ふ》せました。

「撃《う》て！」

エムの鋭《するど》い声。

次の瞬間《しゅんかん》、唐突《とうとつ》に始まった、銃声《じゅうせい》の大騒《おおさわ》ぎ。

エムが、右手一本で抱《かか》えたＭＧ５マシンガンをフルオートで、楯《たて》と巨体《きょたい》の陰《かげ》から左脇《ひだりわき》でボスが、右脇《みぎわき》でアンナが、ストリージ拳銃《けんじゅう》を連打し始めました。

狭《せま》い通路で銃声《じゅうせい》は反響《はんきょう》して、さらに反対側で響《ひび》いて、

「うが」

レンの耳を猛烈《もうれつ》に打ちました。

うるさいです。ヴァーチャル世界で耐《た》えきれる限界の銃声《じゅうせい》です。

撃《う》っている方はアドレナリンが出ますので少々無視できますが、そうでない方にはツラい。

ひたすらツライ。

エムの腕《うで》の中で、持ち主が死んだ恨《うら》みとばかり、MG5が吠《ほ》え続《つづ》けました。

弾薬《だんやく》ベルトをグイグイと吸い込んで、空薬莢《からやっきょう》とベルトリンクだけを外に排出《はいしゅつ》。炎《ほのお》を噴《ふ》き出《だ》す銃口《じゅうこう》からは、ひっきりなしに銃弾《じゅうだん》が飛んで行き、

「ぐは！」

「ぎっ！」

曲がり角からまさに飛び出てきた二人の男の足を射貫《いぬ》きました。

射貫《いぬ》いたというより、ぶった切りました。

銃弾《じゅうだん》を連続して食《く》らうと、手足は千切れます。二人の男は、予想通り迷路《めいろ》の角からレン達のいる通路へと飛び出して来て、足を撃《う》たれて切られて、もう進めなくなって前のめりに転んで、そして——、

ほぼ同時に爆発《ばくはつ》しました。

どどどどどかん。

銃声《じゅうせい》を豪快《ごうかい》に上書きする爆発音《ばくはつおん》と共に、数発の手榴弾《しゅりゅうだん》の一斉炸裂《いっせいさくれつ》が、倒《たお》れた男達二人をバラバラにしました。

現実世界だったら、血と肉と臓物が飛び散って、さぞかしスプラッタな光景だったでしょうが――、

ここは平和なヴァーチャル世界なので、作り物にしか見えないポリゴンの欠片《かけら》が散って、断面図がワイヤーフレームな体のパーツが、手とか頭とか足とか胴体《どうたい》とかが、高さ3メートルほどまで立ち上って四散しただけです。十分えぐいです。

「なっ？」

何が起きたのか分からないレンに、ＭＧ５の射撃《しゃげき》を止めたエムが答えます。

「あの二人は、大量の手榴弾《しゅりゅうだん》を抱《だ》いて、ピンを抜《ぬ》いてから全力で突《つ》っ込《こ》んできたんだ。撃《う》たれてもレンまで行けると、巻き込めると思ったんだろう。言わば自爆特攻《じばくとっこう》だ」

「うひー……」

その執念《しゅうねん》が怖《こわ》いです。

「予想は付いたので最初から足を撃《う》って、切って転ばせてやった」

訂正《ていせい》、淡々《たんたん》と言うエムが一番怖《こわ》いです。

「おうおう、人気モンはツラいのう」

レンの下でうつ伏《ぶ》せぺちゃんこになっているフカ次郎《じろう》が言って、

「次が来るか？」

ボスが、連射で撃《う》ちきったストリージ拳銃《けんじゅう》からヴィントレスに持《も》ち替《か》えながら言いました。

ボスもアンナも、まず小回りのきく拳銃《けんじゅう》で応射して、それからヴィントレスやドラグノフを撃《う》つつもりだったようです。

「いや、大丈夫《だいじょうぶ》そうだ」

エムがそう言った理由は、レンの視界に出ています。他に急激に距離《きょり》を詰《つ》めてきたカーソルがないのです。

「ふむ、あの二人だけの勇み足だったか。助かったぜ。全員で一気に来られるのが一番ヤバい」

ボスはそう言いながら、ストリージのマガジンを交換《こうかん》し、ホルスターに差し込みました。

「む？　先走ったヤツがいたな」

エムから30メートルほど離《はな》れた場所で、五人が集結していました。

服装も装備もバラバラの、さっき結成されたチームです。名前はまだない。

見えるカーソルの動きで、そして迷路《めいろ》に響《ひび》いた久々の銃声《じゅうせい》と破裂音《はれつおん》で、今死んだ二人の行動の予想が付きました。

レンは、まだいます。視界の中に、名前が残っています。

重苦しい連射の銃声《じゅうせい》が聞こえたので、

「エムかSHINCか、7．62ミリクラスのマシンガン使いが一人いるな。新武装か、副武装か……」

さすがはガンマニアの変た――、もといGGOのプレイヤー。すぐに分かります。そして、

「それにしても、バカなヤツらだ。エム達相手に、少数で攻《せ》めてどうする？　戦力の逐次投入《ちくじとうにゅう》はダメだって、日露戦争《にちろせんそう》で学ばなかったんか……？」

そんなことも呟《つぶや》きました。

それから、今この場にいる〝仲間達〟に向けて声を張り上げます。

「みんな聞いてくれ！　この狭《せま》い場所で、二、三人で個別に攻撃《こうげき》してもダメだ。エムには楯《たて》もある。撃《う》ち負《ま》けるぞ！　全員集まってから、前後を挟《はさ》むようにして、30分の直前に一斉攻撃《いっせいこうげき》だ！　戦いは数だ！」

「そうだな、アニキ。それがいい」

誰《だれ》かが言いました。もちろん反論はありません。

「では、14時27分でどうだ？　ヤツらが死ぬまで、あるいは俺達が死ぬまで、3分もかからな

いだろう」

「異論なしだ。ただ、そこで最後に、プラズマ・グレネードを投げつけるのはアリか？　たぶん、いや、ほぼ必ず、みんなを巻き込むが？」

「投擲可能距離《とうてきかのうきょり》までお前さんが近づけたなら、それはアリなんじゃねーか？　レンさえ仕留められれば、後は野となれ山となれな連中だ。俺もな」

「了解《りょうかい》！」

「じゃあそういうことで、みんなでえげつなく、大人げなく、たった一人を屠《ほふ》りに行こうか！」

最初の一人が結論づけて、

「まあ、俺達の反対側にいる連中と連絡《れんらく》を取れたら、すごくいいんだがなあ……」

そんな愚痴《ぐち》を言いました。

残念ながら、ここにいる呉越同舟《ごえつどうしゅう》チームのチームメイトは、反対側に、あるいは近くにいません。いれば通信アイテムで既《すで》にやっています。

「できないことを悔《く》やんでも仕方がない——」

腕時計《うでどけい》を見ると、14時22分。

「俺達はできることをやろう。カーソル距離《きょり》を見ながら、囲むぞ」

ひとまずピンチを脱《だつ》したレン達ですが、いいえ先ほどからずっとずっとピンチです。

周囲をぐるりと囲み迫《せま》ってくるカーソルに、迫《せま》る足元崩壊《あしもとほうかい》のタイムリミット。

エムは、さっき容赦《ようしゃ》なく撃《う》って弾《たま》が30発減ったＭＧ５の弾薬箱《だんやくばこ》を、潔《いさぎよ》く新しい１００発入りのそれに変更《へんこう》しました。70発のキャパシティのままで行くより、次の戦いにて１００発連続で撃《う》てる方を選んだのです。

元はピトフーイの武器だったＭＧ５、弾薬《だんやく》はそれ以上ありません。ラストアタックを決めて復活すれば別ですが。

「レン」

エムは、名前を呼びました。

「うん」

立ち上がりながら、押し倒したフカ次郎《じろう》を起こさずにレンが答えました。

「この先どうなるか分からないが、最悪の場合、レンだけ駆《か》け抜けて中央を目指せ。俺達は支《し》援《えん》に回る」

「そんなー」

弱気なことはほとんど言わないエムが、そんなことを言うのはよっぽどです。

状況《じょうきょう》が悪すぎて、エムですら打開の最善手が見えないことが、レンには、そしてそれ以外の仲間にもよく分かります。

　ボスまでもが、

「うむ。最後は私が楯《たて》になろう。デカいから楽だろう」

「いやいや、待って！」

　レンは慌《あわ》てました。

　そして、自分が賞金首だからといって、みんなに迷惑《めいわく》をかけたくなく、そもそも自分だけ別行動していれば、みんなは逃《に》げられたという事実が重くのしかかります。

　しかしどうすればいい？　自分に何ができる？

　レンの脳細胞《のうさいぼう》が高速で回って、唯一《ゆいいつ》の可能性を導き出しました。

「そうだ！　ＰＭ号は？」

　フカ次郎《じろう》との友情合体必殺技《ゆうじょうがったいひっさつわざ》なら、あるいは？

「無理だ」

　エムは即答《そくとう》しました。

「あれなら、まだレンが一人で走る方が速い。防御力《ぼうぎょりょく》は高いが、一発でもプラズマ・グレネードを投げられたら終わりだ」

「ぐっ……」

　唯一《ゆいいつ》の可能性、撃沈《げきちん》。

ここまでか。

レンは思いましたが、絶対に言いませんでした。

戦いの最中、どんなに窮地《きゅうち》でも、諦《あきら》めの言葉を出すとそれは伝播《でんぱ》します。自分にも伝播《でんぱ》します。死ぬまでは、諦《あきら》めてはいけません。諦《あきら》めの言葉を口にしてはいけません。他人に伝播《でんぱ》しません。

ボスもアンナも、無言です。

ということは、窮地《きゅうち》を脱《だつ》するいいアイデアがない、ということ。

そんなときです。

「ほっほっほ。若《わか》い衆《しゅう》よ、ちょいと聞きたいんじゃがな」

フカ次郎《じろう》が、謎《なぞ》の爺《じい》さんを始めました。

もうすぐやられてしまうのだから、好きにさせてやろう。

レンは、思いましたが、言いませんでした。

なのでフカ次郎《じろう》、立ち上がって、左手のグレネード・ランチャーの砲口《ほうこう》でヘルメットの角度を直しつつ、空を見上げました。

そして、

「ワシはGGO歴が短いから分からんのじゃが——、この頭の上にある透明《とうめい》バリアってヤツは、どんな、なんじゃ？」

フカ次郎爺《じろうじい》さんが仲間に何気なく訊《たず》ねたとき、レン達を迷路《めいろ》越《ご》しに囲む男達は、

「いいぞ、ピンクの悪魔《あくま》は動いていない。包囲が成功したか……」

「100万円！　――しかし、諦《あきら》めて降参されたらどうなる……」

「その前に叩《たた》きたいな……」

そんな会話をしていました。


「どんな、って……？」

レンが怪訝《けげん》そうに、謎《なぞ》の爺《じい》さん――、もしくはフカ次郎《じろう》に問い返しました。

「ほっほっほ！　だから、鉄砲《てっぽう》の弾《たま》は無理じゃが、人はくぐり抜《ぬ》けられるのか？　ってことじゃよ」

「あっ！　知らない……」

レンの答えが、エムやボスやアンナの答えでした。

GGOで時々中ボス以上が張ってくる透明《とうめい》バリア、それを人が通れるかどうかなんて、誰《だれ》も知りません。知ろうとしたことがありません。そもそも、中ボスの近くに行ったことがないのです。

「これだから、飛び道具ばかりに頼《たよ》っておる人間はのう……。背に翼《つばさ》がないから、思考の飛《ひ》

翔《しょう》がない」

「妖精《ようせい》の爺《じい》さん？」

「ワシは最初から思っとった。あれを越《こ》えれば、迷路《めいろ》の壁《かべ》の上を歩いてひょひょいのひょい、じゃと。通《とお》り抜《ぬ》けられるか、トライしてみる価値は、あるんじゃないかのう……？」

「確かにそうだけど……、どうやって登るのさ？」

レンが見上げます。

迷路《めいろ》の壁《かべ》の高さは5メートル。二階建ての建物の天井《てんじょう》近くです。壁《かべ》はツルツル。どこにもとっかかりはなく、よじ登れるとは到底《とうてい》思えません。

鉤爪《かぎづめ》の付いた頑丈《がんじょう》な登攀用《とうはんよう》ロープでも持っていれば登れるかもしれませんが、普通《ふつう》のGGOプレイヤーは、重くてかさばるロープなど、遺跡探索《いせきたんさく》ミッションでもないかぎりは持ちません。

弾《たま》をたくさん持ちたいSJなら、なおさらです。

シャーリーが持ってた？　彼女が普通《ふつう》じゃないんですよ。証明終わり。

「翼《つばさ》を広げて空を飛べば、と言いたいところじゃが――」

フカ次郎爺《じろうじい》さん、軽く肩《かた》をすくめました。翼《つばさ》のない肩《かた》をすくめました。

それから、ヘルメットの縁《ふち》から覗《のぞ》き込《こ》むような目線を、大男に向けます。

「エムや――。お主、やたらに長い鉄砲《てっぽう》を持っていたのう？」

「試《ため》そう」

すぐに理解したエムがサッと左手を振《ふ》って、ストレージ操作をしました。ボスとアンナが、周囲を警戒《けいかい》し続けます。

そして出てきたのは、全長2メートルの巨大《きょだい》な物干し竿《ざお》――、のような、アリゲーター対物狙《そ》撃銃《げきじゅう》。

エムはそれを、ストックを下にして壁際《かべぎわ》に立てかけると、

「二人とも、警戒《けいかい》はいい。これを支えていてくれ」

見たところ、近づいてくる敵はいません。ボスとアンナが、

「おう！」

「了解《りょうかい》！」

それぞれのライフルを背負ってから、垂直に立つアリゲーターを左右から挟《はさ》み、支えました。

全長2メートルの銃《じゅう》ですが、銃口《じゅうこう》の先から壁《かべ》のてっぺんまでは、まだ3メートルあります。

フカ次郎《じろう》が、左手を振《ふ》ってウィンドウ操作。背負っていたバックパックと、持っていた2丁のMGL―140を、ストレージにしまいました。

身軽になったフカ次郎《じろう》、立てられて支えられたアリゲーターに近づくと、

「ほれ、エムとやら、その上から、ワシを投げてみんしゃい」

「分かった」

レンにも、フカ次郎《じろう》のやりたいことが分かりました。

そして、マジでやるのかと思いました。

どすん。

バックパックを背中に落としたエムが、アリゲーターのマガジンに足をかけて、器用に登っていきます。アンナとボスは、左右で必死になって支えました。

銃《じゅう》は金属の塊《かたまり》です。

得てして頑丈《がんじょう》なので、人が登るくらいでぶっ壊《こわ》れたりはしませんが、細かい機能パーツが歪《ゆが》んだり外れたりすることは十分あり得ます。リアルでは絶対にやらない方がいいでしょう。それは、間違《まちが》った使い方です。

エムは巨体《きょたい》に見合わぬバランス感覚で歪《いびつ》なハシゴを登り切ると、その頂上でくるりと振《ふ》り向《む》きました。

アリゲーターの銃身先端《じゅうしんせんたん》、大きなマズルブレーキに右足踵《みぎあしかかと》を置き、左足は宙に遊ばせたままで、壁《かべ》に背を付けて立ちました。

「おおー！」

レンは、女二人に足場を支えられ、高い場所に巨体《きょたい》が壁《かべ》を背にして片足で立っている姿を見ました。一体何の降臨でしょうかね？

2メートルの銃《じゅう》に2メートル近い巨体《きょたい》が乗れば、残りは1メートルちょっと。

「じゃあ参るぞ。万が一それで、ワシの首の骨が折れてしまっても——、誰《だれ》にも恨《うら》みっこ無しじゃ！」

フカ次郎《じろう》が、エムの前で数歩下がりました。

「つまり、レンのせいじゃ！」

そして全力ダッシュ。

「まてや」

からのジャンプ。レンのツッコミが、フカ次郎《じろう》の背中を押しました。

フカ次郎《じろう》の足がアリゲーターのマガジンにかかり、次の足がバイポッド、次の足が銃口《じゅうこう》のマズルブレーキに載《の》って、

「そうれ！」

さらに上へと跳《と》びます。両腕《りょううで》を伸《の》ばしながら。

少し前屈《まえかが》みになったエムの太い腕《うで》が、フカ次郎《じろう》の短い両腕《りょううで》をがっしりと摑《つか》んだかと思うと、

「せいっ！」

引っ張りました。巨大《きょだい》なカブでもぶっこ抜《ぬ》くように。背筋が唸《うな》りを上げる音が、レンには聞こえたような気がしました。

「アイキャンフラーイ！」

フカ次郎《じろう》の小さな体が上空に持ち上げられて、持ち上げた顔が透明《とうめい》バリアに近づき——、

「ひゅう！」

そのまま空を切って空へと昇《のぼ》っていきました。

「おおー！」

レンは、女二人に支えられて高い場所にいる巨体《きょたい》の上で、小さな体が手を広げて宙を舞《ま》う姿を見ました。いったい何の昇天《しょうてん》でしょうかね？

さすがはなんでも器用にやってしまうエム。投げられた角度が、そして高さが絶妙《ぜつみょう》でした。頂点から少し下がった時点で、フカ次郎《じろう》の小さな足が、迷路《めいろ》の壁《かべ》の上にとん、と軽《かろ》やかに着地。

「見事！」

レンは、己《おのれ》の眼《め》でしかと見ました。透明《とうめい》バリアなど無い物のように宙を舞《ま》い、高さ5メートルの位置にズバッと立ったフカ次郎《じろう》を。

「おっと！」

そしてバランスを崩《くず》して背中からエムに落ちてきそうになって、

「ひっ！」

レンの短い悲鳴を呼びましたが、

「おっとっと！　あらよっと！」

フカ次郎《じろう》はそこで踏《ふ》みとどまりました。

おい、ワザとじゃねーだろうな？

レンは思いましたが、言いませんでした。

人体実験の結果が出ました。

あらゆる攻撃《こうげき》を無慈悲《むじひ》に弾《はじ》く透明《とうめい》バリアは、フカ次郎《じろう》の予想通り、人間など相手にしなかったようです。

GGO歴もそれなりになったレンですが、今日になって新たな知見が得られました。しかしよくよく考えれば——、そりゃあ、そうなのかもしれません。

もし仮に人間にも力が働くのなら、上から誰《だれ》かが落ちたら、そのバリアで止まることになります。

そしてそのバリアの上を、つまりは空中を、そのまま歩けてしまうことになります。空中歩行です。ビジュアル的に変過ぎます。

レンの心を読んだか、フカ次郎《じろう》が物理的な上から目線で語りかけます。

「これだから、地球の重力に縛《しば》られた旧《ふる》いGGOプレイヤーはのう……。既成概念《きせいがいねん》に囚《とら》われすぎじゃ。今からでも遅《おそ》くはない、ニュータイプに目覚めるんじゃぞ？」

「謎《なぞ》の爺《じい》さん！　今日だけは感謝しておく！」

「ほっほっほ、いいってことじゃ。成功報酬《せいこうほうしゅう》の3億円は、スイス銀行のワシの口座に振《ふ》り込《こ》んでおいてくれればよい。三営業日以内でな。一日遅《おく》れるごとに、10パーセント割り増しじゃぞ」

フカ次郎《じろう》が高い場所から何か言ってますが、レンはそれより、

「よし、レンも続け！」

エムのその言葉に従うことにします。

一度〝装備の一括解除《いっかつかいじょ》〟をして身軽になって、P90や腰《こし》のマガジンポーチが消えるのを零《れい》コンマ何秒待ってから、

「たあっ！」

レンは駆《か》け出《だ》します。

レンも上手《うま》く行《い》くかは分かりませんが、この高さなら失敗しても死にはしないでしょう。

それよりも、さらに近づいて来た敵のカーソル位置の方が気になります。

レンはアリゲーターに飛びつくと、マガジンとグリップを足がかりに、猿《さる》のようにスパスパと登りました。軽い体と鍛《きた》えられた敏捷性《びんしょうせい》のなせる業《わざ》。

レンは、銃身中央付近《じゅうしんちゅうおうふきん》にあるバイポッドに両足をかけ、最後の跳躍《ちょうやく》をしました。銃口《じゅうこう》まで登らなくても、レンなら届きます。

「はっ！」

エムの太い腕《うで》が、レンの細い腕《うで》を掴《つか》み、

「うひょ！」

レンは肩《かた》が引《ひ》っこ抜《ぬ》けるかと思いました。強烈《きょうれつ》な上へのGを感じました。

視界がぐわっと動き、レンは壁《かべ》の上に持ち上げられ、

「おうっ！」

「なんでまだそこにいる！」

着地点でボンヤリしていたフカ次郎《じろう》に激突《げきとつ》して二人してまとめて壁《かべ》の向こう側に落ちてしまうところでしたが、ギリギリでどうにかなりました。

レンは、着地を決めました。


「うおお！」

「やるー！」

その姿は酒場のモニターにも大映しになっていて、観客達の歓声《かんせい》を誘《さそ》いました。

「10点だな！　着地姿勢が美しかった！」

「そうか？　見たことないような格好だったぞ？」

「水揚《みずあ》げされた車海老《くるまえび》みたいだった」

「いや、事故って廃車《はいしゃ》になったバイク」

「気の抜《ぬ》けた猫《ねこ》の昼寝《ひるね》姿《すがた》にそっくり」

「踏《ふ》んづけて壊《こわ》したメガネのフレームのごとく」

「出荷《しゅっか》できないキュウリってあんなだよな」

「お前ら！　比喩《ひゆ》スキルのレベルアップでも目論《もくろ》んでるのか？　レンちゃんはどんな格好でも

美しいんだよ！」

　そして、誰《だれ》かの声。

「まさか迷路《めいろ》の上に行けるとはね。さあ、コレで守銭奴《しゆせんど》達《たち》はどう出る？」


「エムさん達は？」

　武器や装備を再び身につけながら、レンは下にいる三人に訊《たず》ねました。

　エムは既《すで》にアリゲーターから飛び降りていて、ボスとアンナは、肉体労働から解放されていました。

「無理だ。お前達二人で中央を目指せ」

　エムが、アリゲーターをストレージにしまいながら答えてきて、

「そんな！」

　レンは嘆《なげ》きましたが、

「いんやー、その方が、ぶっちゃけみんな楽じゃね？」

　後ろからのフカ次郎《じろう》のさらっとした声に、

「あ、そりゃそうか……」

　目の色を〝$〟や〝¥〟に変えた敵集団に狙《ねら》われているのは自分だけなのだと、認識《にんしき》を新たにするのでした。みんなはつまりは巻《ま》き添《ぞ》え。正直ごめん。

ぎゅっ、そして、くるり。

レンがP90を握《にぎ》りしめつつ、振《ふ》り向《む》きます。

一気に広くなった視界の中、足元の壁《かべ》——、というか上に登ったので塀《へい》でしょうか、その幅《はば》は50センチほど。狭《せま》い一本橋ですが、そして高さは5メートルとかなり怖《こわ》いですが、足がすくんで進めないほどではありません。

GGOをプレイしていると、工場の鉄骨を渡《わた》ることとか、普通《ふつう》にありますから。もちろん、リアルでは試《ため》したくもありませんが。

下が迷路《めいろ》なので当然上も迷路《めいろ》ですが、答えが分かっている迷路《めいろ》です。城の中央目指して、走って行けそうです。

レンは腕時計《うでどけい》をちらっと見ました。14時24分30秒。ノンビリしている暇《ひま》はありません。

「分かった！　エムさん、ボス、アンナ、ありがとう！　一度通信切るね！　中で会おう！」

「おう」

「ああ」

「後で！」

三人から笑顔《えがお》と返事をもらい、通信が切れました。

「行くよ！」

両手にグレネード・ランチャーを取《と》り戻《もど》したフカ次郎《じろう》に言いました。

「あいよ。オイラは付いていくぜ！」

SECT.12

第十二章　ラストバトルを私達に

第十二章　「ラストバトルを私達に」

「レンの数字がどんどん減ってる！　こっちに来る！」

レン達を囲んでいた男達の一部、迷路《めいろ》の通路で固まっていた三人の男達は、それは色めき立ちました。

視界に入っていたレンのカーソルの隣《となり》の数字が、つまりは彼我《ひが》の距離《きょり》が、ぐんぐんと小さくなっていきます。20メートル。15メートル。10メートル。

「ええっ？　あり得なくね？」

それは、手探《てさぐ》りで迷路《めいろ》を突《つ》き進《すす》む速度ではありません。ついでに言うと、敵に迫《せま》る速度でもありません。

「自棄《やけ》を起こして突《つ》っ込《こ》んできたな！　スピードでどうにかなると思ったか！　もらったぜ！」

そう、ほくそ笑《え》みながら銃《じゅう》を持ち上げた男の視界に、

「え？」

ピンク色が入りました。ついでにカーソルも。

視界の前ではなく、斜《なな》め上《うえ》に。

「えええ！」

レンが走っていました。

壁《かべ》の上を。

カーソルの位置が妙《みょう》に高いなと思っていたら、なるほどそういうことでしたか。

男は理解しましたが、少々頭の回転が遅《おそ》すぎたようです。

そのレンが、こちらをチラリと見ました。自分達を認識《にんしき》しました。しかし走るのは止めません。

すぐ脇《わき》を通《とお》り抜《ぬ》けようと迫《せま》るレン、そしてその後ろのフカ次郎《じろう》を見ながら、

「100万円！　もらったあああああ！」

男が両目を金色――、〝かねいろ〟に輝《かがや》かせながら、手にしていたイタリアはベレッタ社製、《AR70》アサルト・ライフルの銃口《じゅうこう》を向けて、即座《そくざ》に撃《う》ち始《はじ》めました。

後ろにいる、今日初めて会ったばかりの仲間に、『いたぞ！』と一声かけることなどしません。自分で仕留めて自分だけが1億クレジットを手にするために。

「え？」「え？」

その二人が、男の発砲《はっぽう》と同時にレンに気付いたようですが、時既《ときすで》に遅《おそ》しってやつです。

撃《う》ち始《はじ》めた男の視界にあるバレット・サークルは、走ってくるレンをバッチリと捉《とら》えていま

す。フルオートで放たれた5．56ミリ弾《だん》は、間違《まちが》いなく当たるはず。

当たりませんでした。

「え？」

銃弾《じゅうだん》は全て、5メートルの高さで止まってしまい、ぽろぽろと落ちてきました。

「くそ！」

もちろん知ってはいたのです。金に目が眩《くら》んで忘れただけです。

出遅《でおく》れた二人のうちの一人が、レミントン《M870タクティカル》ショットガンを豪快《ごうかい》に連射し始めました。

どかん、じゃこん。どかん、じゃこん。

撃《う》ってはポンプアクション、撃《う》ってはポンプアクション。9発入ったダブル・オー・バック弾《だん》が次々に放たれる中、彼のすぐ脇《わき》の上を、レンが通り過ぎて行き、撃《う》たれた散弾《さんだん》が次々にバラバラと落ちてきて、

「わりなー！　透明《とうめい》バリアだよ！　へいっ！　へいっ！　どうだもっと撃《う》ってきやがれ！　お金の無駄《むだ》だけどな！　へいへいっ！」

フカ次郎《じろう》が、ドップラー効果と共に、嘲《あざけ》る言葉を残して行きました。塀《へい》の上から。

「へいへーい！」

「フカ、しつこい」

「いやあさ、私の好きな古い漫画《まんが》に、〝へいっ〟って言いながら塀《へい》の上を走る中年男ってキャラがいてねえ！　その真似《まね》が思いっきりできて、至極嬉《しごくうれ》しいのだよ！　へいへい！　今ちょっとその漫画《まんが》の話していいか？　だいたい19分で終わるが」

「あとにしろー」


「やられた！　壁《かべ》の上に登ったんだ！」

別の場所には、なかなかに頭が回る男がいました。彼は、レンとフカ次郎《じろう》の移動のカラクリに、距離数値《きょりすうち》の変化で瞬時《しゅんじ》に気付きました。

「えーっ？　登れんのかよコレ！」

「くそっ！　俺達も！」

「いやいやいや、どうやって？」

当然の疑問が出たとき、

「俺に考えがある！」

男達の中に、たまたまでしょうが、答えを持っている男がいました。

さすがにいろいろな人がいれば、いろいろな知識があります。船頭が多くなれば船も山に登ることが――、じゃなかった、三人寄れば文殊《もんじゅ》のなんとやらです。

米国海兵隊の迷彩服《めいさいふく》を決めて、制式採用銃《せいしきさいようじゅう》の《M16A2》使いのその男は、周囲をぐるりと見渡《みわた》すと、八人いることを認識《にんしき》してから、

「三人！　まずは壁際《かべぎわ》でスクラムを組め！　基礎《きそ》だ！　その上に二人、基礎《きそ》の肩《かた》の上にしゃがんで中段だ！　スクラムの前で、二人が台になってサポート！　手を組んで足を受けて押し上げて、中段の上に載《の》せる！　中段は一気に立ち上がれ！　手が届くはずだからよじ登れ！　最後は、上のヤツがスリングで引っ張り上げるんだ！」

つまりは多くの学校がかって体育祭でやっていた、今も少しは残っているとされる〝組体操〟というやつです。

「おう！」

「いけそうだな！」

「ナイスアイデア！」

急がねば100万円を逃《に》がすとばかりに、男達が協力を始めました。

言われた通りにすぐに二段ができあがり、

「俺、スリングあるぞ！　革《かわ》だから頑丈《がんじょう》だろう」

レミントン社製《M700　VLS》というボルト・アクション式の猟銃《りょうじゅう》を狙撃銃《そげきじゅう》に使っている男が、愛銃《あいじゅう》に付いているスリングを見せながら言って、

「よし！　上がれ！」

組体操のアイデアを出した男が、自ら彼を二段目の上に押し上げるのを手伝いました。

そして、

「いっくぞ！　いっせいーの、せっ！」

二段目が、男を一人その肩《かた》に載《の》せて、一段目の上で立ち上がりました。３メートルほどの高さを得た男の両手が壁《かべ》に届き、彼は筋力を駆使《くし》して登り切りました。

「おおっ！」

「やったぞ！」

男達から、歓声《かんせい》が湧《わ》き上《あ》がります。

一人では攻略不可能《こうりゃくふかのう》なこの壁《かべ》も、これだけの男が協力すれば、登れるのです。なんと美しいプレイでしょうか。

「次、お前行け！」

アイデアを出してくれたのだからと、Ｍ１６Ａ２使いの男が次に登り、彼も無事に壁《かべ》の上に。

Ｍ７００男と、Ｍ１６Ａ２男が塀《へい》の上に立ち、次の男が持ち上げられようとした瞬間《しゅんかん》、

「ほら！」

上から手が差《さ》し伸《の》べられました。

Ｍ７００男の手です。その手には、手榴弾《しゅりゅうだん》が握《にぎ》られていました。丸いプラズマ・グレネードです。作動スイッチが押されて、インジケーターがチカチカと光っていました。

「え？」

今登ろうと、二段目の上に来ていた男が疑念を声に出して、

「悪いな」

その手から、プラズマ・グレネードがポロリと落ちました。

登ろうとしていた男の頭にゴツンと落ちて、

「イテ」

M700男は手を引っ込めました。透明《とうめい》バリアの上まで。

「ファイヤー・イン・ザ・ホール！」

英語で、〝爆破《ばくは》するぞ注意！〟という意味の、仲間への警告の言葉を発し、M700男は身をひるがえしました。

「くそったれえええええええええええええ！」

「てめえええええ！」

「きったねええ！」

「おめえ許さね――」

地上に残された六人の男達の怨嗟《えんさ》の声が、プラズマ・グレネードの蒼《あお》い奔流《ほんりゅう》に飲み込まれて消えていきました。

透明《とうめい》バリアはその衝撃《しょうげき》を全て守り切り、破壊不可能《はかいふかのう》オブジェクトの壁《かべ》はビクともしません

でした。爆風《ばくふう》が、迷路《めいろ》を激しく駆《か》け抜《ぬ》けていっただけでした。

爆発《ばくはつ》が収まったとき、その場に生きている人間は壁《かべ》の上の二人しかいなくて、

「やれやれ、先にやられてしまったぜ」

M16A2男が、言いながら小さく肩《かた》をすくめました。

彼も手に、こちらは破《は》砕手榴弾《さいしゅりゅうだん》を持っていましたが、安全ピンは抜《ぬ》いていませんでした。

それをマガジンポーチ脇《わき》の手榴弾《しゅりゅうだん》ポケットにしまいながら、彼はニヤリと笑い、

「お前とまたチームを組む日が来るとはね。賞金は折半で」

「まったく、世の中分からんもんだぜ。折半了解《りょうかい》だ。これから競《きそ》っても意味がない」

なるほど、お二人は、実は顔見知りでしたか。

M16A2男が、やや真面目な顔で言います。

「ところで、お前から奪《うば》った形になったあの子だけどさ、いやもうすっげー高飛車で我《わ》が儘《まま》で、ぶっちゃけ辛《つら》かったわ……。最後は俺が胃を壊《こわ》して、向こうが新しい男摑《つか》まえて別れた」

「噂《うわさ》ぐらいは聞いている。だからヤメトケって言ったのにー」

なるほど、複雑な事情があったのですか。


「チクショウ！　逃《に》げられちまう！　——100万円に！」

レンとフカ次郎《じろう》は、下からの誰《だれ》かさんの、倒置法《とうちほう》まで使った悲痛な叫《さけ》び声《ごえ》を聞きました。そして透明《とうめい》バリアで銃弾《じゅうだん》から守られつつ、迷路《めいろ》の上を走《はし》り抜《ぬ》けます。

下は迷路《めいろ》ですが、それを構成する壁《かべ》だってそれなりに迷路《めいろ》です。見えているとはいえ、真《ま》っ直《す》ぐ城の中央に向かうわけにはいきません。

幅《はば》の狭《せま》い通路を、二人は曲がっては走って、曲がっては走って、また曲がって——、直線《ちょくせん》距離《きょり》で200メートルほどが、やけに遠く感じます。

それでも必死に走るレンの背中に斜《なな》め後《うし》ろから伸《の》びる、一筋のバレット・ライン。

「レン伏《ふ》せろやー」

フカ次郎《じろう》の気の抜《ぬ》けた声に、

「っ！」

レンは素直《すなお》に反応して、塀《へい》に抱《だ》き付《つ》くように伏《ふ》せました。その背中の上を、1発の7.62ミリ弾《だん》が、唸《うな》りを上げて通《とお》り抜《ぬ》けていきました。

さっき壁《かべ》の上に登ったM700男による狙撃《そげき》です。その距離《きょり》、150メートルほど。狙撃《そげき》銃《じゅう》にとっては必中の距離《きょり》。フカ次郎《じろう》が彼の存在とバレット・ラインに気付かなかったら、レンは死んでいました。

「にゃろー」

レンは通路の上でくるりと身をひるがえし、P90を向けましたが、それより早く、

「おらあ！」

ターゲットでなかったので堂々と立っていたフカ次郎《じろう》の右太《みぎた》が、MGL—140グレネード・ランチャーがぽんぽんぽんと可愛《かわい》い音を立てました。

放たれた3発のグレネード弾《だん》は、狙撃手《そげきしゅ》と、その後ろにライフル手のいる場所へと狙《ねら》い違《たが》わず飛んで行き、

「やったな」

フカ次郎《じろう》の確信を招きました。

二人がいるのは塀《へい》の上。二人に命中せずとも、その近くに着弾《ちゃくだん》すれば、爆風《ばくふう》で吹《ふ》っ飛《と》ばされて落ちていくことでしょう。プラズマ・グレネード弾《だん》ではありませんが、普通《ふつう》の弾頭《だんとう》だって十分怖《こわ》いのですよ。

しかし、男達は、それを避《さ》けました。

一人が塀《へい》の片側へ、もう一人が反対側へ身を投げたからです。

二人が消えた場所の周囲で、塀《へい》や透明《とうめい》バリアの上で、グレネード弾《だん》が炸裂《さくれつ》しました。しましたが、爆風《ばくふう》や破片《はへん》は透明《とうめい》バリアに阻《はば》まれて、下には伝わりません。

「ちぃ！」

フカ次郎《じろう》が悪態をついて、

「しかしまあ、落ちたからいいか」

そう言いながら、振《ふ》り向《む》こうとしたときです。

Ｍ１６Ａ２男が下から顔を出して、右手一本で発砲《はっぽう》をしてきました。

３ショットバーストで放たれた弾《たま》の一つが、フカ次郎《じろう》の肩《かた》を射貫《いぬ》いて、

「ぬがあ！　許さん！」

再びのグレネード攻撃《こうげき》。そして男の顔と手が、透明《とうめい》バリアの下に消えました。３発が爆発《ばくはつ》しましたが、男達にダメージはないようです。

「なんだと？」

首を捻《ひね》ったフカ次郎《じろう》に、

「アイツら、スリングで塀《へい》に引っかかってる！」

単眼鏡で様子を覗《のぞ》いたレンが言いました。

レンには見えています。Ｍ７００の革製《かわせい》のスリング――、１メートル半ほどの長さの革《かわ》ベルトの左右の端《はし》を摑《つか》んで、二人の男が塀《へい》にぶら下がっているのを。

なるほどああすれば、体は透明《とうめい》バリアの下に逃《に》げられます。

「賢《かしこ》い……」

レンはＰ９０を向けて、フルオートで連射しました。

Ｐ９０での狙撃《そげき》は無理なので、いるあたりに向かっての牽制《けんせい》にしかなりません。それでも、撃《う》たないよりはマシでしょう。スリングに命中して切断させるというマグレだってあるかもし

れませんし。

銃弾《じゅうだん》は、男達が潜《ひそ》む近くに着弾《ちゃくだん》しました。そして単眼鏡で除くと、スリングはやっぱり無事で、再び男が顔と銃《じゅう》を出してきて、

「ダメだ！　逃《に》げないと！」

「くっそー！」

レンとフカ次郎《じろう》は、あの二人を相手にするのを止めて走り始めます。幅《はば》50センチの塀《へい》の上を。

レンの背中を見ていたM16A2男は、左手でスリングを握《にぎ》り、両足を塀《へい》の側面に付けた状態で踏《ふ》ん張《ば》り、右腕《みぎうで》だけで銃《じゅう》を保持しつつ狙《ねら》いを定めます。

少々、いえかなり無理がある格好ではありますが、目標の二人が反撃《はんげき》をせず逃《に》げているので、狙《ねら》い込《こ》む時間的余裕《じかんてきよゆう》があります。

男の視界の中に、元々小さいがさらに小さくなって行く二人と、脈動に合わせて収縮するバレット・サークルが生まれて、それらがほとんど重なって、

「よっし、100万、もらったぜ……」

勝利の呟《つぶや》きに、塀《へい》の反対側でスリングを摑《つか》み、重しになっているM700男が応えます。

「今度は山分けで、仲良く行こう」

「了解《りょうかい》」

そして、甲高《かんだか》い発砲音《はっぽうおん》が、城の中に響《ひび》き渡《わた》りました。

「ぐはっ！」

M16A2男の漏《も》らす声が聞こえると同時に、M700男の体が、塀《へい》の下へと落ち始めました。

「なっ——」

何が起きたか分からないまま、彼は5メートルを落下して、

「ぐげ！」

お尻《しり》から落ちて、死にはしませんでしたが、少々のダメージ判定を食らいました。

その左手には、スリングが握《にぎ》られたままでした。そして、M16A2男が握《にぎ》っていたはずのもう片方には、

「なんと……」

奴《やつ》の左腕《ひだりうで》がくっついていました。肘《ひじ》のあたりから千切られた腕《うで》が、まだスリングを握《にぎ》っています。

その切断面が、ポリゴンメッシュで描《えが》かれていて、チラチラと赤く光っていました。

7ミリクラスの強力な弾《たま》で腕《うで》を撃《う》たれて、千切られて、体は反対側に落ちたのは明々白々で、

「しかし、どこから誰《だれ》に撃《う》たれた……？」

男の呟《つぶや》きに応えられる人は、そこにはいませんでした。

180メートルほど離《はな》れた城壁《じょうへき》の上、

「レンよ、貸しにしておくぜ」

擁壁《ようへき》の手前で伏《ふ》せた状態で、R93タクティカル2のボルトを往復操作して次弾《じだん》を装填《そうてん》しながら、シャーリーは応えました。

「まあ、一応は仲間だからな」


シャーリーがなぜ城壁《じょうへき》の上にいるかというと、城内迷路《じょうないめいろ》では勝ち目がないと踏《ふ》んで、外壁《がいへき》を登ったからです。たった一つのシンプルな理由です。

滑《すべ》って落ちたら3000メートル下まで真っ逆さまの壁《かべ》を、シャーリーは手足だけで登り切りました。

落ちたらもちろん即死《そくし》ですから、それはそれは、慎重《しんちょう》に登りました。

アウトドアアクティビティに長《た》けて、リアルでボルダリングを経験しているシャーリーですが、さすがに命綱《いのちづな》なしというのは初めてです。

相当に慎重《しんちょう》に、亀《かめ》の歩みのように登攀《とうはん》しました。それでも、手足が滑《すべ》って、三回ほど死にかけました。

彼女にとって幸運だったのは、とても慎重《しんちょう》に登ったが故《ゆえ》に大変に時間がかかり、登頂前に14時20分を過ぎたこと。

この告知により、登り切った城壁《じょうへき》に、そして城壁《じょうへき》から中央に繋《つな》がる橋に、もはや誰《だれ》もいなかったのです。それはそうです。そんな場所にいたら、10分後に崩落死《ほうらくし》ですから。

シャーリーが登っている間、城壁《じょうへき》にいたプレイヤー達——、つまり先ほど城へと必死になって走っていた者達を、それはそれは楽しそうに射《う》っていた連中は、慌《あわ》てて城の中央に向かいました。

幅《はば》は30メートル、長さ500メートルの巨大《きょだい》な橋を、走って走って目指せ中央へ。

その際に中央から射《う》たれて、結構な数がお亡《な》くなりになりましたが、無事にたどり着けた人達もいます。

さて、そんな状況《じょうきょう》でシャーリーがようやく城壁《じょうへき》の上に登って、ストレージからR93タクティカル2を出して、匍匐前進《ほふくぜんしん》していたらクリアに聞こえてきた銃撃音《じゅうげきおん》。かなり近いですね。聞き慣れたP90の連射音も混じっています。

レンかな？

と思って、シャーリーは銃《じゅう》を抱《だ》きしめて城壁反対側《じょうへきはんたいがわ》まで横に転がっていきました。匍匐前《ほふくぜん》進《しん》より速いので。

そして見下ろしたのは、300メートルほど先で、迷路《めいろ》の上を走るレンとフカ次郎《じろう》と、その二人を狙《ねら》う男でした。

シャーリーは撃《う》ちました。

サッと構えて狙《ねら》って撃《う》つまで、1秒もかかりませんでした。

最初から腕《うで》を狙《ねら》ったので、目論見通《もくろみどお》り左腕《ひだりうで》を切られた男は落ちて、反対側の男も落ちました。

「落ちたか？　なんだか知らんが、助かったみたいだぞ！　ほれレン！　急げ急げ！」

「言われなくてもー！」

シャーリーの親心に気付かず、気付きようもなく、

「ほらレン、そこ右だな」

「信じていいの？」

「ああ、右太《みぎた》はそう言っている」

「左に行くよ！」

二人は、迷路《めいろ》の塀《へい》の上を、城中央へと急ぐのです。

「どうするリーダー？　レンを射《う》ってもいい？」

尖塔《せんとう》の上から、迷路《めいろ》の中にいるはずのデヴィッドに訊《たず》ねたのは、もちろんラックスです。

鐘楼《しょうろう》の中で中腰《ちゅうごし》になり、三脚《さんきゃく》に据《す》え付《つ》けたＦＤ３３８を構えて、そのスコープのレティクルにレンを捉《とら》えています。もちろん引き金には指を触《ふ》れずに。

その気になれば、撃《う》てるポジションです。

距離《きょり》がややある上に、角度のある撃《う》ち下《お》ろし、さらにレンがちょこまかと迷路《めいろ》の上を走っているので、一撃《いちげき》で決めるのは難しいかもしれませんが――、自動連射式のＦＤ３３８なら銃《じゅう》弾《だん》を次々に送り込めます。３３８ラプアの威力《いりょく》なら、レンを屠《ほふ》るのに１発もあれば十分でしょう。

今までのＳＪの中でも最大の、レンを屠《ほふ》るチャンスです。

チームＭＭＴＭに、あれやこれやと、散々ヒドいことをしてきたピンクの悪魔《あくま》を、ここで倒《たお》せるのです。

そして３秒後、

「分かった。そういうことなら了解《りょうかい》だ。レディによろしく！」

デヴィッドからの返事を聞いたラックスは、ＦＤ３３８を三脚《さんきゃく》から外して引っ込めて、自分も身を低くして隠《かく》れました。

他の尖塔《せんとう》にスナイパーが登ってきたら、自分が容易《たやす》く射《う》たれるからです。先ほど確認《かくにん》はしましたが、今登ってきていない保証はありません。

リーダー達と合流し、持てるチーム力を持って優勝を狙《ねら》うまで、迂闊《うかつ》に死ぬのは避《さ》けましょう。

こうして――、
身を引いたラックスは、ギリギリで見ることができませんでした。

南側にある、城壁《じょうへき》から中央に繋《つな》がる巨大《きょだい》な橋の上を、シャーリーが全速力で走ってきている様子を。

もし見ていたら、間違《まちが》いなく射《う》っていたでしょうし、簡単に射貫《いぬ》いていたでしょう。

レンのラッキーガールが、シャーリーにも伝播《でんぱ》したかのようです。


時間が少し戻《もど》って、レン達が壁《かべ》の上を走り始めて、

「俺達も行くぞ」

「おう！」

「はい！」

エムとボス、そしてアンナは、走り始めました。

周囲の敵は全員、レンに面白《おもしろ》いほど翻弄《ほんろう》されているので、もうこっちに近づいてくるのは誰《だれ》

もいません。

レン達がいなくなったので、三人はフォーメーションを変えました。

エムの楯《たて》は、縦に二枚重ねて広くし、ボスとアンナがそれぞれ両手で持ちます。

二人が迷路《めいろ》の通路の先頭を走り、その後ろからエムが続きます。重いMG5マシンガンを、まるでライフルのように肩《かた》で構えながら。

グイグイと進み、ボスとアンナが迷路《めいろ》を右に曲がった先に、敵が三人いました。カーソルで分かっていました。その距離《きょり》10メートル。

「え?」

「あ?」

「やべ……」

頭上を逃《に》げるレンに気を取られすぎていて、まったく反応できなかった三人に、エムは容赦《ようしゃ》のないマシンガン攻撃《こうげき》を加えます。ボスとアンナがスッと身を低くして、その上を銃弾《じゅうだん》が、嵐《あらし》のように飛《と》び抜《ぬ》けていきました。

「がっ!」

「ぐっ!」

「ごっ!」

ガ行の悲鳴と被弾《ひだん》エフェクトを煌《きら》めかせて、金に目が眩《くら》んでいた三人は、速《すみ》やかに待機所送りとなりました。

周囲を確認後《かくにんご》、ボスが時計を見ると、14時26分。

「残り4分だ」

報告に、エムが答えます。

「間に合わせてみせる。次を左へ行け」


酒場の観客達は、見ていました。

城の中央ドーナッツ部分、つまりは迷路《めいろ》の町にいるプレイヤーが、ワラワラと中央に向かっていくのを。

空撮映像《くうさつえいぞう》で、プレイヤーの場所をカーソルで出してくれているので分かりやすいです。多いので数えきれませんが、未《いま》だに四十～五十人くらいはいそうです。中央にどれくらいいるかは、表示されていないので分かりません。

14時27分になりました。崩壊《ほうかい》まで、残り3分。

「今も迷路《めいろ》でうろちょろしている奴《やつ》は、もう無理だろうな」

「だな、遺書でも用意した方がいい」

「しかし、毛筆ならもう墨《すみ》をする時間はないな」

ます。


「しゃーないボールペン使え」

迷路《めいろ》で右往左往して中央に近づけず、もう絶対に間に合いそうにないプレイヤーもいれば、今この瞬間《しゅんかん》、見事迷路《めいろ》を駆《か》け抜《ぬ》けて、中央の土台に繋《つな》がる入口に駆《か》け込《こ》めたプレイヤーもい
逆に、迷路《めいろ》の通路が中央にぶつかっているのに、そこには入口がなく途方《とほう》に暮れているプレイヤーもいました。

ああ、可哀想《かわいそう》に、彼はへたり込んでしまいました。何か叫《さけ》んでいます。スポンサー作家への罵詈雑言《ばりぞうごん》でしょうか。そうに決まっています。

「おっと、MMTMのリーダーと——、ありゃZEMALの女か？」

目ざとい誰《だれ》かが、いくつも並ぶ小型のモニター映像の中で見つけました。デヴィッドとビービーが、見事に迷路《めいろ》をクリアして、城の中央入口にたどり着いたのを。

酒場の壁際《かべぎわ》にドンとそびえる一番大きな画面に、その様子が映りました。

たくさんあり、いろいろな映像を映しているモニターの中から、一番多くの人が注目しているものを大きく映す仕組み。なにせVR空間ですから、誰《だれ》がどこを注目しているかなんて、システムが全部分かっています。

大画面の中で、デヴィッドは愛銃《あいじゅう》STM—556を構えつつ、カマボコ状の、高さ2メートルくらいの黒々とした入口をチェックします。

中が真っ暗ですので、入ってすぐの場所に待ち構えている敵がいないか、あるいは、手榴弾《しゅりゅうだん》とワイヤーなどでブービートラップが仕掛《しか》けられていないかを調べているようです。

その間、ビービーは、銃身《じゅうしん》を切《き》り詰《つ》めたＲＰＤ機関銃《きかんじゅう》を腰《こし》で構えて、迷路《めいろ》を警戒《けいかい》していました。

「さすがの二人だな。仮のバディなんだけどな」

「ああ、さすがだな。ところであの二人、付き合っているんだよな？」

「男と女が一緒《いっしょ》にいたら付き合っているように見えるクセ、直した方がいいぞ？」

「男と男が一緒《いっしょ》にいてもそう思うが何か？」

「それも直した方がいい」

デヴィッド達が城の中央に、つまり黒い入口の中に消えました。

文字通り、黒い空間に二人が吸い込まれるように見えました。

そしてすぐに、大画面は切《き》り替《か》わり、レン達を映します。

「おお！」

「やったか！」

一層観客達が沸《わ》きたちます。

とうとう、レン、そしてフカ次郎《じろう》の二人が、城の中央にたどり着いていました。

レンとフカ次郎《じろう》は走りました。塀《へい》の上を。

途中《とちゅう》、何度も何度も下から撃《う》たれましたが、もちろん無事です。ノーダメージ。

そのうちに二人は、視界に嫌《いや》でも入る敵のカーソル位置など、まったく気にしなくなりました。相手にしなくていい存在となりました。

そして、高さ50メートルという巨大《きょだい》な壁《かべ》の際にたどり着いたのです。

塀《へい》の上に立つレンの足の下には、大きな黒い穴が開いています。そうです、中央への入口です。

黒すぎて中がどうなっているか見えませんが、まあ、どうにかなっているのでしょう。ただ単に、世界で一番黒い塗料《とりょう》で塗《ぬ》られているだけの壁《かべ》、入ろうとしたらぶつかる、などではないことを願います。

それよりも問題なのは、

「ちょっとフカ……。これ、どうやって降りるの？　5メートルあるんだけど……」

レンは今さらになって、自分達が下に行く方法を何も考えていないことに気付きました。

3、4メートルくらいなら飛び降りて受け身を取れますが、プラス1メートルでかなりの恐怖《きょうふ》を感じます。

通路の幅《はば》も狭《せま》いので、前方に飛んで受け身を取るのも難しそう。いや、斜《なな》めに飛び降りればなんとかなるか？

悩《なや》むレンに、フカ次郎《じろう》はいつもと変わらぬ調子で答えます。

「まあ、フツーにダメージ覚悟《かくご》でジャンプるしかなかんべ。おいら達、空を飛べんからな」

「それしかないのか……。ダメージ、大きく食らいませんように……」

レンが渋々《しぶしぶ》と意を決したときでした。

「おっと、待てやレン、早まるな。クッションが来たぜ？」

「は？」

レンは、相棒が右手のグレネード・ランチャーの砲口《ほうこう》で指さす方向を見ました。

足元の迷路《めいろ》の通路で、黒い入口へと走って近づいてくる男が二人。

なかなかの長身にゴツい体をお揃《そろ》いのフランス陸軍迷彩服《めいさいふく》で包んだ、レン達の知らないキャラクター、あるいはプレイヤーです。

得物は共に、フランスのアイコン的な名銃《めいじゅう》、ブルパップ式アサルト・ライフルの《FA―MAS》。

同チームらしい二人の男達には、当然レン達が見えています。撃《う》ってもムダなのが分かっているので諦《あきら》めて、そのかわり〝口撃《こうげき》〟します。

「おいそこのお前らー！　特に〝悪魔《あくま》の100万円〟！」

ヒドい言われようです。混ざってる混ざってる。

「この後で、たっぷりと殺してやるからなーっ！」

「そうだそうだ！　ネックをウオッシュしてウェイトしとけ！」

男二人が、そんな捨《す》て台詞《ぜりふ》と共に迫《せま》って来《き》ます。

名前の脇《わき》の数字がなくても、もう分かります。レン達の足元まで、残り10メートル。

「ほれやるぞ」

そう言いながら、フカ次郎《じろう》がストレージ操作でサッと左手を振《ふ》ったので、

「仕方ないな……」

レンはＰ９０をスリングで背中に回しました。

フカ次郎《じろう》の両手からＭＧＬ―１４０達が消えるのと、

「やるよ、ナーちゃん！」

レンが腰《こし》の背中から、

「へいっ！　合点承知！」

そう答える黒いコンバットナイフを逆手に抜《ぬ》くのが同時でした。

そして必死になって走ってくる男達。間もなく足元。

「そうれ！」

「せっ！」

フカ次郎《じろう》とレンは、跳《と》びました。

酒場の男達は、大画面で、見ました。

小さな体の二人が、大きな男達に向けて落下していき、ブーツの足元をぶつけるのを。

飛び降りた二人の威力《いりょく》を男達は下腹部で受け止めて、もちろん支えきれずにぶっ倒《たお》れます。

二人は、折りたたんだ両膝《りょうひざ》を男達の鳩尾《みぞおち》に食い込ませながら、衝撃吸収《しょうげききゅうしゅう》のクッションにして着地。

音は聞こえませんが、男達の顔が表現しようが無いほど歪《ゆが》んで、口から何か液体みたいなものが飛び出ました。

直後、レンはコンバットナイフを男の目に深々とぶっ刺《さ》して、一撃《いちげき》では即死《そくし》判定《はんてい》がもらえないと思ったのか、すぐに引《ひ》き抜《ぬ》いて反対の目にも刺《さ》しました。

フカ次郎《じろう》は、両膝《りょうひざ》を男の鳩尾《みぞおち》に食い込ませたまま、両手で持ったM＆P拳銃《けんじゅう》を、男の大きく開かれた口の中に押し込むと、そこで連射しました。

金色の空薬莢《からやっきょう》が次々に飛んでいきました。全弾《ぜんだん》、つまり15発撃《う》ったようです。M＆Pのスライドが下がりきって止まりました。

もちろん男は死んでいます。上顎《うわあご》から上の部分が全て赤いポリゴンになって、身長がとても短くなっていました。

静まりかえった酒場で、

「フカ次郎《じろう》ちゃん拳銃《けんじゅう》ド下手だけど、アレなら外さねーな」

誰《だれ》かがボソリと言いました。


「ふう……、やっとこの子も素直《すなお》に言う事を聞いてくれたぜ……。とうとうオイラのモノになったな。したらば、名前を付けてやらねえとな」

男の死体を前に、弾倉《だんそう》を交換《こうかん》したM＆Pを右腿《みぎもも》のホルスターに収めながら、フカ次郎《じろう》が言いました。

「M＆Pだから、えっと……、えむぴー……」

男の死体を前に、ナイフを鞘《さや》に戻《もど》しながら、

「それはあとにしろー」

レンがクールに言いました。そして背中から戻《もど》したP90を手に、周囲を警戒《けいかい》。

10メートルほどとかなり近い場所に誰《だれ》かがいますが、どうやら壁《かべ》の向こう側のようです。近づいても来ません。

時計を見ると、14時28分30秒。この場所の崩壊開始《ほうかいかいし》まで、残り90秒。

「おっしゃレン、中に入るかー」

フカ次郎《じろう》が、MGL—140を両手に構えながら言って、

「エムさん達は……?」

レンは迷路《めいろ》の向こうを見ながら答えました。そこに、エムやエヴァやアンナの名前は、まだありません。それはつまり、50メートル以上離《はな》れている、ということ。

先ほどから銃声《じゅうせい》が断続的に聞こえますが、それがエム達の戦闘《せんとう》かどうかも、レンには分かりません。

迷路《めいろ》の壁《かべ》が防音壁《ぼうおんへき》になっているおかげで、銃声《じゅうせい》はかなりくぐもっていて、距離《きょり》や音がよく分からないのです。

残り80秒ちょっとで、崩壊《ほうかい》が始まります。これだけの広さが一瞬《いっしゅん》で崩《くず》れるとは思いませんが、それでも、迷路《めいろ》を50メートル進むには時間がなさ過ぎます。

レンは、通信アイテムを繋《つな》ぎ直《なお》そうかと思いましたが、

「なあに、アイツらなら、大丈夫《だいじょうぶ》さ。根拠《こんきょ》はねーが、な。こっちはこっちの生き残りを考えようぜ」

相棒の言葉に、

「分かった……」

レンは振《ふ》り向《む》くと、P90を肩《かた》に構えて、穴に近づいていきました。

フカ次郎《じろう》が『大丈夫《だいじょうぶ》さ』と言ったエム達ですが、

「ぬう……」

かなり大丈夫《だいじょうぶ》ではありませんでした。

いえ、全然大丈夫《だいじょうぶ》ではありませんでした。

「お前ら時間がないんだぞ！」

ボスが叫《さけ》びながら、角から半身を出してヴィントレスをフルオートで撃《う》ちまくっています。

消音銃《しょうおんじゅう》なので銃声《じゅうせい》はほとんどせず、ボルトが賑《にぎ》やかに動く音と、弾《はじ》き出《だ》された空薬莢《からやっきょう》が地面に落ちたときの音の方が騒々《そうぞう》しく響《ひび》きました。

「アホたれー！」

アンナも精一杯《せいいっぱい》口汚《くちぎたな》く罵《ののし》りながら、ストリージ拳銃《けんじゅう》を手に、後方を警戒《けいかい》していました。

エム達三人は今、迷路《めいろ》の角の一つで、動けなくなっていました。

左に曲がる角の先に、迷路《めいろ》にしては長い、およそ30メートルの直線がありました。エムの予想では城の中央へ向かう、答えのルートが。

そして、その向こうには別の角があります。こちらは丁字路《ていじろ》、つまり左右に分かれています。

そこに、五人のプレイヤーが陣取《じんど》っているのです。

連中は角の両脇《りょうわき》から銃《じゅう》だけを出して、エム達に向けてひっきりなしに撃《う》ってきます。

アサルト・ライフルの弾倉《だんそう》いっぱいの弾《たま》をフルオートでばらまき、それが終わったら別の人が、間髪《かんはつ》入れずに繰《く》り返《かえ》します。

完全に当てずっぽうの乱射ですが、幅《はば》が3メートルしかない狭《せま》い通路では脅威《きょうい》です。

城の中央を目指せば良いのに、連中はレンを討《う》てなかった腹いせに、エム達だけでも足止めしようとしている、あるいは倒《たお》そうとしているようです。100万円欲しいはどこいった？

直線30メートルは、楯《たて》があるエム達といえども、ゴリ押しで進める距離《きょり》ではありません。その間ずっと撃《う》たれ続《つづ》けてしまいます。どうにか近づいても、手榴弾《しゅりゅうだん》を投げられたら全員吹《ふ》っ飛《と》びます。

「残り1分だよ！」

アンナが悲痛な声で報告しました。

エムが、敵のマガジンチェンジの隙《すき》を見て、MG5を角越《かどご》しに撃《う》って、最後の一連射を加えました。相手は銃《じゅう》と手を引っ込めましたが、MG5はこれにて弾切《たまぎ》れです。

エムはピトフーイの遺品だったマシンガンを、誰《だれ》かに再利用されたり、あるいは破壊《はかい》されたりしないように、ストレージにしまいました。

そして、巌《いわお》のような顔を二人の女性に向けて、厳《おごそ》かに言うのです。

「聞いてくれ。俺に考えがある」

14時29分50秒。

入口の前にいるレンの時計が、時間を告げました。

崩壊《ほうかい》まで10秒。中央に近いこの場所がすぐに崩《くず》れるとは思いませんが、それでも残された時間は僅《わず》かです。

チェックをしましたが、入口に、見たところ罠《わな》もなく敵もいない様子。

いや、本当はある、いるのかもしれないけれど、暗すぎて確認《かくにん》できない。それに、これ以上ここに時間をかけるわけにはいかない。

レンは覚悟《かくご》を決めました。

「よっし、先に行くよ！」

レンが黒い入口に身を投げて両足をつくと、謎《なぞ》の浮遊感《ふゆうかん》に包まれました。

「あ、これ、〝転送〟させられる！」

レンはすぐに気付いて、後ろを守っているフカ次郎《じろう》に向けて言いました。

プレイ中によく感じる、ゲームならではの強制的な移動、つまりは転送です。

地球を再現している重力が弱くなって、体がふわりと舞《ま》ったように感じます。あるいはエレベーターの下降。

「じゃあ私も行くかー」

フカ次郎《じろう》がそう言いながら付いてきて、

「え？　ちょ――」

レンは慌《あわ》てました。

さっき、レンの心の中では、

『転送されるからどこに行かされるか分からない。まずは自分が飛ばされて、通信アイテムで報告する。安全なら、あるいは必要になったら即座《そくざ》に付いてきて欲しい。無理ならギリギリまでそこにいて身の安全を守って欲しい。よろしく』

という意味の警告だったのですが、まさか即座《そくざ》に付いてくるとは。

あ、わざとだな。

レンは思い至りました。

ヘビーゲーマーのフカ次郎《じろう》のこと、レンの警告の意味など、言われた直後に、いえ、たぶん言われる3年以上前から気付いていたに違《ちが》いありません。

だけど面白《おもしろ》いから付いていく。

フカ次郎《じろう》の自由さを見誤ったようです。いえ、よく考えれば昔から、美優《みゆ》からしてこうでした。忘れていた自分が悪い。

そんな反省中のレンの視界が、急に明るくなりました。目は開けているのに何も見えません。瞑《つぶ》っても何も見えないでしょう。

これで次の一瞬《いっしゅん》後には、別の場所にいるはず。そこには、すぐ目の前に敵がいるかもしれません。

そんな性悪《しょうわる》な転送は、普通《ふつう》のプレイではほとんどあり得ないのですが、SJならなんでもありなので油断できません。

レンは、P90の引き金に触《ふ》れるか触《ふ》れないかの位置まで、人差し指をもってきました。

果たして――、

浮遊感《ふゆうかん》がなくなり、両足が硬《かた》い場所に着いたことがはっきり分かり、明るさが急に収まって視界を取《と》り戻《もど》したとき、

「やあ！　来たね！」

そこにはクラレンスの笑顔《えがお》がありました。相変わらず笑顔《えがお》は爽《さわ》やかです。

レンは立っていて、その前にクラレンスがしゃがんでいて、宝塚《たからづか》の男役のようなハンサム顔を少しだけ上に向けています。レンがチビなので。

意外すぎて撃《う》ってしまいそうになって、レンは慌《あわ》てて指を真《ま》っ直《す》ぐに戻《もど》しました。

「やあ！　来たぜ！」

レンの後ろから、フカ次郎《じろう》の声が聞こえました。

レンが振《ふ》り向《む》くと、どう見てもフカ次郎《じろう》にしか見えないフカ次郎《じろう》がいて、

ここどこ？

レンは、さらにぐるりと視界を回しました。

自分がいるのは三畳《じょう》ほどの、つまりは縦横2．2メートルほどの正方形の空間です。

足元は石を組んで造られた平坦《へいたん》な床《ゆか》。そして、床《ゆか》の角に一つ、人が通れるほどの穴があって、その下は急な階段になっています。

空間の周囲には高さ50センチほどの石壁《いしかべ》があり、その四角には直径40センチほどの太く丸い石の柱が上へと伸《の》びています。顔を上げると、柱が支えている石の屋根がありました。

「ああ！」

レンは気付きました。というより、クラレンスがいる時点で気付くべきでした。

「ここ、尖塔《せんとう》の最上部だ！」

「はいせいかーい！　まあ、とりあえず伏《ふ》せて伏《ふ》せて」

クラレンスが、

『とりあえずビールでも飲んで』

のような口調で言って、

「はっ！」

レンはすぐさま、言う通りにしました。先ほどクラレンスが撃《う》たれたことを思い出したからです。ここは狙撃《そげき》される可能性がある場所です。

フカ次郎《じろう》はというと、既《すで》に伏《ふ》せていました。こういう行動は上手《うま》い。さすがヘビーゲーマー。

「しっかし、久々だね二人とも。3年ぶりかな？」

伏《ふ》せて顔をつきあわせた状態でクラレンスが言って、

「いや、大学卒業以来だから、5年ぶりだな。息災だったか？」

フカ次郎《じろう》がボケ返したので、レンは何も言う必要がありませんでした。

返されて満足したのか、クラレンスが真面目な事を言います。

「二人とも実は生きてた？　オバケじゃないよね？」

さっきよりは真面目です。

「どうにか生きてるよー。いろいろ大変すぎたけど！」

レンが答えたとき、クラレンスの後ろから、一緒《いっしょ》にいるとさっき言っていたターニャが銀髪《ぎんぱつ》と顔を出しました。もちろん伏《ふ》せたままです。

「レン、ボスは？」

「…………」

レンが、どう答えようかと思った瞬間《しゅんかん》でした。

自分の左脇《ひだりわき》の空間に、そのボスが現れました。巨体《きょたい》と両脇《りょうわき》に垂らしたお下げとゴリラ顔は、どう見てもボスです。

さらに、金髪《きんぱつ》サングラスのアンナが続きます。

何もない空間に、幽霊《ゆうれい》のように突然《とつぜん》現れた二人にレンはかなりビックリし、自分もこうなったのかと理解しました。笑顔《えがお》で迎《むか》えたクラレンスは肝《きも》が据《す》わっているなと、変なことに感心もしました。

「お？　——おお！　みんな！」

転送先に驚《おどろ》いたボスがターニャを見て、嬉《うれ》しそうにニタリと笑いましたが、少しその笑顔《えがお》に元気がありません。

アンナも、サングラスの下の顔が曇《くも》っています。

二人は自分達のいる場所を理解し、すぐさま身をかがめました。

三畳《じょう》の空間に六人が伏《ふ》せるのは、大変に狭《せま》く感じます。レン達が小さいとはいえ、割とぎっしりです。

まるで繁忙期《はんぼうき》の山小屋のような状態になりました。銃《じゅう》が邪魔《じゃま》です。普通《ふつう》の山小屋には銃《じゅう》を持ち込まないので。

ぎっしりを意に介《かい》さず、クラレンスが楽しそうに、

「やっぱりかー！　転送モードになって、チーム合流が自動でできるようになってるんだね！」

なるほど、とレンも納得《なっとく》します。

この先もバラバラで戦わせる、などという性悪《しょうわる》ルールは、さすがにお終《しま》いのようです。今までが性悪《しょうわる》過ぎるので、合流させてくれてありがとう！　という気持ちには、全然なりませんが。

たぶんですが、14時20分のアナウンス以後は、最初に城の中央に入ったチームメイトのところに転送して合流させてくれる、という設定でしょう。レン達の場合はクラレンスで、SHINCはターニャでした。

とすると、

「エムさんは？」

レンはボスに訊《たず》ねながら、結果は聞かなくても分かることに思い至りました。

左上に意図的に視線を向けると、普段《ふだん》は視界の邪魔《じゃま》にならないように配置されているチームメイトのステータス表示が見えます。

見えると同時に、

「エムは死んだ。私達をここに来させるために」

ボスが答えてくれました。

ピトフーイと並んで、エムの場所も赤くなっていて、名前の上に×印が付いていました。

「…………」

驚《おどろ》き黙《だま》ったレンに、ボスはこれが自分の義務だとばかりに言葉を続けます。

「長い通路で、敵に行く手を阻《はば》まれてしまった。エムは事態を打開するために、私の大型プラズマ・グレネードを抱《かか》えて楯《たて》を持って突《つ》っ込《こ》んでいったんだ。そして、自爆《じばく》して血路を開いた。おかげで、私達二人は、ギリギリでどうにかなった」

ボスの説明が終わったとき、世界が小さく揺《ゆ》れました。城の崩壊《ほうかい》が始まったようだな」

「まあ死んじゃったものはしょうがない。城の崩壊《ほうかい》が始まったようだな」

フカ次郎《じろう》の緊張感《きんちょうかん》のない言葉がレンの耳に、崩《くず》れていく城壁《じょうへき》がレンの目に入りました。

本日二度目の崩壊《ほうかい》です。

一番外側の城壁《じょうへき》がボロボロと消えて、引きずられるようにして、中央に繋《つな》がる巨大《きょだい》な石の橋が次々に落ちていきました。運悪くその下にいたら、間違《まちが》いなく圧死でしょう。

しかし、橋の下にいなくても、すぐさま足場がなくなることでしょう。城壁《じょうへき》と橋が消えてすぐ、迷路《めいろ》の町も消えていきます。

町からは高さ50メートルある中央部、その上にさらに50メートルある尖塔頂上《せんとうちょうじょう》からなので、レン達は都合100メートルから見下ろす形になります。城内部の様子がとてもよく分かりました。

「絶景やのう」

その様子を、顔を出してノンビリと見ていたフカ次郎《じろう》の頭に、銃弾《じゅうだん》が飛んできて、ヘルメットで弾《はじ》かれて空へと消えました。

「ぐむぽっ！」

ヘルメットで命を救われたとはいえ、頭をブン殴《なぐ》られたことは変わらず、その衝撃《しょうげき》は首にも伝わります。フカ次郎《じろう》は、あまり聞いたことがない珍妙《ちんみょう》な悲鳴を上げて転がりました。ヒットポイント5パーセント減。

「スナイパー！　南西から！」

レンは呑気《のんき》に崩壊見物《ほうかいけんぶつ》をしていた自分達を呪《のろ》いつつ、再び身を伏《ふ》せました。

その頭の斜《なな》め上《うえ》、倒《たお》れたフカ次郎《じろう》の上を赤いバレット・ラインが走り、それを消しながら銃《じゅう》弾《だん》が飛《と》び抜《ぬ》けて行きました。凶悪《きょうあく》な羽音が聞こえました。

「あっぶな……」

伏《ふ》せた横目でそれを確認《かくにん》したレンが、クラレンスに念のために訊《たず》ねます。

「あれが、隣《となり》の塔《とう》のスナイパー？」

「そうそう、俺のストーカー。なんだよ、まだいたのかー。なかなか良《い》い腕《うで》でしょ？」

「認める」

「なんで撃《う》ってきたんだろ？　さっきまでノンビリしていたのに。二人の間に、愛のある休戦が約束されたと信じていたのに」

「イテテ……。そりゃあ、別の女ができたんだろ」

フカ次郎《じろう》が言いましたが、

「そんな可愛《かわい》い状態ではないようだぞ」

ボスが否定しました。

ボスは石壁《いしかべ》に巨体《きょたい》を沈《しず》めて隠《かく》しつつ、柱の脇《わき》に双眼鏡《そうがんきょう》を据《す》えて覗《のぞ》いていました。両方のレンズを出すと撃《う》たれるのが怖《こわ》いので、右側だけです。

そのボスが、見たことを報告します。

「南西、隣《となり》の塔《とう》の上にいるのはMMTMだ！　撃《う》ってきているのはラックスというサングラスのスナイパー。しかし、塔《とう》の中に他には誰《だれ》もいない……、ように見える」

「ははー、連中もそれだけになったか」

フカ次郎《じろう》が言いましたが、もちろんそんなことは、ゼロではありませんが可能性が著《いちじる》しく低くて――、
ぞわ！

レンの背筋が震《ふる》えました。なんとなく状況《じょうきょう》が予想できてしまったからです。

「それ違《ちが》う！　他にもいる！　そして転送で合流していて、わたし達の状況《じょうきょう》が分かって……、この塔《とう》の下に来ようとしている！」

「それだ！」

ボスが同意した次の瞬間《しゅんかん》、狙撃《そげき》の弾丸《だんがん》が、ボスの頭のすぐ脇《わき》を掠《かす》めて行《い》きました。

あと10センチほどで、双眼鏡《そうがんきょう》のレンズごとボスの右目が射貫《いぬ》かれているところでした。

虫の羽音を何百倍にもしたような弾丸《だんがん》が飛び去る音は、何度聞いても嫌《いや》なものですが、〝聞こえた〟ということは〝自分には当たらなかった〟と同意でもあります。

ボスが巨体《きょたい》を屈《かが》めながら、

「くそ！　──全員、急いで塔《とう》の下に移動だ！　下を押さえられたら、ここからもう出られなくなる！　ＭＭＴＭはそれが狙《ねら》いだ！」

ぞわぞわ！

レンの背筋が再び震《ふる》えました。自分の悪い予想が、ドンピシャリで当たりました。

つまりはこういうことです。

デヴィッド率いるＭＭＴＭは転送でチーム合流し、こちらの状況《じょうきょう》──、エムやピトフーイがいないことに気付いた。そして、レンを屠《ほふ》るために素早《すばや》く行動を開始した。

まず、先ほどから陣取《じんど》っているスナイパーのラックスを一人塔《とう》の上に残して、レン達に下を見たり、接近するところを攻撃《こうげき》したりできなくする。

その間、集まったメンバーはその塔《とう》を駆《か》け下《お》りて、今レンがいる塔《とう》を目指して駆《か》けてくる。

そして、ほどよい距離《きょり》で取り囲み、レン達を塔《とう》の中に閉じ込める。

あとは、プラズマ・グレネードがあれば塔《とう》を倒《たお》すことを目論《もくろ》んだり、下からジワジワと攻撃《こうげき》して追《お》い詰《つ》めたりする。

自分達が危険を冒《おか》さなくても、他のプレイヤーに、

「１００万円はあそこにいるぞ！」

と言いふらしてもいい。

結果、レン達は大量の敵に囲まれて、塔《とう》から出ることもできずにジリ貧《ひん》となる。

チーム力に長《た》けた、そしてデヴィッドの即決即断《そっけつそくだん》が光るMMTMらしい作戦です。いやもう、敵ながら天晴《あっぱ》れ。

いや、褒《ほ》めてる場合と違《ちが》う。

「早く降りないと、やられる……」

「そうだ！　行くぞ！」

ボスが勢いよく言った瞬間《しゅんかん》、

「むぎゅ！」

踏《ふ》みつぶされました。

ソフィーとローザとトーマが、崩壊《ほうかい》しつつある城から入口に飛び込んだらしく、このタイミングで、三人揃《そろ》ってボスの体の上に転送されてきました。

仕方がないのです。狭《せま》いのだから。

「あ、ボスゴメン！」

ドワーフ女のソフィーが、リーダーの頭を豪快《ごうかい》に踏《ふ》んづけていることに気付いて謝って、

「いいから伏《ふ》せろ！」

「え？」

動くのが、一瞬《いっしゅん》だけ遅《おそ》かったようです。

ソフィーの、横に広い額にバレット・ラインがちらっと光ったと思うと、338ラプアの強力な銃弾《じゅうだん》が飛んできました。

それはきちんと命中し、しっかりと頭を貫《つらぬ》いていきました。

「無念……」

ソフィーには、そう言い残すだけの時間しか、ありませんでした。

頭を射貫《いぬ》かれて即死《そくし》コースに乗ったソフィーは、立ったまま死にました。

そしてこの瞬間《しゅんかん》、トーマが運んでいた〝ソフィーの第二武装〟——、しかし使うのはトーマの予定だったSHINCの必殺武器、対戦車ライフルPTRD1941は、SJ5で使えなくなりました。

ソフィーの被弾《ひだん》を見た肝《きも》っ玉《たま》母さんルックのローザと、黒髪美女《くろかみびじょ》のトーマが、ボスの体の上から倒《たお》れるように伏《ふ》せます。ローザは近くにいたクラレンスの上に、トーマはフカ次郎《じろう》の上に。

「うが」

「むぎゅ」

体が二人を押し潰しましたが、仕方がないのです。狭《せま》いのだから。

「うぬう！」

ボスの気合いが、伏《ふ》せたままのレンに聞こえました。怒《いか》りの気合いです。

何をするのかと思ってレンがチラリと横目で見たら、

「なんと！」

驚《おどろ》いて声が出てしまいました。ボスは、今できたばかりのソフィーの死体を、持ち上げていきました。

それを、狙撃《そげき》がやってくる方角、さっき自分が双眼鏡《そうがんきょう》を構えていた石の柱へと担《かつ》いでいくと、そこに抱《だ》き付《つ》かせるように置いて、自分は背後で支えました。

40センチしかないので身を隠《かく》すには心許《こころもと》ない柱に、ソフィーの死体という幅広《はばひろ》の物体が加わりました。

SJにおいて死体は破壊不能《はかいふのう》オブジェクト。消えるまで10分間は、どんな攻撃《こうげき》も凌《しの》ぐ楯《たて》に使えます。

SHINCがソフィーの死体を楯《たて》にするのは、SJ2ぶりでしょうか。あのときはわざとですが、今回は死んでしまったので致《いた》し方《かた》なく、です。

「アンナ！　トーマ！」

「了解《りょうかい》！」

「ヤー！」

二人のSHINCスナイパーが、それぞれドラグノフを手に、その死体の脇《わき》にやってきます。

トーマ達は全力疾走《ぜんりょくしっそう》するためなのか銃《じゅう》を持っていなかったので、ストレージから出して装塡《そうてん》。

二人は死体を楯《たて》に、銃口《じゅうこう》とスコープだけを出し、撃《う》たれる面積を最小限にします。これでも撃《う》たれたら、もうその時はその時。

　そして発砲《はつぽう》。

　セミオートのドラグノフが甲高《かんだか》い連射音を立て続けに響《ひび》かせ、それが2丁分ですから、塔《とう》の中を急に賑《にぎ》やかにします。勢いよく弾《はじ》き出《で》た空薬莢《からやつきよう》が、キラキラ輝《かがや》きながら塔《とう》の外へと落ちていきます。

　およそ760メートルの狙撃《そげき》は、ドラグノフでは精度に心許《こころもと》ないところがあります。その場で身を潜《ひそ》めているラックスを確実に射止める可能性は低いのですが、それでも相手の頭を少しでも下げて、狙撃《そげき》を止められさえすれば上々。

　二人は撃《う》ち続《つづ》け、ボスは死体を押さえながら、

「レン達！　今のうちに下へ行け！　ターニャ！　お前が先陣《せんじん》を切れ！　塔《とう》から出て構わない！」

「了解《りようかい》！」

　銀髪《ぎんぱつ》のターニャが、ビゾンを手に穴へと身をひるがえして、レンの視界から消えました。下にある階段を降りて塔《とう》の外に出て、そこにいる可能性が高いMMTMへと攻撃《こうげき》を仕掛《しか》けるようです。もちろん多勢に無勢で死んでしまいますが、時間稼《じかんかせ》ぎも兼《か》ねて。

「そんな！」

　レンは、SHINCの犠牲《ぎせい》ばかりが大きくなる作戦に憤《いきどお》りましたが、

「エムは最後に言った──、〝生き残ってレンを守ってくれ〟と」

ボスのその言葉に、次の言葉を呑み込みました。

「私達を守ってくれたエムとの約束を、私は守る」

「…………」

いろいろな感情が台風のように渦巻《うずま》いて、二の句が継《つ》げなくなったレンの代わりに、

「おうおう、武士じゃのう」

フカ次郎《じろう》がヘラヘラと言いながら、脇《わき》から顔を出しました。

「ほら行くぞレン。俺達の戦いはまだこれからだぜ！　安心しろ。最後まで側《そば》にいてお前を守るのは、このオイラだぜ！」

「フカ……」

元気づけようとしてくれているのかと、レンが少し瞳《ひとみ》を潤《うる》ませて、

「なぜなら最後にレンを背中から撃《う》って100万円をゲットするには、そうするしかないからだ」

とりあえずゲーム終了直前《しゅうりょうちょくぜん》には、フカ次郎《じろう》を先に撃《う》つのがいいかもしれない。

レンは思わざるを得ないのでした。

ピトフーイに次いでエムも失い、チームＬＰＦＭはかなりの戦力ダウンです。

それでも、自分が死ぬかゲームが終わるまではＳＪは続くわけで、ここで戦うのを止めるわけにはいきません。

どんなに状況《じょうきょう》が悪くても、最後まで諦《あきら》めず、徹底的《てっていてき》に戦《たたか》い抜《ぬ》く。

それが、今まで殺してきた連中への礼儀《れいぎ》というものです。

それが、ＧＧＯでレンが、いいえ、小比類巻香蓮《こひるいまきかれん》が学んだことなのです。

あれ？

別人になりたくて始めたＧＧＯだけど……、あれ？

いや、あってるのかな……？

レンは心の中で首をガッツリと傾《かし》げましたが、今それに悩《なや》んでもしょうがないことにも気付きました。

今は！　やるべきことを！　できることを！　やる！

レンは覚悟《かくご》を決めました。今日何度目かの。

「下を確保する！　ボスも後から来てね！」

そう言って、角の穴へと小さな体を匍匐前進《ほふくぜんしん》させたレンの背中の上に、

「お？　どこだここは？」

シャーリーが転送されてきて、

「むぎゃ！」

レンを両足で踏《ふ》みつぶしました。

「重い！」


尖塔《せんとう》の中は、延々と続く、薄暗《うすぐら》い螺旋階段《らせんかいだん》でした。

飛ばされてきたレンにとっては、初めて通る場所です。

直径2メートルほどの塔《とう》の中央に一本、円くて細い柱が走っていて、その周囲を板状の階段が囲みます。

段差はかなり大きめ。隙間《すきま》も広く、子供なら落ちてしまいそう。これが普通《ふつう》の家だったら、欠陥住宅扱《けっかんじゅうたくあつか》いされていたでしょう。

内部に窓はなく、人工の灯《あか》りも一切《いっさい》ないのですが、足元が見えるほどの明るさは保っています。ゲーム内なので、見せ方は自由自在ですし。

レンは螺旋階段《らせんかいだん》を高速で駆《か》け下《お》り、ターニャを追いかけました。

何があったかは知りませんが、ギリギリで転送されてきたシャーリーに豪快《ごうかい》に踏《ふ》んづけられなければ、あと13秒くらい早く出発できたのですが。

50メートルの高さですので、ビルで言えば十階分以上あります。それなりに時間がかかります。

遠心力と戦いながら全力で駆《か》けるレンの耳に、

「全員繋《つな》ぎ直《なお》したよー」

クラレンスの、いつも通りの緊張感《きんちょうかん》のない言葉が届きました。これにて、チームLPFMの四人が、再び通信アイテムで繋《つな》がりました。

「ありがと！」

階段を駆《か》け下《お》りるのに必死で手が回らなかったレンが礼を言って、

「ようレン。ピトフーイを殺しちまって悪かったな」

即座《そくざ》に耳に届いたのは、さっき自分の真上に転送されてきたシャーリーでした。

シャーリーの口調には、悪びれた様子もなく、むしろ猟果《りょうか》を誇《ほこ》りたい様子すら窺《うかが》えますが、そこは積年の恨《うら》みがありましたからしょうがない。宿敵を見事に狙撃《そげき》で倒《たお》せて、さぞ嬉《うれ》しかろうと思います。

なんにせよ、終わったことです。

今はそれよりも、

「それはいいから、こっからは協力して！　SHINCと一緒《いっしょ》に、〝ラストニチーム〟を狙《ねら》うよ！」

「了解《りょうかい》だ。事ここに至っては、チームのためにできる限りのことはやると約束しよう。お金は少々惜《お》しいがな」

「よろしく！」

チームに凄腕《すごうで》のスナイパー合流。これは心強い。

会話が終わったと見たか、クラレンスの声がレンの耳に届きます。

「それよりシャーリー！　俺の第二武装を出してよー！　せっかく手に入れて散々練習したのに、本番で一発も撃《う》てずに終了《しゅうりょう》かと思ったよ！」

「ああ。今やるか」

「やった！」

ひとまず二人はおいておいて、レンは塔《とう》を、全速力で駆《か》け下《お》り続けました。

ここは急がなければヤバイです。悪い意味でヤバイです。

ＭＭＴＭがこの塔《とう》を囲むより早く、最下部、あるいは出口にたどり着かないと、二度と出られなくなるからです。ターニャの背中はまだ見えませんが、駆《か》け下《お》りている足音は、聞こえる気がします。

そして、さすがターニャより速いレンです。やがて白い頭に追いつきました。

それはほとんど出口間近でした。

螺旋階段《らせんかいだん》の最後のステップの先に、尖塔《せんとう》の一番下のフロアがあり、塔《とう》の南側に、つまり城中央に向いて、人が通れるほどの穴が開いていました。扉《とびら》はありません。

その先は、城の土台中央。

さっきは上からよく見る余裕《よゆう》がなかったのですが、森で聞いたクラレンスの報告では、直径2キロメートルの丸く平坦《へいたん》な場所に、コロシアム風演習フィールドのような破壊可能《はかいかのう》バリケードが置かれているはず。

迷路《めいろ》は崩《くず》れてしまったので、SJ5で動ける場所は、もうここだけです。最初は10キロメートル四方もあったのに。

しかし、レンには朗報です。

足場がとても良く、なおかつ障害物が適度にある空間は、敏捷性《びんしょうせい》にステータスを振《ふ》ったレンやターニャには戦いやすい場所。SJ1のラストバトルの、荒野《こうや》フィールドがまさにそんな感じでした。

持ち前の高速を生かしてヒット・アンド・アウェイ、あるいはラン・アンド・ガンで敵を翻《ほん》弄《ろう》して、できる限りの敵を屠《ほふ》ってやりましょう。

「ターニャ、待って！　一緒《いっしょ》に出る！　一人よりは二人だよ！」

レンは、今にも外に飛び出してしまいそうなターニャに声をかけました。

「分かった！　でも、レンを守れって命令がある。無理はしないで！」

ターニャが足を止めて数秒レンを待ち、レンは階段を降りきりました。

この先、明るい出口の向こうに誰《だれ》がいるか分かりませんが、二人の速度ならそうそう簡単には射《う》たれないはず。

ターニャが、サプレッサー付きのビゾンを肩《かた》に構え、脇《わき》にいたレンに小さく目配せしました。

レンが頷《うなず》きました。

ターニャのコンバットブーツが、材質の分からないツルツルの、しかし滑《すべ》ることはない地面を蹴《け》って外に飛び出します。そして、一拍《いっぱく》置いてレンが続いて、

「え？」

レンは見ました。

明るい外に出た瞬間《しゅんかん》、先に飛び出したターニャが振《ふ》り返《かえ》っていて、険しい表情でこっちを睨《にら》んでいるのを。そして、ビゾンの銃口《じゅうこう》を自分に突《つ》きつけているのを。

何も反応ができないまま、レンはターニャに突《つ》かれました。円筒《えんとう》のサプレッサーの先端《せんたん》で、思い切り胸を。

体重を乗せたターニャの突《つ》きがレンにクリーンヒットしました。軽いレンの体は、出てきたばかりの塔《とう》へと吹《ふ》っ飛《と》ばされて押し戻されます。

「な！」

尻餅《しりもち》をついて止まったレンが顔を上げて、入口の縁《ふち》の向こうで、明るい光に照らされるターニャを見ました。

自分を突《つ》き飛《と》ばした銀髪《ぎんぱつ》の女は、為《な》し得《え》たことに満足したのか、にっこりと笑っていました。

「伏《ふ》せて！」

レンに言い残したとき、銃弾《じゅうだん》が飛んできました。

レンが超高速《ちょうこうそく》で体を捻《ひね》って倒《たお》れ込《こ》むのと、ターニャの体に銃弾《じゅうだん》が突《つ》き刺《さ》さるのが同時でした。

伏《ふ》せたレンの3メートルほど先で、ターニャの体を銃弾《じゅうだん》が次々に射貫《いぬ》いて行きました。文字通り蜂《はち》の巣《す》になって、体中から赤い被弾《ひだん》エフェクトを煌《きら》めかせました。

レンは驚《おどろ》きつつも、自然に体が動きました。

「ひゃっ！」

名前を出したくない黒くてペッタンコで脂《あぶら》ギッシュな虫のような速度で這《は》い回《まわ》ると、階段の上へ、両手両足で登りました。

一瞬後《いっしゅんご》、ターニャを射貫《いぬ》いたのか、それとも体が倒《たお》れたのか、入口に凄《すさ》まじい量の銃弾《じゅうだん》が飛び込んできました。塔《とう》の最下部で内部の石に当たり、いくつかは石を穿《うが》ち、いくつかは跳弾《ちょうだん》になってさらに内部で跳《は》ね返《かえ》りました。

そんな中で、どうにかレンは階段の上へと避難《ひなん》することができました。

小さいからか、ラッキーガールだからか、それとも合わせ技《わざ》一本か、レンには一発も命中していません。

それでも続く銃弾《じゅうだん》の雨霰《あめあられ》。

「うひゃ！」

狭《せま》い入口では赤いバレット・ラインがビカビカと光り、オレンジの曳光弾《えいこうだん》がそれに彩《いろど》りを添《そ》えます。

相手がＭＭＴＭなのか、それ以外なのかは分かりません。高確率で前者でしょう。

しかし、どっちにせよ、完全に分かったことがあります。

もうこの塔《とう》から出られない、ということです。

「くそう！」

ターニャの死を、ボスは知りました。

仲間のステータス画面でも、そして肉眼でも。

ソフィーの死体を押さえつけながら、ボスは首を限界まで曲げて伸《の》ばして、下を見ていたのです。

50メートル下、数十メートル前方で、バリケードの陰《かげ》から銃《じゅう》を出した男が発砲《はっぽう》。

塔《とう》から飛び出て、そして敵に気付いてレンを突《つ》き飛《と》ばしたターニャが、ボロ雑巾《ぞうきん》のように射《い》貫《ぬ》かれていきました。倒《たお》れたその体の上に【Ｄｅａｄ】のタグが煌《きら》めきました。

「ターニャ死亡」

重苦しく仲間に伝えた瞬間《しゅんかん》、ラックスが撃《う》ち返《かえ》してきて、銃弾《じゅうだん》がボスの頬《ほお》をえぐっていきました。

「クソ！」

尖塔《せんとう》に居座《いすわ》ったラックスは、たった一人で狙撃《そげき》を続けました。

大枚叩《たいまいはた》いて手に入れた愛銃《あいじゅう》、ＦＤ３３８の性能をフルに発揮します。すなわち、とにかく連射、そして連射。

射撃姿勢《しゃげきしせい》が高くなる三脚《さんきゃく》はもう危ないので、柱の陰《かげ》に座って、銃《じゅう》の前部を柱に押しつけて構えます。

そして、約７６０メートル先の、肉眼ではゴマ粒《つぶ》のように小さく、高倍率スコープではすぐ側《そば》にいるように見える目標へと撃《う》ちまくります。

スコープ越《ご》しに見るバレット・サークルの収縮は激しく、大きさもレンズの外まではみ出していますが、一番小さくなったかすかなタイミングで、ラックスは淀《よど》みなく引き金を絞《しぼ》りきります。

彼の目的は、塔《とう》の上にいる連中が、絶対に外に顔を出さないようにすること。

それは、レン達が予想した通りでした。

転送で、ラックスの元に全員無事に集合したＭＭＴＭ――、やっぱり狭《せま》かったので何人かは踏《ふ》まれましたが。

そしてデヴィッドが、レン達をあの塔《とう》に縛《しば》り付《つ》ける作戦を一瞬《いっしゅん》で発案し、即座《そくざ》に実行しました。

もし、あの塔《とう》にいるスナイパーが下に向けて銃《じゅう》と身を乗り出すことができれば、塔《とう》から離《はな》れた位置を移動しているＭＭＴＭのメンバーを、比較的《ひかくてき》簡単に射《う》つことができるでしょう。

それをなんとしても、よしんば自分が死んでも阻止《そし》する気概《きがい》で、ラックスは撃《う》ち続《つづ》けました。

ＦＤ３３８の10連発弾倉《だんそう》が空になり、ボルトが下がりきって止まります。

すぐさまラックスは、先ほどストレージから出して、目の前の床《ゆか》にバラバラと転がしてある予備《よび》弾倉《だんそう》を摑《つか》みました。

弾倉《だんそう》を交換《こうかん》し、銃《じゅう》左側《ひだりがわ》にあるボルト・キャッチを手の平で叩《たた》きます。下がっていた大きなボルトが、大きな３３８ラプア弾《だん》を咥《くわ》え込《こ》んで前進、銃《じゅう》身後端《しんこうたん》の薬室へと送りこみました。

その僅《わず》かな合間に、塔《とう》のスナイパー——、ＳＨＩＮＣのドラグノフ使い達が顔と銃《じゅう》を出して、容赦《ようしゃ》なく撃《う》ってきます。死体を楯《たて》にしたその脇《わき》から、銃口《じゅうこう》の光が見えました。

しかし、バレット・ラインが自分の周囲をチラチラと、カトンボのように飛び回る中、ラックスは逃《に》げませんでした。

もし、赤いバレット・ラインが自分の覗《のぞ》くスコープの中に入ったら、さすがにその時は避《さ》けます。脳天直撃《のうてんちょくげき》コースだからです。

しかし、それ以外は怯《ひる》まずに撃《う》ち返《かえ》す。

もし体に当たっても、バイタルゾーン、あるいは致命的部位《ちめいてきぶい》――、要するに〝一発で即死《そくし》があり得る重要なところ〟さえ守れればいいのです。こうして柱と石壁《いしかべ》の陰《かげ》に入れば、その可能性は著《いちじる》しく低いです。

バイタルゾーン以外なら、多少撃《う》たれてもいい覚悟《かくご》。

例えば、ライフルを構える必要性から柱の外に出ている右腕《みぎうで》を撃《う》たれても、即死《そくし》コースはあり得ません。痺《しび》れるような痛みさえ我慢《がまん》できれば、反撃《はんげき》だってできます。

それでも、跳弾《ちょうだん》とか、僅《わず》かなラインの見落としとか、ガンゲイルの神様の悪戯《いたずら》で、偶然《ぐうぜん》に当たったら――、己《おのれ》の身を呪《のろ》い、同時に敵を称《たた》えるまで。

ラックスは撃《う》ち続《つづ》けます。

SHINCが撃《う》ってくる中を、撃《う》ち続《つづ》けます。

塔《とう》の間、高さ50メートルの空中にバレット・ラインと銃弾《じゅうだん》が飛《と》び交《か》って、賑《にぎ》やかになりました。

理由は分かりませんが、SHINCの必殺の対戦車ライフル、PTRD1941が火を噴《ふ》かなかったのはラッキーでした。

あの銃《じゅう》なら、ラックスが隠《かく》れている石壁《いしかべ》ごと彼を吹《ふ》っ飛《と》ばしかねません。

凶悪《きょうあく》な威力《いりょく》との引《ひ》き換《か》えに銃《じゅう》がとても長いので、構えられればすぐに見えますが、今のところその様子は窺《うかが》えません。もちろん、さっき自分の一撃《いちげき》で、持ち主が死んだ事は今の彼には知り得ません。

そのラックスには、自分の銃声《じゆうせい》で聞こえませんでした。

デヴィッド率いる他のメンバー達が、レン達のいる塔《とう》を囲むように、周囲のバリケードに展開し、そこから出てきたターニャを、一斉射撃《いっせいしゃげき》で文字通り蜂《はち》の巣《す》にした銃撃音《じゆうげきおん》を。

「塔《とう》は囲んでSHINCのアタッカーを仕留めた。レンは、たぶん中に逃《に》げられたが——、それはまあいい！」

デヴィッドから、通信アイテム越《ご》しの報告がきました。

作戦は成功です。ラックスは自分に与《あた》えられたミッションを完遂《かんすい》しました。

さらに、

「何よりお前のおかげだラックス。いい仕事をしたぞ！」

リーダーから、お褒《ほ》めの言葉も頂きました。

デヴィッドは、叱《しか》るときは一対一でしっとりと、褒《ほ》めるときはみんなの前で派手に褒《ほ》めてくれるリーダーだから、みんなから好かれています。

まったく会社の上司もこうだといいのに。アイツは怒《おこ》るときだけ人前で居丈高《いたけだか》に、褒《ほ》めるときは——、そういや褒《ほ》められたことなかったな。テメエの手柄《てがら》にするもんな。おっとリアルのことは、今は頭の外で。

「では、楽しい残業と参りますか！」

ラックスは笑顔《えがお》で返すと、再び装填《そうてん》して、スコープを覗《のぞ》きました。

さっきまで、バリバリ撃《う》ち返《かえ》してきていたSHINCのスナイパー達のバレット・ラインが、チラリとも見えなくなりました。

理由は分かりません。

塔《とう》が囲まれたのを知ってムダな反撃《はんげき》を諦《あきら》めたか、それとも何かを企《たくら》んでいるのか。

ラックスが答えを決めかねつつも、反撃《はんげき》の連射をしているときでした。

一発の銃弾《じゅうだん》が、ラックスの右上腕部《みぎじょうわんぶ》に飛んできたのは。

痛いと感じたとき、

「まだまだ！」

ラックスは撃《う》ち返《かえ》そうと、右手の人差し指に力をかけました。

脳が命令し、ヴァーチャル空間で指へと指令が向かいます。

そして、愛銃《あいじゅう》から弾《たま》は出ませんでした。

「え？」

長いFD338が、ラックスの右側へと重力に引かれて落下していき——、
石壁《いしかべ》に当たり、さらに床《ゆか》に落ちて、ガチャンガチャンと二回音を響《ひび》かせました。

「は？　なんで？」

ラックスは視線を右下に下ろして、答えを見ました。

自分の銃《じゆう》と一緒《いつしよ》に、自分の右腕《みぎうで》が転がっていました。

切断面がポリゴンフレームと赤い光で覆《おお》われた、見たことがある迷彩服《めいさいふく》の腕《うで》。その手が、FD338のグリップをしっかりと握《にぎ》っています。

「ああっ？」

ラックスが視線をさらに右に、そして少し持ち上げると、自分の右肩《みぎかた》が見えました。その先に何もない肩《かた》が。

「うっそだろ……？」

バレット・ラインもなく、飛んできて腕《うで》に当たった一発の弾《たま》。

しかし、対戦車ライフルではない。

それなのに、腕《うで》が完全に切断。

「ああ！　あいつか！　チビの仲間の、炸裂弾《さくれつだん》スナイパー女！」

ラックスが正解を口に出しながら、体を捩《よじ》り、左腕《ひだりうで》を愛銃《あいじゆう》に伸《の》ばします。

まだしっかりとグリップを握《にぎ》っている自分の右手を左手でむしり取り、邪魔《じやま》な右腕《みぎうで》を後ろにポイ、しました。

自分の腕《うで》をポイできる経験は、ヴァーチャル空間以外ではなかなかできない経験です。いえ、したくないです。絶対。

ラックスは左腕《ひだりうで》だけで長い銃《じゅう》を持ち上げて、前部は石壁《いしかべ》の上に置いて、ストックは左肩《ひだりかた》に押しつけて構えて、

「負けるか！」

左手一本で、再び連射しました。

もうじっくりと狙《ねら》う余裕《よゆう》もなく、肉眼に、バレット・サークルが小さく見えて、それを塔《とう》に重ねるだけのラフな狙《ねら》い。

「負けるか！　負けるか！　負けるか！」

撃《う》つ度《たび》に、ラックスの雄叫《おたけ》びが、銃声《じゅうせい》に負けずに響《ひび》きました。

そして残弾《ざんだん》を撃《う》ち尽《つ》くし、ボルトが下がりきった位置で止まり、

「まだだ！」

左手一本でマガジンを落とした瞬間《しゅんかん》に、シャーリーの放った弾《たま》が飛んできて、彼の愛用のサングラスに穴を開けていきました。

一瞬遅《いっしゅんおく》れて、それは炸裂《さくれつ》しました。ラックスの眼窩《がんか》の中で。

撃《う》った女が、

「ふう……。しぶとかったぜ……」

Ｒ９３タクティカル２のボルトハンドルを真《ま》っ直《す》ぐ引きながら呟《つぶや》きました。空薬莢《からやっきょう》が右側に飛び出して、およそ50メートル下へと落ちていきます。

「仕留めた？　シャーリー？」

クラレンスが聞いてきました。

「ああ」

「じゃあ、手を離《はな》していい？」

「いいわけないだろ！」

怒気《どき》を込《こ》めてシャーリーは答えました。

冗談《じょうだん》だと思いたいですが、クラレンスは本気でやりかねない。

「それより引っ張り上げてくれ」

そう言ったシャーリーは、ロープに吊《つる》されて、塔《とう》の外側にいました。

自分が持ってきていたロープを体と足の腿《もも》に巻いてハーネスとして、塔《とう》の北側外壁《きたがわがいへき》に、ラックスやＭＭＴＭ達からは見えない位置に垂れ下がっていたのです。

そして壁際《かべぎわ》でぶら下がりながら両足を踏《ふ》ん張《ば》り、塔《とう》の側面にＲ９３タクティカル２を押しつけて構えて撃《う》ったのです。

これを思いついたのは、ＳＪ４にてモールで戦った、ファイヤの傘下《さんか》のスナイパー男。ＸＰ１００拳銃《けんじゅう》で、シャーリーを苦しめてくれた男が、ロープで柱によじ登って撃《う》ってきたから。

アクロバティックな体勢からの一撃《いちげき》を、いえ、〝二撃《ふたげき》〟を見事に決めたシャーリーですが、最上部の空間からは2メートルほど下に吊《つる》されているので、銃《じゅう》を持った身では簡単に登れません。

「しょうがないなあ。せーの」

クラレンス、そしてSHINCの三人がグイグイと引っ張り上げて、シャーリーは再び塔《とう》の中に。

その体を見て、

「撃《う》たれてるよ！」

トーマが気付いて言いました。

シャーリーのその脇腹《わきばら》で、被《ひ》弾《だん》エフェクトが広々と光っていて、

「ああ、本当だ」

シャーリーはアッサリと言いました。射撃《しゃげき》に集中しすぎていて、撃《う》たれたことも気付いていなかったようです。ヒットポイントは、バッサリと半分になっていました。

「うぎゃあ！　シャーリー死んじゃうの？」

クラレンスが、

「なんで楽しそうなんだ？」

楽しそうに聞いてきましたので、シャーリーはその訳を訊《たず》ねました。

クラレンスが答えます。

「ま、それはいいから、救急治療《きゅうきゅうちりょう》キット打ってね」

ラックスの壮絶《そうぜつ》な討《う》ち死《じ》にを、デヴィッドはステータスバーで知って、今も塔《とう》の入口に向けて銃《じゅう》を構えている仲間達に、淡々《たんたん》と報告しました。

「ラックス——、ダウン」

デヴィッド、ケンタ、ジェイク、ボルド、サモンの五人は、10メートル以上の間隔《かんかく》で広がって、バリケードの後ろに隠《かく》れていました。

塔《とう》までの距離《きょり》は、数十メートルほど。

これ以上離《はな》れると、別のバリケードに視界を、あるいは射界を覆《おお》われて塔《とう》の入口が狙《ねら》えません。逆に近づくと、バリケードの高さが足りず、上からの銃撃《じゅうげき》や手榴弾投下《しゅりゅうだんとうか》でやられる恐《おそ》れがあります。

足が速いケンタだけが、バリケード間を小刻みに移動しながら視野を確保し、後方を警戒《けいかい》していました。敵がいれば、もちろん愛銃《あいじゅう》Ｇ３６Ｋが火を噴《ふ》きます。

残りの四人が、レン達の塔《とう》の入口を射線に捉《とら》えています。特にジェイクはＨＫ２１マシンガンを二脚《きゃく》で据《す》え付《つ》け、入口を狙《ねら》い続《つづ》けています。

少しでも動きがあったら、すぐにフルオートで弾丸《だんがん》を叩《たた》き込《こ》む態勢です。先ほどターニャを屠《ほふ》った弾《たま》は彼が発砲《はっぽう》したもの。マシンガンの威力《いりょく》を存分に発揮しました。

「全員、上方警戒《じょうほうけいかい》。無理に顔を出すな」

デヴィッドの指示。ラックスがいない今、塔《とう》の上からの攻撃《こうげき》も気にしなければなりません。

命令を聞いたジェイクが、ＨＫ２１と自分の体を少し下げました。

「俺が見張る」

ベレッタＡＲＸ１６０を構えたボルドが、代わりに入口の警戒《けいかい》にあたります。

デヴィッドは、グレネード・ランチャーを銃身《じゅうしん》の下に付けたＳＴＭ―５５６を構え、誰《だれ》か出てきたらグレネード弾《だん》を撃《う》ち込《こ》む体勢のまま、

「〝インカム。チャンネル・ツー。切《き》り替《か》え〟」

あらかじめ用意していた音声コマンドで、通信アイテムのチャンネルを切《き》り替《か》えました。

「聞こえるか？」

「はあい」

耳に、淑女《しゅくじょ》の声が戻《もど》ってきて、

「レン達を、ひとまず塔《とう》に閉じ込めた。一番北の一本だ。来られるか？」

デヴィッドはビービーに訊《たず》ねました。

ビービーの答えは、

「ええもちろん。周囲を〝説得〟しつつ、可及的速《かきゅうてきすみ》やかに行くわ」

お淑《しと》やかの見本のような口調で、彼女は答えるのです。

「ピンクの悪魔《あくま》のお仲間を仕留めるために」

SECT.13

第十三章 塔攻防戦

第十三章「塔攻防戦《とうこうぼうせん》」

酒場の観客達は、画面で見ました。見ていました。

「えげつねえなあ……」

ZEMALという〝最強チーム〟が、容赦《ようしゃ》なく敵を屠《ほふ》っていくのを。

「アイツら、マジで強くなったよな……」

「最初のときとは別人、じゃなくて別チームだろ。名前と顔と武器がまったく同じなだけの」

「いやあ、最初から火力だけはあったからなあ……。人間って、育て方次第《しだい》だってよく分かるよな」

「つーか、ビービーが何者なんだよ？」

今やSJ5最後の、唯一《ゆいいつ》のフィールドになった城中央。その南東部あたりで、ZEMALの生き残り三人が、女神様《めがみさま》の指揮の下、破竹の猛進撃《もうしんげき》を続けています。

Aの文字を模したフォーメーションの先頭にいるのは、そしてM240Bマシンガンを撃《う》っているのは、鶏冠頭《とさかあたま》のマッチョマン、ヒューイ。

バレット・サークルのおかげで、肩《かた》に構えて照準器を覗《のぞ》く必要もありません。

映画の主人公みたいな腰《こし》だめ撃《う》ちで、ちゃんと狙《ねら》えます。背中に金属ベルトで繋《つな》がったバックパック型給弾《きゅうだん》システムのおかげで、８００～１０００発近い連続射撃《れんぞくしゃげき》が可能です。

彼はバリケードの角から堂々と出てくると、30メートルほど先に見かけた赤茶迷彩服《あかちゃめいさいふく》のチームめがけて、７．６２×５１ミリＮＡＴＯ弾《だん》の乱《みだ》れ撃《う》ち。

逃《に》げ切《き》れずその場で撃《う》たれた一人は、憐《あわ》れにも頭を射貫《いぬ》かれて即死《そくし》。

慌《あわ》ててバリケードの後ろに隠《かく》れた残り二人には、追加のフルオート射撃《しゃげき》。

弾《たま》を数発防いだバリケードは突然《とつぜん》消滅《しょうめつ》し、全身丸見えになった二人は逃《に》げる間もなくフィールドから退場と相成りました。

その瞬間《しゅんかん》、ヒューイの左脇《ひだりわき》40メートルほどのバリケード裏から、Ｔ－Ｓの一人が果敢《かかん》にも飛び出しました。

自分はある程度撃《う》たれてもいいと、アサルト・ライフルの《ステアーＡＵＧ》を脇《わき》の下《した》にしっかりと構えての全力突撃《ぜんりょくとつげき》。今回からのカスタムでしょうか、ＡＵＧはロングバレルにバイポッド付きの《Ｈ－ＢＡＲ》と呼ばれるタイプになっています。

長い銃《じゅう》を持ってフルプロテクターの男が突撃《とつげき》すると、まるで中世の騎士《きし》のようです。

５．５６ミリ弾《だん》では撃《う》って当ててもすぐに倒《たお》せないと踏《ふ》んで、防御力《ぼうぎょりょく》を生かしてできるだけ接近しようという腹でしょう。

「おお！」

「行けるか？」

酒場の男達が沸《わ》きたちました。座っていた状態から身を乗り出して拳《こぶし》を握《にぎ》りしめて、

「ああ……」

行けませんでした。

Aの字フォーメーションの左側で守っていたマックス——、GGOでは珍《めずら》しくない黒人アバターで、ミニミ・Mk46マシンガン使いの男が、すかさず容赦《ようしゃ》の無い銃撃《じゅうげき》を加えます。

さらに、中央にいたビービーが、ショートバレル化したRPD軽機関銃《けいきかんじゅう》を撃《う》ち始《はじ》めました。

走っていたT—Sの手からステアーAUGがズレて、やがてはじけ飛んでいきました。要修理コース。さらに、全身から綺麗《きれい》な火花が散り始めます。

命中した弾《たま》はプロテクターを貫通《かんつう》できませんが、激しい衝撃《しょうげき》で殴《なぐ》られたことには変わりありません。彼はバランスを崩《くず》し、左側に倒《たお》れました。

それでも負けじと、必死に立ち上がろうとするSF兵士に襲《おそ》いかかる、銃弾《じゅうだん》の雨霰《あめあられ》。

まるで花壇《かだん》に水を撒《ま》くかのようなシャワーです。それも撒《ま》きすぎの。お花を腐《くさ》らせそうなほど大量な。

マックスもビービーも、残弾《ざんだん》がたっぷりあるのか、容赦《ようしゃ》しません。

「ボコりで殺《や》る気だな」

「いや、単に撃《う》ちたいだけだろアイツら」

そうかもしれません。

T—Sの彼は、全身を立て続けに突《つ》かれているわけで、衝撃《しょうげき》と痛みで立ち上がりたくても立ち上がれません。これはツラい。

「あー、このシーン、映画『ロボコップ』で見たわ。ちなみに初代な。1987年のな」

「まーた懐《なつ》かしい映画を……」

「T—Sの男、〝コロシテ、イッソコロシテ……〟、って思ってるだろうな」

「いや、中身は女かもよ？」

「それはない。──けどあるといいな……。手も足も出ずに負けて傷心のT—Sメンバーを、俺が優《やさ》しく慰《なぐさ》めてあげたい」

「いや、俺が俺が！」

「お前ら、モテない男談義はそこまでだ」

酒場の男達が勝手気ままに盛り上がる中、T—Sのメンバーは残念ながら、これ以上痛い思いをするよりはと、降参を選んでしまいました。

すなわち、ゲームからの退出。

左腕《ひだりうで》を振《ふ》っていた彼の体からスコン、と力が抜《ぬ》けてべったりと伏《ふ》せて、その上に【Resign】のタグが点灯します。マシンガンの射撃《しゃげき》が止《や》んで、世界は静かになりました。

そしてカメラは、フォーメーションの中心をゆったりと歩き始めたビービーを捉《とら》えます。

ビービーの右脇《みぎわき》に、鼻に貼《は》ったテープがトレードマークの、ZEMALの中では一番小柄《こがら》なピーターがついています。得物はイスラエル製のネゲヴ、5.56ミリ弾《だん》マシンガン。ピーターはビービーの左右前方3メートルほどの位置を、右に行ったり左に来たり。

一見すると、ひどく落ち着きがないような動きで、

「あの男は、トイレでも我慢《がまん》しているのかね？」

酒場の男の感想と、周囲の笑いを誘《さそ》いました。

「いや、自分がリーダー女の楯《たて》になれるように、前方のバリケードに合わせて位置を変えているんだよ」

別の誰《だれ》かがサラリと言って、周囲の男達の目を引きました。

「すげえ……、実戦経験者ですか？」

その質問に、男は軽く微笑《ほほえ》んで返します。

「GGOで良ければ」

画面の中では、ビービーが何か叫《さけ》んでいました。

拡声器アイテムを使っています。よく、運動会などで使われているアレとよく似ていますが、デザインはSFチックになってカクカクしていて、全体的に少し小さめです。

あんな変なアイテムがあることを、酒場の男達は今日知りました。

なんで用意しているのかは、酒場の男達には全然分かりませんでした。

拡声器で、ビービーが何か叫《さけ》んでいます。声は聞こえません。

「あれ、何をしているんだ……？」

「周りにいるプレイヤーに呼びかけてるんだろうけど……」

「あ、分かった！」

一斉《いっせい》に視線を集めた男が、正解を答えます。

「仲間を募《つの》ってピンクのチビを倒《たお》しに行こうって作戦だ！」


「私達は、真北の塔《とう》に閉じ込められているレン、すなわち1億クレジットの賞金首が属するチームを倒《たお》しに行く。でも、本当に屠《ほふ》りたい目標はフカ次郎《じろう》というグレネード使い。だから賞金は要《い》らない。私達に同行する人は名乗り出なさい。一緒《いっしょ》にレンを倒《たお》しに行きましょう。賞金を手にできるかもしれませんよ？　それともここで、私達と火力勝負をしますか？」

ビービーは、そんな言葉を繰《く》り返《かえ》していました。

その声は遠くまで聞こえて、バリケードの裏にも届きます。

それを聞いた、砂漠迷彩服《さばくめいさいふく》を着た男が、米軍御用達《ごようたし》のアサルト・ライフル、《M16A4》を持ち上げて、バリケードの上へと見せました。

「おおい、撃《う》つな！　その話乗った！」

一人が参加すれば、恥《は》ずかしくなくなるのか、

「俺もだ！」

「願ってもない！」

三々五々、ここまで生き残ったプレイヤー、あるいはチームが、ビービーの誘《さそ》いに乗ってきました。

ヒューイやピーター、マックスが注意深くマシンガンを構える中、自分達の銃《じゅう》を構えずに近づいてきます。とたんに、周囲から銃声《じゅうせい》が消えました。

近づいて来た彼らは、ビービーに、

「いいでしょう。場所は一番北の塔《とう》。私達と組んだチーム《メメント・モリ》が周囲を囲んでいるから、大声で話しかけながら近づいて。黙《だま》ってコッソリ行ったら、絶対に撃《う》たれるから気をつけてね」

にこやかな笑顔《えがお》で言われました。

「レンよ、邪魔《じゃま》なスナイパーは倒《たお》してやったぞ」

シャーリーの声を聞いても、

「それはありがとう。でも、出られない……」

レンは塔《とう》の入口、あるいは出口で難儀《なんぎ》していました。

さっきレンは、残弾《ざんだん》の少なかったＰ９０のマガジンを一つポーチから抜《ぬ》き取《と》って、入口の脇《わき》からそっと外に出してみました。さりげなくそっと。

次の瞬間《しゅんかん》、スパーンと気持ちよく射貫《いぬ》かれていました。マガジンはアイテムの耐久値《たいきゅうち》を超《こ》えたダメージを受け、光の粒子《りゅうし》になって消えました。

アサルト・ライフルにスコープを付けているデヴィッドによる狙撃《そげき》でしたが、レンには誰《だれ》が撃《う》ったかなど分かりません。

ただ、

「ちょっとでも何かを出すと撃《う》たれる！」

ことはよく分かりました。大変によく分かりました。

そして、

「でも、積極的に突《つ》っ込《こ》んでは来ないみたい」

その気があれば、スナイパーのサポートがあるウチにやっていたことでしょう。もしそうなっていたら、レンは階段の上に逃《に》げてから、入口に向けてピーちゃんの連射を食らわせてやるはずでしたが、ふっ、命拾いしたな。

「レンや、ボスがこっちのチームと通信したいって言うけどいいよな？」

「もちろん！　全員繋《つな》いでもいい！」

フカ次郎《じろう》の問いに即答《そくとう》して2秒後、耳にボスの声が来ます。

「レン。いち早く塔《とう》を出ようと思っていたが、事ここに至っては仕方ない。塔《とう》の上から迎《むか》え撃《う》つ作戦に変更《へんこう》する。ＭＭＴＭだけなら、防ぎ切れる。睨《にら》み合《あ》っている間に、別チームが減ってくれることを願おう」

受け身な、あるいは消極的なプランですが、それしかないか、とレンは思いました。

そもそも、高い場所に陣取《じんど》るのは、闘《たたか》いにおいて有利です。

上からの攻撃《こうげき》は、バリケードで阻《はば》まれるとはいえ、それは連続で撃《う》つことで壊《こわ》せます。やがて復活してしまいますが、隠《かく》れている場所から追い出す、くらいはできるでしょう。

ただ、さっきも思いましたが、その間により多くの敵に囲まれて、強力な武器で塔《とう》を破壊《はかい》されたらアウト。

ファイブ・オーディールズの時の、プラズマ・グレネードによる、シャーリーの決死のビル倒壊《とうかい》、相手は死ぬ――、みたいな事になってしまう可能性が一番怖《こわ》いです。

とはいえ今作戦を、エムの代わりに立ててくれているのはボス。

レンはそれに従うのみ。

「分かった。わたしはまだ下にいるね。入って来ようとする敵は、階段の上から撃《う》てるし」

「よし、任せた」

「任せて！」
そう自信たっぷりに言ったレンは、もちろん――、
ＺＥＭＡＬの連中が仲間を集めながら、ＭＭＴＭの誘導《ゆうどう》でこっちに向かっていることなど知りません。
ビービーが、フカ次郎《じろう》を倒《たお》すためだけに。

ビービーに説得され、あるいは拐《かどわ》かされ、ＭＭＴＭが囲む塔《とう》へ走って近づいていくのは、十五人ほどの男達。

〝三々五々〟の言葉の通り、少数人のグループで走ります。同一チームのこともあれば、呉越《ごえつ》同舟《どうしゅう》のことも。

向かう途中《とちゅう》で事情を知らない連中に撃《う》たれては堪《たま》らないので、自分達が言われたことを言うのも忘れません。すなわち、賞金首を仕留めるチャンスがあるから、お前らもどうだ？　と。

彼等には、そしてレン達にも知りようがありませんが――、この時点で、ＳＪ５で生き残っているのは、もはや四十人ほどです。

三十チーム百八十人弱でスタートしたＳＪ５も、残りはそれだけです。

そして無傷の、つまりメンバーが一人も欠けていないチームは、何一つ残っていません。

塔《とう》まで、まだ1キロ以上の距離《きより》があるので男達は皆《みな》が全力疾走《ぜんりよくしつそう》ですが、ヴァーチャル世界なので息切れはしません。

「お前、得物はどうした？」

そんな中、砂漠迷彩《さばくめいさい》でM16A4を持った男が、隣《となり》を走る男に訊《たず》ねました。

「〝エモノ〟？」

キョトンとした顔で聞き返した男は、何も武器を持っていませんでした。

緑のTシャツに迷彩《めいさい》コンバットパンツという、グロッケンの町中を歩いているような軽装でした。

これといって目立つ特徴《とくちよう》の無い、中肉中背の白人アバター。

「愛用の武器のことだよ。GGOじゃ、そんな珍《めずら》しい言葉じゃないが……」

訊《たず》ねた男が、怪訝《けげん》そうな顔をします。

「ああ、メインアームね。失礼！　もちろんあったけど、都市部での爆風《ばくふう》で吹《ふ》っ飛《と》ばされたんだ。見つからなくて、それ以降、ずっとずっと逃《に》げっぱなし。仲間も結局捕《つか》まらなかったし」

怪訝《けげん》そうな顔が、納得《なつとく》の顔へと変化しました。

「なるほど。アレって、前回大暴れした自爆《じばく》チームだろ？　出てたんだな。でもお前、これからピンクの悪魔《あくま》をやろうってのに、やってけるのか？」

そして、当然の質問をしました。

空手の男は、走りながら手を振《ふ》ります。

「あー、ムリムリ。賞金ゲットなんて夢オブ夢だよ。でも、ここまで来たのなら1億クレジットの結果を、この目で見てみたい。どうせチームも生き残ったのは僕一人だけだし、ZEMALの提案はすっごくありがたいね」

「なるほど。ま、がんばりな。ところで、チーム名は？」

砂漠迷彩《さばくめいさい》の男が聞いて、なんの特徴《とくちょう》も無い軽装の男は笑顔《えがお》で答えます。

「BOKRっていうんだ。初参加だよ。よろしく！」

「リーダー、グレネード撃《う》たないの？」

後方警戒中《こうほうけいかいちゅう》にデヴィッドの後方を通り過ぎていたケンタが、注意深くウロウロしながら、何気なく訊《たず》ねました。会話は通信アイテム越《ご》しです。現在はチーム内でだけ、繋《つな》がっています。

デヴィッドのSTM—556には、銃身下《じゅうしんした》に、アドオン式——、後から追加されたグレネード・ランチャーがあります。

距離《きょり》的《てき》に、そして研鑽《けんさん》を積んだデヴィッドの腕的《うでてき》にも、あの塔《とう》の入口へとぶち込める事でしょう。

デヴィッドは、警戒《けいかい》を怠《おこた》らないように振《ふ》り向《む》かずに、しかしニヤリと笑ってケンタに答えます。

「もしそれでピンクのチビがアッサリと死んでしまうと、困る。1億クレジットが欲《ほ》しい連中に来てもらうためには」

倒置法《とうちほう》の答えに、

「納得《なっとく》した。その理由なら」

ケンタも倒置法《とうちほう》で答えました。

「ビービーの狙《ねら》いは、ALOで浅からぬ――、というより深すぎる因縁《いんねん》のある、そしてシノハラを謀殺《ぼうさつ》したフカ次郎《じろう》だけだ。よっぽどあのグレネーダーのことを認めているらしい。だからそれまでは、彼女達の自由にさせる。人を集めてやって来てくれるから、レン達の戦力や残弾《ざんだん》を削《そ》ぐのには、文字通り〝持って来い〟だ」

「で、その後は?」

ケンタが、デヴィッドから離《はな》れながら聞きました。彼の任務はちょこまかと動き回っての後《こう》方警戒《ほうけいかい》ですので。

「もちろん、SJの優勝をかけてZEMALを全力で倒《たお》すが、その手段は選ばない」

ぼかして言っていますが、〝手段は選ばない〟とは、どんな卑怯《ひきょう》な手でも使うよ、という意味。

例えば、ZEMALがレン達にかかりっきりで疲弊《ひへい》したところを、背中から撃《う》つとか。

なので、今塔《とう》にいる連中には、あんまり疲弊《ひへい》して欲しくないのです。

「言うと思った！」

心の底から楽しそうな口調で、ケンタが答えました。

「どうせ、向こうもまったく同じことを思っているからな」

「だよね。――おっと、さっそくお客さんが来たよ」

ケンタが、銃《じゅう》を上に持ち上げながら近づいてくる男達を見つけました。

「露払《つゆはら》い御一行様《ごいっこうさま》、ごあんなーい」

時間は14時35分。

酒場の男達は、中継《ちゅうけい》で戦況《せんきょう》が分かっています。

画面に説明文などはありませんが、同時にいろいろな場所を映す動画をザッピング状態で見ていれば、自然と分かります。

何せ彼等は、乳白色以外ほとんど何も見えない最初の1時間を耐《た》え忍《しの》んだ者達です。面構《つらがま》えが違《ちが》います。

「レンちゃん達は塔《とう》から出ず、というより出られずか」

ピンクの悪魔《あくま》とアマゾネスの生き残り合同チーム七名は、真北に聳《そび》える塔《とう》に立てこもり、周囲への攻撃《こうげき》はせずにいます。

「撃《う》ってこないのは、残弾節約《ざんだんせつやく》だろうな。当然といえば当然だ」

「このまま居座《いすわ》って、他チームが潰《つぶ》し合《あ》ってくれるのを待つってハラか」

それをMMTMの五人が遠巻きに囲んでいますが、こちらも積極的な攻撃《こうげき》は一切《いっさい》せずに、本当に囲んでいるだけ。

「デヴィッドとビービーの間で、結託《けったく》の密約があるんだろう」

ZEMALは今フィールドの中央付近を堂々と進撃《しんげき》しつつ、他の生き残り達に、レンの場所へ行くように説得しています。

会話内容は分かりませんが、彼等と話した連中がくるりと踵《きびす》を返《かえ》し、レンに向かって一直線なことで、それが分かります。

時々マシンガンの銃声《じゅうせい》が短く響《ひび》くのは、話を聞かないヤツらだけを、サクッと撃《う》ち殺《ころ》し中《ちゅう》だから。

運営のサービスでしょうか、一つの画面にマップが出て、生存プレイヤーの位置が光点で示されました。

今頃《いまごろ》かよ！　と正直みんなが思いましたが、あえて口にはしません。

それによると――、

「生き残り全員が、北に集まっているな」

レン達とMMTM以外の全ての光点が、じわりと北に集結していきます。砂糖の塊《かたまり》に群がるアリのようです。

「もしオレだったら、南側にコッソリ逃《に》げて、ずっと隠《かく》れるけどなあ……」

「で、最後まで残った最強チームに、徹底的《てっていてき》に追い立てられて、〝くそうヤツらに殺されるくらいなら！〟って飛び降りるまでが見えた」

「そうか、お前が予言者か」

酒を飲んだりつまみを食べたりと、好き勝手に楽しみながら画面を見ていた男達は、好き勝手に会話します。

「これさ、賞金欲しさの結託野郎達《けったくやろうたち》にレン達がやられて、その後にZEMALとMMTMに皆殺《みなごろ》しにあって、残りは二チームがやり合ってオシマイって展開かね？」

「そんなトコロだろうな……。ま、最後の二チームは絶対に互《たが》いの裏をかこうと思っているだろうけど」

「勝負が見えちゃうと、テンション下がるな……。なんかこう、驚《おどろ》きとサプライズが欲《ほ》しいな」

「その二つは一緒《いっしょ》だ」

「よしお前、今からちょっと乱入してこい」

「任せろ！　画面に向かってダーイブ！　――って、できるかあ！」

「ノリツッコミありがとう」

「どういたしまして。座っていいか？」

「どうぞどうぞ。殿《との》、温めておきましたぞ」

「苦しゅうない苦しゅうない。——って、俺が座っていた場所じゃ！」

「重ね重ねありがとう」

試合の代わりに場を盛り上げる二人に、

「お前ら余所《よそ》でやれ。それにしても——」

クールな男が言うのです。

「こんな時間なのに、なんで死んだ参加者が誰《だれ》も酒場に戻《もど》ってこないんだ？　さすがにおかしいだろ！　なあ！　つーか、なんでみんな疑問に思わないの？　なあ！」

全然クールではありませんでした。


「俺達の目標は優勝なので、1億クレジットの賞金は譲《ゆず》るつもりだ。なので、塔《とう》の攻略《こうりゃく》は皆《みな》に任せる。思う存分やってくるといい」

近づいて来た金目当ての男達に、デヴィッドは優《やさ》しく話しかけました。

〝お前らに優勝なんて万が一にもないぞ〟というニュアンスを多分に含《ふく》みつつ、あえて〝1億クレジット〟と声にして、男達の射幸心を煽《あお》ることは忘れません。

「塔《とう》の上に生き残っているのは、SHINCのリーダー、マシンガナーが一、スナイパーが二。LPFMのスナイパー、男女、チビのグレネーダー、そして賞金首だ。計七名」

おまけとして、そんな情報まで伝えてしまいます。

正確な数は分かりませんが、集まったおよそ二十人弱ほどの一団に、指揮を執っているリーダーらしい人はいませんでした。

ほぼ全員がデヴィッドを横目に通り過ぎる中で、

「一応は、感謝しておく」

砂漠迷彩《さばくめいさい》にM16A4を持った男が、答えました。彼はなかなかの決意を秘めた目で、デヴィッドを睨《にら》んでいきます。

自分達を当て馬というか、露払《つゆはら》いというか——、とにかく都合よく好きなように使おうとしているデヴィッドやビービーの腹は全部読めている目でした。

その上で、レンを倒《たお》しに行くのです。

チームを最初からバラバラにされて、しかも仲間は誰一人《だれひとり》生き残っていない今では、この先の優勝など夢のまた夢。性格の悪いルールに翻弄《ほんろう》されまくったSJ5で、せめて一矢《いっし》報《むく》いるには、そうするしかないからです。

「ご武運とご健闘《けんとう》を祈《いの》る」

相手の窮状《きゅうじょう》を全て分かっているデヴィッドは答えました。ほとんど皮肉です。

そして、さっきまで潜《ひそ》んでいたバリケードの裏からゆっくりと、もちろん寝首《ねくび》を掻《か》いてくる奴《やつ》がいないか警戒《けいかい》しつつ、さっさと後退を始めました。

その際、塔《とう》の最上部にいるスナイパーに撃《う》たれては面白《おもしろ》くないので、チームメイトが監視《かんし》します。

しかしどうやら、上にいるボス達はまったく顔を出してこないようです。下で残りのメンツが潰《つぶ》し合《あ》ってくれるのを、身を潜《ひそ》めて待っているのでしょう。

「だが、そうはいかないぜ？」

デヴィッドが、見えないボスに向かって言葉を贈《おく》りました。


「やられたな……」

塔《とう》の上で、少し頭を出して下を双眼鏡《そうがんきょう》で覗《のぞ》いていたボスが苦々しく呟《つぶや》いて、

「そうかやられたかー。何を？」

螺旋階段《らせんかいだん》に座っていたフカ次郎《じろう》が反応します。

塔《とう》の最上部の、鐘《かね》のない鐘楼部分《しょうろうぶぶん》は――、たった二畳《じょう》の空間は、人口密度が高すぎるので、少し下で座っていました。

「〝アタマ〟かな？　ゲームのしすぎで」

フカ次郎《じろう》の三段下に座って、薄暗闇《うすくらやみ》で黒い服が迷彩《めいさい》になっているクラレンスが答えました。

基本、この女は失礼千万です。それがクラレンスという生き方。

「我々以外全ての連中に、囲まれつつある」

ボスが事実だけを答えました。

事情を察したSHINCの残りの面々、塔《とう》の上で伏《ふ》せているローザ、アンナ、トーマが重苦しく黙《だま》る中、

「やっぱりか。残りの連中、レンを倒《たお》すために一時的に休戦したな。誰《だれ》か音頭《おんど》を取ったヤツがいたんだろう」

ヒットポイント回復中のシャーリーが、さも知っていたかのように漏《も》らしました。ちなみに、最上部に一番近い階段に座っています。

「〝やっぱり〟ってシャーリーひどい！　知ってたのなら言えよー！」

クラレンスが口を尖《とが》らせましたが、口調はとても楽しそうです。この女、楽しければいいのです。

「いくつか思《おも》い浮《う》かべた予想の一つだっただけだ。それに、ボスがリーダーなら余計な口出しはしない」

シャーリーが淡々《たんたん》と答えました。

ぬう、とボスが心の中で唸《うな》りました。

たぶんリアルでは、女子高生である自分達とは違《ちが》って大人で、きっと社会人であろうシャーリー。

ゲームの中まで上下の分別がついているのは悪いことではないのですが、そこは言ってくれても良かったのでは？　とは思っていますがもちろん言いません。言えません。

そのかわり、エムへと心の中で謝ります。リーダーとして、選択《せんたく》を間違《まちが》えてしまったと。

ちょっと凹《へこ》んでいるボスへと、

「少しスペースをくれ」

シャーリーは階段を登って、ＳＨＩＮＣの四人がギッチリと伏《ふ》せている最上部へ来て、頭だけを出しました。そして、

「この窮地《きゆうち》を凌《しの》げるアイデアがあるんだが、やっていいか？」

ボスの顔を見ながら訊《たず》ねます。

リーダーの顔を立ててのことですが、〝聞いてもらっていいか？〟ではないのが、時間のなさを表していて、

「やってくれ」

ボスは即座《そくざ》に、内容も聞かずに答えました。

「よし」

即答《そくとう》に満足したシャーリーが、

「レン！　急いで階段登って戻《もど》ってこい！」

通信アイテム越《ご》しに、チームメイトに鋭《するど》い指令を出しました。

「へ？　戻《もど》るの？」

シャーリーより47メートル下にいたレンが、驚《おどろ》きの声を上げました。

「そうだ。そして、フカ次郎《じろう》から第二武装を受け取れ。せっかくなので、〝ピトフーイのチームらしい〟戦い方をやるぞ」

「ん？　――ああ！　分かった！」

レンは分かったようです。

「ほっほっほ、なるほどなるほど。そういうことかのう。ではワシも、重い腰《こし》を上げるかのう。やれやれどっこいしょー」

フカ次郎爺《じろうじい》さんにも分かったようです。

「ぬ？」

ボスには、まだ分かりませんでした。

「さっすがシャーリー！　いい作戦だね！」

クラレンスは、分かったフリをしています。

レンが全速力で螺旋階段《らせんかいだん》を駆《か》け上《あ》がっているまさにそのとき——、

「説得とセッティングありがとう」

「どういたしまして。誘導《ゆうどう》ありがとう」

「どういたしまして」

塔《とう》から300メートルほど離《はな》れた場所で、ビービーとデヴィッドが再会していました。

二人は5メートルほどの距離《きょり》を保ったままで、視線と会話を交《か》わしました。

当然ですが、ZEMALとMMTMのチームメイトも近くにいて、分担して周囲の警戒《けいかい》に当たっています。敵となるプレイヤーはもう誰《だれ》も残っていないと思いますが、決して油断はしません。

「じゃあ、ちょっとだけ待っていて。話を聞いてくれた二十人の支援《しえん》をしてくるから」

ビービーのその言葉に、デヴィッドは驚《おどろ》きました。

「支援《しえん》——、マシンガンの遠距離《えんきより》射撃《しゃげき》で最上部を攻撃《こうげき》し続けて、顔を出させないつもりだな」

「正解。さすが」

ビービーは褒《ほ》めてくれました。

たしかに、それなら二十人の男達は、遠慮《えんりょ》なく塔《とう》に押しかけることができます。

「正直、意外だ。そこも含《ふく》めて、全部ヤツらに任せるのかと」

デヴィッドが素直《すなお》に驚《おどろ》きを伝えると、ビービーが、

「それではダメなのよね」

もっと驚《おどろ》く言葉を言うのです。

「だって——、生き残りが増えてしまうから」


最初からバラバラにされて孤立《こりつ》し、濃《こ》い霧《きり》にまかれ、見えない敵に脅《おび》え時に戦い、大地の突《とつ》然《ぜん》の崩落《ほうらく》から逃《に》げ、迷路《めいろ》で苦労し、またも崩落《ほうらく》に巻き込まれそうになり、どうにかSJ5の最終ステージには残れたのに——、
チームとしての戦力がまったく期待出来なくなった男達。〝残党〟とか〝敗残兵〟とか〝絞《しぼ》り滓《かす》〟といった酷《ひど》い言葉がよく似合う彼等。

そんな連中が、最後は賞金目当てに集まりに集まって、総勢でピッタリ二十名となりました。

自他共に認める〝烏合《うごう》の衆《しゅう》〟である男達が、バリケードを伝って、レンのいる塔《とう》に近づいていきます。

あの中には、1億クレジットが眠《ねむ》っている。

しかしそれを手にできるのは、普通《ふつう》に考えてたった一人——、ものすごく運が良くて同時にキルしたと判定されても、二人か三人でしょう。

当然ですが、この二十人に〝チーム戦略〟など何もなく、相互《そうご》に通信アイテムも繋《つな》げていないので、連携《れんけい》も取れません。

彼等にやれることと言えば、多数を武器に押し込むだけです。

よしんばレン達を倒《たお》せても、その闘《たたか》いで生き残っても――、その後でチーム力が残っているZEMALやMMTMに自分達がボコボコにされることも見えていました。

それでも、あの塔《とう》を攻《せ》めるしかない。

悲壮感漂《ひそうかんただよ》う男達が、じわり、じわりと塔《とう》へと近づいていきます。

残りの距離《きょり》、およそ100メートル。

男達の接近を見ていた酒場で、

「さーて、どうなるかな？　みんなの予想は？」

「聞きてえな。正解者には、好きなのを一杯奢《いっぱいおご》るぜ」

「太っ腹だな。でもよ、正解多数の場合は？」

「そりゃ、当然――」

「当然全員にオゴリか？」

「全員で一杯《いっぱい》を回し飲みするのが自然な流れではなかろうか？」

「ケチくさっ！」

「どこが自然じゃ！」

そんなやりとりを序奏に、勝手な予想大会が始まりました。

「ほんじゃま、言い出しっぺからどうぞ」

「なら言うぞ。俺は、攻撃《こうげき》チーム、なんとかなると思う」

「ほう。なんで？」

「連中――、仮にチーム名を『守銭奴《しゅせんど》ー』とでもするか」

「『コマンドー』みたいに言うな」

「変か？」

「とんでもねえ、待ってたんだ」

「お前ら話を進めろ」

「高い場所は有利なのはいいとしても、窓のないあの塔《とう》で、下を撃《う》てるのは最上部の鐘楼《しょうろう》だけだ」

「うん。だから、そこから撃《う》ち下《お》ろせばマジ無敵じゃね？　見たところスナイパーが三人、マシンガナーが一にグレネード・ランチャー使いまでいるぞ。全然弱くない。というかムチャクチャ強いだろ」

「そうなんだが、急角度で近くの下を狙《ねら》って撃《う》つには、石の壁《かべ》からガッツリ身を乗り出さないとダメだろ？　遠くから鐘楼《しょうろう》にずっと銃撃《じゅうげき》を集めてさえいれば、身を乗り出すのは危険だ。ちゃんとした支援射撃《しえんしゃげき》があれば、接近はできると思うんだよな」

「ああ、なるほどね。数の多さ、こういうときはデカいな」

「もちろん塔《とう》の連中だってここで死にたくないから必死こくと思うが、人数は少ないので一人でも欠けると戦力が大きく下がる。それが怖《こわ》くて迂闊《うかつ》に顔を出せない。となると、結局ジリ貧《ひん》じゃねえかな、と思うわけだよ。塔《とう》の中に入られたら入られたで、やっぱり数が有利だしな。というわけで『守銭奴《しゅせんど》ー』の勝ちだ」

「なるほど、説得力のあるご意見ありがとう。他の予想は？」

「僕もそれで」

「オレもだ」

「右に同じ」

「私もその予想で」

「俺は昨日からずっとそれを言いたかった」

「お前らそんなに回し飲みがしたいのか？」

酒場がほどよく笑いに包まれた後で、

「まったくなってないな！　お前ら今までのＳＪで、一体何を見てきたんだ？」

一人、声高《こわだか》に異を唱える男がいました。

当然ですが周囲からは睨《にら》まれます。ギロリと。

「ほう、じゃあアンタの予想は？」

当然そんなことを言われて、

「もうすぐ見られる。目ん玉かっぽじってよく見るんだ」

「いや、耳だろかっぽじるのは。目はヤメロ」

「そんなことを言ってさ、上手《うま》く行《い》ったら〝どうだ、俺の予想通りだ〟って言うつもりじゃなかんべな？」

「バレたか！　って言わせたいんだろうけど違《ちが》う。じゃあ俺の予想を言うぞ。接近するチームは何もできずに全滅《ぜんめつ》する。なぜかというと――」

「じゃあ始めましょう」

ビービーのその言葉が、久しぶりのバトルの開始を告げました。

時に、14時43分。

「ハイ喜んでー！」

ヒューイが射撃《しゃげき》を開始しました。三脚《さんきゃく》の上にマシンガンをがっしり固定しての、攻撃《こうげき》です。

場所は、南側に塔《とう》から400メートルほど離《はな》れた位置。

頑丈《がんじょう》な三脚《さんきゃく》に据《す》え付《つ》けたマシンガンは、連続する反動をかなり抑制《よくせい》され、集弾性能《しゅうだんせいのう》が一気に向上します。同時に、遠距離射撃能力《えんきょりしゃげきのうりょく》も高まります。彼等はSJ4でもこの三脚《さんきゃく》を使い、その威力《いりょく》をフルに発揮しました。

ヒューイは低い位置に据《す》え付《つ》けたマシンガンの銃口《じゅうこう》をやや上に向け、400メートル先にある塔《とう》の最上部スペースへと、数発の連続射撃《れんぞくしゃげき》を小刻みに繰《く》り返《かえ》しました。

放たれた銃弾《じゅうだん》は、銃口《じゅうこう》の数メートル前にあるバリケードの上を、本当にギリギリの位置を通過していきました。

体を低くして伏《ふ》せているので、塔《とう》から誰《だれ》かが撃《う》ってきても、ほぼほぼ当たらない角度です。

ゆるい放物線を描《えが》きながら空を飛んでいった銃弾《じゅうだん》の群は、全部ではありませんが、ほとんどが塔《とう》の最上部に次々に命中します。そこで塔《とう》を構成する石をえぐり、小さな土煙《つちけむり》を立て続けに上げました。

土埃《つちぼこり》以外にも、オレンジの光が見えました。

4発に1発の割合で入っている曳光弾《えいこうだん》が、鮮《あざ》やかなオレンジ色の線となって刺《さ》さっていき、何かに当たると、ランダムな角度で跳《は》ね返《かえ》っていきます。

こうなると、塔《とう》の最上部で身を乗り出すにはあまりにも危険です。まともなプレイヤーなら、この状態で反撃《はんげき》はしてこないでしょう。身を乗り出さなくても、跳弾《ちょうだん》で危険でしょう。

なので攻略《こうりやく》のチャンスです。

「よし！　行くぞ！」

二十人の男達が、100メートルほど離《はな》れたバリケードから突撃《とつげき》を開始しました。

あとはもう全力疾走《ぜんりょくしっそう》して、あの塔《とう》の入口から中に入り——、

その先はもう出たとこ勝負。運が良ければピンクのチビを倒《たお》せるでしょう。

「ご武運を——」

武器を失った男に背中を見送られて、砂漠迷彩《さばくめいさい》にM16A4を持った男も走って行きました。

全員が元気よく金目当てに突撃《とつげき》して、周囲から急に人がいなくなり、誰《だれ》も彼を見なくなった瞬間《しゅんかん》に、

「さーて」

男は、左腕《ひだりうで》を振《ふ》ってストレージ操作を始めました。

目の前に、巨大《きょだい》なバックパックが、そして、体にひっつくように、ブリキのロボットおもちゃのようなプロテクターが生まれ出《い》ずるのです。

元DOOM、今はBOKRと名乗るチームの最後の一人が、己《おのれ》の〝得物〟を再び実体化させました。

「来たぞ。猛烈《もうれつ》に撃《う》たれている。顔を出すのは無理だ」

螺旋階段《らせんかいだん》に避難《ひなん》しているボスが、仲間達へと報告しました。

さっきまでぎっしり詰《つ》まっていた塔《とう》の最上部スペースには、もう誰《だれ》も残っていません。ソフィーの死体は、螺旋階段《らせんかいだん》の出口を塞《ふさ》ぐように置いてあります。

もし残っていたら、たとえ伏《ふ》せていても、柱や天井《てんじょう》で跳《は》ね返《かえ》って襲《おそ》ってくる跳弾《ちょうだん》で射貫《いぬ》かれていたことでしょう。

「マシンガン連中の、遠距離《えんきょり》からの支援射撃《しえんしゃげき》――、SJ4でも、機関車降りたときに食らったな。アレは手強《てごわ》い」

シャーリーが答えました。淡々《たんたん》と喋《しゃべ》る口調が、どこかエムに似てきました。

彼女もまた、螺旋階段《らせんかいだん》にいる――、というより生き残りの全員が螺旋階段《らせんかいだん》にいます。それぞれの場所にいます。

「シャーリーの言った通りになったじゃん！　やるー！」

クラレンスのお褒《ほ》めの言葉に、

「人間の戦い方ってのは、そう簡単には変わらない。必殺技《ひっさつわざ》みたいなものだ。真面目に勝ちを狙《ねら》うのなら、過去のSJの動画をちゃんと見直せ。記憶《きおく》を呼び起こせ」

シャーリーはクールに答えました。

そして、

「私達の戦い方も、な。全員、準備はいいか？　忘れてる連中に、教育してやれ」

頭上を越《こ》えて飛んでいき、目標にしっかりと着弾《ちゃくだん》していく、途切《とぎ》れることのない銃弾《じゅうだん》の雨《あめ》霰《あられ》に、

「スゲエな！」

「マジで助かるな……。ＺＥＭＡＬ様々だ」

「オレ……、この闘《たたか》いが終わったら……、ビービーに告白するんだ……」

「その前に蜂《はち》の巣《す》になりそうだがな」

「オレ……、蜂《はち》の巣《す》になったら……、ビービーに告白するんだ……」

「そうか頑張《がんば》れよ」

塔《とう》へと迫《せま》っていく十九人の男達は、勝手なことをぬかしつつ色めき立ちました。

残り70メートルと近づいても、塔《とう》からの攻撃《こうげき》は一切《いっさい》ありません。

立《た》て籠《こ》もり犯《はん》が塔《とう》から逃《に》げていないのは、当然確認《かくにん》済み。

何せ塔《とう》の出口は見えている一箇所《いっかしょ》だけですし、周囲はバリケードがないので隠《かく》れる場所がありません。唯一《ゆいいつ》見えない塔《とう》の裏側は、３０００メートルの崖《がけ》でしょう。

「行ける！　オレが突入《とつにゅう》して1億クレジット！」

「いや、俺だ！」

「やらせるか！」

徒競走が始まりました。突入《とつにゅう》が早ければ早いほど、レンを屠《ほふ》れるチャンスは増えます。

もちろん、先んじて突入《とつにゅう》した方が撃《う》たれる可能性も高いわけですが、そこはもう仕方がありません。たとえ手榴弾《しゅりゅうだん》で自爆《じばく》したとしても、都合よくレンさえ巻き込めば、1億クレジットはもらえます。

「今日の俺は死番だあ！」

叫《さけ》びながら尖塔《せんとう》めがけて先頭で走って行く足の速い一人は、幕末マニアですね間違《まちが》いない。

〝死番〟とは新撰組《しんせんぐみ》において、町中路地では先頭を歩き、御用改《ごようあらた》めでは先陣切《せんじんき》って家屋に突《つ》っ込《こ》んでいく役のこと。当然ですが一番斬《き》られやすいポジションです。日替《ひが》わりローテーションだったそうですよ。

その彼は、《MP5SD6》消音サブマシンガンを腰《こし》に構えながら、残り50メートルまで迫《せま》りました。

トップで塔《とう》に飛び込むのは、もう間違《まちが》いない。

彼が今年の福男か？　と思われた瞬間《しゅんかん》でした。

「十分だ。さあ、やろうか」

シャーリーが言って、

「じゃあわたしから」

レンが答えました。


先頭を笑顔《えがお》で走っていた人が突然《とつぜん》、頭から派手に被弾《ひだん》エフェクトを煌《きら》めかせ、次の瞬間《しゅんかん》前に向かって転んで、すぐさま【Ｄｅａｄ】のタグを煌《きら》めかせて――、

「ああ？」

酒場の観客達は、

「後ろから撃《う》たれたか？」

「一番乗り阻止《そし》か？」

まずは醜《みにく》い仲間割れを想像しました。


「ああ？」

すぐ後ろを走っていた男は、仲間達が誰《だれ》も発砲《はっぽう》していなかったのは分かりますし、何より被《ひ》弾《だん》エフェクトが頭の前だったことで、塔《とう》から撃《う》たれたことにすぐに気付きました。

しかし、

「どこから？」

目指す入口からは、バレット・ラインも発砲炎《はっぽうえん》も見えません。見えていたら避《さ》けていました。

敵の位置が分からないまま、その彼は、

「ぐがっ！」

次の瞬間《しゅんかん》に同じように頭を撃《う》たれて、死んでいきました。

「撃《う》て撃《う》て撃《う》て！」

ボスの命令で、シャーリーとフカ次郎《じろう》を除く、全員が撃《う》ち始《はじ》めました。

「ケチらずにいくよー！　ピーちゃん！」

レンは、

「了解《りょうかい》！　任せてレンちゃん！　やっと思う存分に吠《ほ》えるときが来たよ！　抑制《よくせい》されちゃっているけどね！　ま、それはしょうがない！」

そう少年のような声で答えてくれる、サプレッサーを付けたＰ９０を。

「うおおおお！」

ローザは、愛用のＰＫＭマシンガンをドカドカと。

「これは、ソフィーの分だ！」

アンナと、

「これは、ターニャの分だ！」

トーマのセミオート狙撃手達《そげきしゅたち》は、ドラグノフを。

「これは、シャーリーの分だアアアア！」

クラレンスは、

「まだ死んでねえ！」

シャーリーから通信アイテム越《ご》しにツッコミを頂きながら、AR―57を。

迫《せま》り来《く》る敵に向かって、撃《う》ちまくりました。


「リーダー、塔《とう》から発砲《はっぽう》！」

MMTMの中では、塔《とう》に一番近い場所――、150メートルほど離《はな》れた位置で監視《かんし》をしていたサモンが報告します。

彼は愛銃《あいじゅう》SCAR―Lの代わりに単眼鏡を構え、バリケードの上へ頭を出して見ていました。チームで一番長身だから、それが可能です。

彼は、見えていることを報告していきます。

「突入《とつにゅう》チームが、次々に撃《う》たれてる。完全にいい的だ。バリケードに隠《かく》れた連中も、マシンガンで追い出されて、スナイパーにやられてる」

「了解《りょうかい》、十分だ。大きな動きがあったら教えてくれ」

サモンから離《はな》れた場所で、デヴィッドがそう言って、

『だって――、生き残りが増えてしまうから』

さっきビービーから聞いた言葉を、思い出していました。

助け船を出さず、彼等の中から支援射撃《しえんしゃげき》に回る人がいる方が、〝生き残りが増えてしまう〟。

すなわち、ZEMALが支援射撃《しえんしゃげき》を引き受けて、二十人全員に勇んで突入《とつにゅう》させた方が、連中が早く確実に死んでくれる。

なるほどな……。忘れていたよ、この俺も……。やられた側、だったのにな！

デヴィッドが、心の中で呟《つぶや》きました。ちょっと短歌でした。

デヴィッドは、否応《いやおう》なく思い出すのです。

チームLPFMが、光剣で開けた穴からの銃撃作戦《じゅうげきさくせん》を、今まで二回もやって来ていたことを。

「じゃあ俺の予想を言うぞ。接近するチームは全滅《ぜんめつ》する。なぜかというと――」

つい先ほど、数分前のこと、酒場で男はこう言いました。

「塔《とう》の中に光剣で穴を開けて、そこから銃口《じゆうこう》だけ出して、安全な状態で撃《う》ちまくれるからだ。今まで連中は何度もやってるだろう？」

その男は、満足げに画面を見ています。

他の男達は、唖然《あぜん》として画面を見ています。

可哀想《かわいそう》な鏖殺《おうさつ》──、皆殺《みなごろ》しがそこには映っていました。

塔《とう》に突入《とつにゆう》しようと接近してきた男達は、塔《とう》の側面のあちらこちら──、高さ3メートルから15メートルくらいの間から、銃撃《じゆうげき》を受けています。そこにある小さな穴から発砲《はつぽう》されて、次々に撃《う》ち倒《たお》されていきます。

「なるほど……。この手が、まだあったか……」

「おい一杯奢《いつぱいおご》らせろ？　何がいい？」

塔《とう》を構成する石は、普通《ふつう》のアサルト・ライフルでは撃《う》ち抜《ぬ》けない大きさと厚さがあります。でも、どんなに分厚い石だって、ＳＦ武器である光剣は、簡単に穴を開けてしまいます。開けてしまうのです。

レンの第二武装は、光剣2振《ふ》り。

フカ次郎《じろう》から受け取ったレンは、螺旋階段《らせんかいだん》のあちこち、北側以外にたくさんの穴を拵《こしら》えたのでした。

ムラマサF9は、グリップのダイヤルで光の刃《は》の長さを変えられるシステム。

入口で石の厚みを調べておけば、あとはその長さだけ刃《は》を出して差し込むことで、敵側に〝光剣で穴を開けている〟ことはほとんど見えません。

そうして大急ぎで拵《こしら》えた、たくさんの、射撃用《しゃげきよう》の穴。すなわち〝銃眼《じゅうがん》〟。

レン達はそこから銃身《じゅうしん》だけを突《つ》き出《だ》して、その上に開けた別の小さな穴から、バレット・サークルを目視して撃《う》っています。かなり不自然な体勢ですが、やってやれないことはなく、特に銃《じゅう》が短いレンにはかなり楽。

頑丈《がんじょう》な遮蔽物《しゃへいぶつ》に穴を開けて、守ってもらいながら撃《う》つ。

SJ2ではログハウスで、SJ3では操車場の貨車の中からやったトリック、あるいはテクニック、もしくはタクティクス。

見事言い当てた男が、奢《おご》る約束をした男に、渋《しぶ》い流し目で言うのです。

「ホットミルクをくれ」


「クソッタレ！　こんなん勝てるか！」

また一人、悪態と共に天に召《め》しました。あるいは仲間の元へ行きました。

1億クレジットが欲《ほ》しくてたまらなかった彼ですが、慌《あわ》てて隠《かく》れたバリケードをPKMマシンガンの連射でアッサリと壊《こわ》されて、慌《あわ》てて飛び出した身にドラグノフの狙撃《そげき》が襲《おそ》いかかります。

塔《とう》までの距離《きょり》は70メートルほど。外される方があり得ない距離《きょり》でした。

塔《とう》からのバレット・ラインはもちろん見えましたが、見えたところでどうすることもできないパターンです。

もちろん、ただ黙《だま》って撃《う》たれて死ぬのを良しとせず、果敢《かかん》に撃《う》ち返《かえ》す男もいました。

塔《とう》の穴から撃《う》たれていると察知し、ならその穴を射貫《いぬ》いてやるとの気概《きがい》に燃え、

「やらせるかああ！　やらせはせんぞお！」

どこかで聞いたことのある台詞《せりふ》を叫《さけ》びながら、チラチラと光るマズル・フラッシュめがけてフルオートで反撃《はんげき》し、マガジンがアッサリ空になったところで、

「ぶべっ」

レンのP90の容赦《ようしゃ》ない連射で、頭と体を射貫《いぬ》かれていきました。お疲《つか》れ様《さま》でした。

P90と同じ弾《たま》とマガジンを使う、クラレンスのAR—57も、その実力をフルに発揮します。すなわち、50発のフルオート連射。

小さくて威力《いりょく》の弱い弾《たま》でも、数発叩《たた》き込《こ》めばバリケードは消滅《しょうめつ》します。

「やべっ！」

伏《ふ》せた状態で丸裸《まるはだか》になってしまった男に襲《おそ》い来《く》る、オーバーキルとも言える、40発以上の

銃弾《じゆうだん》。

全身をまんべんなく射貫《いぬ》かれながら、

「ああ……、100万円欲しかった……。母ちゃん達に温泉旅行をプレ――」

切ない末期の言葉が、ガンゲイルの空に溶《と》けていきました。

皆《みな》が撃《う》たれている間に、塔《とう》にあと少しのところまで来たプレイヤーもいました。

砂漠迷彩《さばくめいさい》の、M16A4を持っていた彼です。

彼は冷静でした。

射撃《しやげき》が始まってすぐに伏《ふ》せて、その後は塔《とう》から伸《の》びてくるバレット・ラインを凝視《ぎようし》しながら、誰《だれ》かが撃《う》たれている隙《すき》に小刻みにバリケードを伝いました。そして、一発も撃《う》たれることなく接近し、とうとう残りは20メートル。

身を縮こめて隠《かく》れているのが、最後のバリケードでした。この先は入口まで、もう平らな床《ゆか》しかありません。

手持ちの鏡を使って、バリケードの脇《わき》からそっと塔《とう》を覗《のぞ》きました。

入口の脇《わき》に、ターニャの死体がうつ伏《ぶ》せで転がっています。そして塔《とう》は高く聳《そび》え、その向こうは何もない空が広がっていました。

男は、腰《こし》に着けたマガジンポーチ、その脇《わき》のポケットに入れた手榴弾《しゆりゆうだん》を確認《かくにん》します。《M67》と呼ばれる、普通《ふつう》の破片手榴弾《はへんしゆりゆうだん》タイプ。

近くにあるものを蒼《あお》い奔流《ほんりゅう》で壊《こわ》し尽《つ》くす、しかし値段が数倍するプラズマ・グレネードではありません。

「ケチらず買っときゃよかったよ……」

呟《つぶや》いてみましたが、もう遅《おそ》い。

プラズマ・グレネードなら、それも複数持っていれば、ここまで接近できた彼には、投擲《とうてき》によって塔《とう》を倒《たお》すワンチャンスがあったかもしれません。

または、一時的とはいえチームになった二十人の仲間とちゃんと相談して、火力を再認識《さいにんしき》して、作戦を立てていれば、例えばプラズマ・グレネード持ちを選び出し、一団の後方に控《ひか》えさせ、自分達が血路を開くなどして――、

いえ、できなかったことを嘆《なげ》くのは、止めましょう。

どうせそんなことをしても、上手《うま》くいったときの1億クレジットの処遇《しょぐう》を巡《めぐ》って、揉《も》めに揉《も》めたに違《ちが》いありません。仲良く山分け？　ムリムリ、絶対無理。

彼だって、500万クレジット、つまり5万円のために協力するのなら、100万円を目指していました。

そう考えると、100万円という賞金設定は実に絶妙《ぜつみょう》でした。

それくらいなら出せる、払《はら》えると信じ込ませるに足り、人に無謀《むぼう》なことをさせる魔力《まりょく》に溢《あふ》れています。

「金は怖《こわ》いぜ」

そんな当たり前の結論を、彼はぽつりと呟《つぶや》きました。

それから、それでも、

「ま、まだ生きているし、やるだけやってみるか……」

彼は銃《じゅう》を背負うと、手榴弾《しゅりゅうだん》を一つ手に取り、バリケードの裏へと下がります。

入口へ投げ込んで爆発《ばくはつ》させてから、そこへ飛び込む算段。20メートルの間に撃《う》たれなければ、お慰《なぐさ》み。

ピンを抜《ぬ》いて、大きく振《ふ》りかぶって、

「それ！」

放り投げた手榴弾《しゅりゅうだん》は、目測を誤って、ほんのわずかだけ距離《きょり》が足りませんでした。

2メートル手前に落ちて、そこにあったターニャの死体にぶつかって止まってしまいました。

手榴弾《しゅりゅうだん》は爆発《ばくはつ》しましたが、破壊不能《はかいふのう》オブジェクトになっているターニャの死体は、まったく揺《ゆ》れることもなく、まるで根の生えた石のように衝撃《しょうげき》を留《とど》めてしまいました。

ターニャの死体がなければ、入口まで転がっていったかもしれません。しかしあれでは、破《は》片《へん》が飛び込むことすらなかったでしょう。

ターニャは死んでも塔《とう》を守ったのです。

「あーもう！」

上手《うま》く行《い》かなかった男の隠《かく》れているバリケードに、ポジションを変えて射界を得たローザのマシンガンの弾《たま》が襲《おそ》いかかり、バリケードはアッサリと消失。

「やれやれ」

文字通り肩《かた》をすくめた頭を、トーマの撃《う》った銃弾《じゅうだん》が貫《つらぬ》いて行《い》きました。

当然といえば当然ですが——、

「逃《に》げろ！」

一団の中には、さっさと見切りを付けて逃《に》げる人達もいました。

前にいた男達がバタバタと倒《たお》れる様を見て、さっきまで最後尾《さいこうび》を走っていた数人の、すなわち足が遅《おそ》かった男達は、容易《たやす》く踵《きびす》を返《かえ》しました。

足が速かったら死んでいた男達です。鈍足《どんそく》が身を救うことも、たまにはあるのです。

その内の一人が、

「ハメられた！　ビービーって女、最初からこうなるって、塔《とう》の穴から撃《う》ってくるって分かってたんだ！　やってられるか！　逃《に》げるぞ！」

隣《となり》を同じ方向に走る、チームメイトでもない男に言いました。

「でもよ、逃《に》げてどうするんだ？」

既《すで》に一緒《いっしょ》に逃《に》げている、さっき初めて会った男が訊《たず》ねてきて、

「一時的に隠《かく》れる！　そして、ZEMALが塔攻略《とうこうりゃく》に来たら、後ろから撃《う》ってやる！」

「なるほど！　乗った！　バディ組もうぜ！」

「オウ！　俺達の闘《たたか》いはこれからだ！」

そうはさせないよ。

とでも言いたげに、銃弾《じゅうだん》が彼等に襲《おそ》いかかりました。

撃《う》ってきたのは、さっき脇《わき》を通してくれた、肩《かた》にナイフを咥《くわ》えたドクロのエンブレムを付けた優《やさ》しいお兄さん達。つまりはMMTMです。待ち構えていたバリケードの脇《わき》を男達が通り過ぎると、その背中への銃撃《じゅうげき》。

反撃《はんげき》する余裕《よゆう》もなく、男達は背中や後頭部を撃《う》たれ、前へとつんのめりながら死んでいきました。

その後から来た男達も、別の角度に逃《に》げた男も、同じ運命を辿《たど》りました。

そして、塔《とう》の周囲は静かになりました。

遠くからのマシンガン連射音は聞こえますが、さっきよりはずっとずっと静かになった世界で、

「何人消えた？　サモンから」

デヴィッドが、STM―556の弾倉《だんそう》を交換《こうかん》しながら仲間に訊《たず》ねます。

塔《とう》の付近を観測していたサモンが、

「十二個は見える」

【Dead】タグの数を確認《かくにん》して、周囲の警戒《けいかい》をしていたケンタとボルドからは、

「二人倒《たお》した」

「俺は三人」

そんな報告。

デヴィッドが二人屠《ほふ》ってますので、

「十九人は確認《かくにん》か。そんなものだったな」

全員を殺したのだと思いました。

だから、チャンネルを切《き》り替《か》えて、その旨《むね》をビービーに報告しました。

「もういいわ。支援射撃終了《しえんしゃげきしゅうりょう》」

ビービーは、淡々《たんたん》と命じました。

「はい喜んでー！」

ヒューイが射撃《しゃげき》を止めて、世界は、再び静かになりました。彼のマシンガンの脇《わき》には、交換《こうかん》した銃身《じゅうしん》が二本転がっていました。

ここまで全て分かっていて命じたビービーが、

「みんな聞いて。もうすぐSJ5最後の闘《たたか》いが始まる。シノハラとトムトムの弔《とむら》い合戦《がっせん》が」

三人の仲間達に声をかけます。

「私がみんなに命じることは、たった二つだけ。非業《ひごう》の死を遂《と》げた盟友の敵を討つこと。そして、それまで好きなだけ、みんなの大好きなマシンガンを、思う存分撃《う》ちまくること。できるわね？」

フィールドの三箇所《かしょ》で、野太い雄叫《おたけ》びが上がりました。

大地を揺《ゆ》るがす雄叫《おたけ》びでした。

通信アイテムが自動音量調節していなかったら、ビービーの鼓膜《こまく》が危なかったほどの。

「よろしい。じゃあ、私達の魂《たましい》を具現化した奴《やつ》を、準備しましょうか？」

14時45分過ぎ。

「凌《しの》いだようだな」

とても静かになった世界で、塔《とう》の中で、シャーリーが言いました。

ちなみに彼女は愛銃《あいじゅう》を撃《う》たず、塔《とう》に開けた穴の中では二番目に高い場所、およそ40メートルの位置にいました。

その5メートル上にはボスもいます。

二人はそこから、双眼鏡《そうがんきょう》で敵の動きを監視《かんし》して、自分のチームメンバーに指示を出していました。

レン達は小さな穴からしか周囲を見られませんので、迅速《じんそく》な発見と的確な指示は本当に助かりました。

「見事な作戦だった。シャーリー」

ボスが言って、

「だから――」

「おっと、私の陣頭指揮《じんとうしき》はここまでだ。リーダーって柄《がら》じゃないんでね」

言葉を続ける前に、言おうとしたことを否定されてしまいました。

「ぬう……」

シャーリーと同じように、一発も撃《う》たなかったフカ次郎《じろう》が、

「おいおい、リーダーはボスだぜ。エムの遺志を継《つ》いだのは」

そんな言葉を贈《おく》ってきました。

ちなみにフカ次郎《じろう》も、塔《とう》からは撃《う》ってません。撃《う》つなと言われています。

理由は二つ。

直径6センチ近いグレネード・ランチャーの砲口《ほうこう》を出すには相当に大きな穴が必要で、さすがに見た目でバレるだろうと思われたのが一つ目。

もう一つは、

「えー、やらせてくれよん。プラズマ・グレネード弾《だん》が12発あるんだよー！」

その穴に運悪く銃弾《じゆうだん》が飛んできて、プラズマ・グレネード弾《だん》の連続誘爆《れんぞくゆうばく》にでもなったら、塔《とう》がそこから崩壊《ほうかい》してしまうから。

それはさておき、

「フカ……」

リーダーと認められたボスが、切なく呟《つぶや》きました。中の人が部長ですので、リーダーとして認められることは何より嬉《うれ》しいです。

新体操部も、一つになるまでいろいろありましたからね。そして、新入部員がいない今もいろいろありますからね。

「だからオイラに命じてくれよ！　外に出て大暴れしてこい！　って」

「それはできん。強敵二チームとぶつかるまで、火力は温存だ」

「活躍前《かつやくまえ》に、オイラがやられちまったらどーすんのさー！　みんなの役に立ちたいんだよ！」

「フカ……」

仲間思いの彼女に、少しほんわかしたレンですが、

「せめて、その前にレンを撃《う》たせてくれ！」

「待てや」

無駄《むだ》なほんわかでした。

そのレンですが、バリケードごと相手を屠《ほふ》るために、フルオートで撃《う》ちまくり、マガジンを取《と》っ替《か》え引《ひ》っ替《か》えし、思う存分P90を活躍《かつやく》させました。

残弾《ざんだん》はまだ80パーセント、つまり1000発残っていました。ファイナルアタックを決めたことでの復活でした。正直助かりました。

「シャーリー！　武装交換《ぶそうこうかん》して！」

かなり下にいるクラレンスが叫《さけ》んで、

「はいよ、しょうがねえな。こっちから行くよ」

シャーリーが渋々《しぶしぶ》同意する声が全員に聞こえました。

「やったー！　シャーリー、愛してるー！」

クラレンスは先ほど第二武装に交換《こうかん》したのですが、シャーリーの命令でAR—57に戻《もど》されています。理由はもちろん、〝第二武装が、塔《とう》での迎撃戦《げいげきせん》に相応《ふさわ》しくなかった〟から。

「ちょっと待て」

ボスが首を傾《かし》げました。

「このままここでZEMALやMMTMを迎《むか》え撃《う》つのなら、変えない方がいいのではないか？」

確かに、とレンは思いつつも、同時に、恐《おそ》ろしい予想が脳を駆《か》け巡《めぐ》りました。

「シャーリー、まさか……」

「おう、なんだレン。言ってみ？」

「もう、ダメだと、思ってる……？」

外れていて欲しい、と思ったレンに、

「その通りだ。よく分かったな」

アッサリとシャーリーは答えました。

「うげ。その心は？」

「このあと、ZEMALとMMTMがここに押しかけて来るんだろ？　同じ手が通じる相手とも思えん。それに、連中の第二武装がなんだか知らないが、たぶん強烈《きようれつ》なのを用意していることだろう。ここから逃《に》げられない私達は、反撃《はんげき》もろくにできず、塔《とう》ごと倒《たお》されて死ぬんじゃないかな」

「ちょ！」

縁起《えんぎ》でもない！　と言いたかったレンですが、

「そうかもね……」

反論できませんでした。

「ならば我らが血路を開く！　レン達はその隙《すき》に脱出《だつしゆつ》！　高速を生かして裏を取って挟《きよう》撃《げき》！」

ボスが義に溢《あふ》れる台詞《せりふ》を吐《は》きましたが、

「フィールドが狭《せま》いから無理だな。まったく反対側に逃《に》げて距離《きょり》を取れるんだったら、それも考えたけれどな。ま、それができていれば、そもそも立《た》て籠《こ》もってはいないか」

シャーリーから即《そく》ダメ出しを食らいました。

「ぬう」

ボスが唸《うな》り、レンもまた、その通り過ぎて反論しようが無いので黙《だま》りました。ひとまず凌《しの》ぎましたが、ピンチは続行中です。

「まあ、ここまでSJ5、結構楽しんだじゃないか。どうせ死ぬのなら、後はもう、それぞれの好き勝手、やりたいようにする、というのはどうだ？」

シャーリーの、かなり投げやりな提案に、

「いいね！　シャーリー！　一緒《いっしょ》にバディ組んで、死ぬまで暴れようよ！」

クラレンスはさっそく乗ってきました。

そりゃあ、シャーリーは、念願のピトさん殺《や》れたからねえ……。

レンは脳内で呟《つぶや》きつつ、亡《な》きピトさんやエムさんのために、すなわちチームとしての優勝のために、この状況《じょうきょう》から自分達が生き残れて優勝を狙《ねら》える案がないか、考えました。時間がないので高速で。

立《た》て籠《こ》もっても、恐《おそ》らく凌《しの》げない。

とはいえ、ここから飛び出して、正面切って戦っても——、つまり普通《ふつう》のバリケード戦を行っても、レンが高速で動き回って攻撃《こうげき》しても……、数と火力でZEMALとMMTM連合軍に勝てる要素はありません。

それならば――、

弾切《たまぎ》れ。

もう浮《う》かびませんでした。

「何やってもダメかあ……」

レンの弱気が言葉に漏《も》れて、

「レンよ、諦《あきら》めるのはまだ早いぞ。ワシにいいアイデアがある」

フカ次郎《じろう》が何か言いたげです。

彼女のアイデアは大抵《たいてい》ろくでもないのですが、今日この時くらいは頼《たよ》ってもいいかなとレンが思いました。ほら、さっきみたいに、GGOの既成概念《きせいがいねん》に囚《とら》われない解決策を示すかもしれないじゃないですか。

「すると？」

「シャーリーが長くて丈夫《じょうぶ》なロープを持っているのだ」

「それは知ってるけど」

「それで、レンをふん縛《じば》る」

「は？　で？」

「紙に〝1億クレジットはこちらです〟と書いてレンに貼《は》っておき、ボスが馬鹿力で入口から転がす。レンは高速で転がって行く。バリケードに当たるから軌道《きどう》は読めない。まるで人間ピンボールだ。敵はみんな気を取られてそっちに行く。オイラ達はその隙《すき》に——」

「それ、最後まで聞かなきゃダメ？」

やっぱり頼《たよ》ってはダメだなあと、レンは思いました。

思った瞬間《しゅんかん》に、それを閃《ひらめ》きました。

フカ次郎《じろう》のアホ話を聞いていなければ——、

脳内にピキンと閃光《せんこう》が走ることはなかったでしょう。

「シャーリー！　ロープを出して！　今すぐ！　全部！」

「お、採用か？　やっぱり私の閃《ひらめ》きは天才的だな」

「違《ちが》う！　全然違《ちが》う！　けど、サンキュー！」

「さて、最後の仕上げに行きましょうか？」

デヴィッドの近くへ、ビービーを含《ふく》めたZEMAL御一行様《ごいっこうさま》が現れました。

〝最後の闘《たたか》い〟と言わないあたり、MMTMと一戦交えるつもりなのが見え見えです。あるいは明確に意思表示をしているか。

チームが合流したのは、塔《とう》から南へ300メートルほど離《はな》れたバリケードの裏です。デヴィッドの近くには、護衛のボルドだけがいました。

MMTMの他のメンバーは、横に距離《きょり》を取って、塔《とう》を見張っています。撃《う》たれてバリケードが消えたら即座《そくざ》に動けるように、伏《ふ》せずに、油断せずに。

「行こうか。――そういえば、〝必殺技《ひっさつわざ》〟について聞いていなかったな」

デヴィッドが、ボルドを呼び寄せながらビービーに訊《たず》ねます。

そして、自分から明かすのがマナーだ、とでも言わんばかりに、ボルドと第二武装の交換《こうかん》を始めました。

ボルドの手からARX160が消えて、代わりに現れた大きな武器は、細くて長い1メートルほどの筒《つつ》の先端《せんたん》に、円錐形《えんすいけい》を貼《は》り合《あ》わせたような物体が付いた武器。

「俺達はこれを用意した」

ボルドから受け取ったデヴィッドが、肩《かた》に載《の》せながら言いました。

「《RPG―7》、対戦車ロケットね。高かったでしょう?」

ビービーがサラリと名称《めいしょう》を当ててきました。

GGOの中では最強武器の一つ、RPG―7は、なんといっても飛んでいくロケット弾《だん》の射程と破壊力《はかいりょく》が凄《すさ》まじいです。

装甲車両《そうこうしゃりょう》の分厚い金属装甲《きんぞくそうこう》に穴を開けるための、対戦車榴弾《たいせんしゃりゅうだん》。周囲に爆風《ばくふう》と破片《はへん》を撒《ま》き散《ち》らす、通常の榴弾《りゅうだん》などなど、弾頭《だんとう》の種類もいくつかあり、用途《ようと》に応じて撃《う》ち分《わ》けることが可能です。

当然ですが、大変な高威力《こういりょく》の分、大変に高価格なアイテムになっています。

台所事情も心配されて、

「一度くらいは優勝したかったモノでね」

デヴィッドはクールに笑ってそう返しました。

先月のテストプレイからGGO内での存在が確認《かくにん》され、SJ4では全員が装備していて弾薬《だんやく》復活《ふっかつ》もあってバカスカ撃《う》ってくるチームもあったRPG―7ですが、そのお値段はなかなかに笑えます。

発射機である本体もなかなかですが、ロケット弾《だん》がまた高いのです。ロケット弾《だん》1発で、安めのサブマシンガンや拳銃《けんじゅう》が1丁買えてしまうほど。武器を撃《う》っているようなものです。

MMTMに何があったのか、彼等がどうやってお金を工面したのか、ビービーはあえて聞きません。そのかわり、

「敵に回したくないわね。では、こちらもお見せしましょう」

ビービーは、後ろに控《ひか》える三人のマシンガンキ――、マシンガンを心の底から愛する男達に振《ふ》り返《かえ》り、

「みんな、〝ビッグ・ママ〟を召喚《しょうかん》しましょう」

生き残ったZEMALのメンバー達がお互《たが》いに武装を交換《こうかん》し、ビービー以外の三人が、それを実体化しました。

そして目の前に現れたのは、大きく分けて四つ。

巨大《きょだい》な銃《じゅう》の機関部。数十センチの金属の塊《かたまり》に、後端《こうたん》に縦に握《にぎ》るグリップが二つ並んで付いています。これはヒューイの第二武装。

巨大《きょだい》な銃《じゅう》の銃身《じゅうしん》。途中《とちゅう》にハンドグリップが付いた、太く頑丈《がんじょう》な、人を殴《なぐ》って殺せそうなほどの金属製パイプです。それも、まとめて束ねられて、10本はあります。ピーターの第二武装。

巨大《きょだい》な三脚《さんきゃく》。上に象の足が乗っても潰《つぶ》れなさそうな、低く作られた脚《あし》。

そして、米櫃《こめびつ》のように大きな金属製の弾薬箱《だんやくばこ》が数個。三脚《さんきゃく》と弾薬《だんやく》はマックスの第二武装。

「…………。こいつは……」

もうデヴィッドは何ができあがるか分かりました。分かって、その作業を見つめます。

マックスが三脚《さんきゃく》をテキパキと広げ、ヒューイが機関部を三脚《さんきゃく》に据《す》え付《つ》けます。

最後に、ピーターが銃身《じゅうしん》を機関部に差し入れて、銃口側《じゅうこうがわ》から思いっきり押せば、それで完成です。

できあがったのは、

「《M2重機関銃《じゅうきかんじゅう》》とはな……」

先ほどのお礼か、デヴィッドが口に出して驚《おどろ》いてあげました。実際、驚《おどろ》きました。心底驚《おどろ》きました。

「それも、銃身交換《じゅうしんこうかん》が簡単な、《M2HB―CQB》か！」

M2重機関銃《じゅうきかんじゅう》とは、ブローニング社製の、1933年という昔に米軍に採用された機関銃《きかんじゅう》。50口径、あるいは12．7ミリ口径という大きな弾薬《だんやく》を使うので〝重機関銃《じゅうきかんじゅう》〟と呼ばれます。

そんなに歴史があるのに、機能、構造などが優《すぐ》れていて、今でも世界中で使われているヘビーマシンガン界のベストセラー。日本を含《ふく》めた西側陣営《にしがわじんえい》で、軍用車両の上に搭載《とうさい》されている重機関銃《じゅうきかんじゅう》と言えばこれです。

デヴィッドが言ったM2HB―CQBとは、クイック・チェンジ・バレルと呼ばれる改良版で、今はこちらに切《き》り替《か》わっているところ。

設計が古いので時間と手間がかかっていた銃身交換《じゅうしんこうかん》が、文字通りクイックになったバージョン。改良した会社はベルギーの《FNハースタル》。レンのP90を産みだした会社です。

ビービーが大きな弾薬箱《だんやくばこ》から、やはり巨大《きょだい》な弾薬《だんやく》ベルトを持ち上げながら、

「正解」

短く答えました。

ビービーの手の中の弾薬《だんやく》は、12．7ミリ口径のマシンガン用、いわゆる《．50BMG》。ピトフーイがSJ2で使った《M107》対物ライフルと同じ弾薬《だんやく》です。というより、この

M2用に作られた巨大《きょだい》な弾《たま》を使い、一人で構えて撃《う》てる、高威力《こうい》長射程《りょくちょうしゃてい》の銃《じゅう》にしたのが対物ライフル、という逆の流れ。

弾丸《だんがん》の威力《いりょく》はとてつもなく、通常のアサルト・ライフルでは貫通《かんつう》が無理な物体でも、容赦《ようしゃ》なく撃《う》ち抜《ぬ》いて来ます。

有効射程も長く、余裕《よゆう》で1000メートル以上。視界さえ良ければ、2000メートルに迫《せま》ることもあります。ただ弾《たま》を飛ばすだけならもっとです。

そして、M2重機関銃《じゅうきかんじゅう》で撃《う》つ場合、頑丈《がんじょう》で重い機関部と銃身《じゅうしん》のおかげで、毎秒10発ほどの連射が可能。

このM2は、SJ4でも猛威《もうい》を振《ふ》るった《M134ミニガン》、7.62ミリ口径ガトリングガンに並んで、GGOにおける最強銃器《さいきょうじゅうき》の一つでしょう。

もちろんデメリットもあって、三脚《さんきゃく》を含《ふく》めて猛烈《もうれつ》に重く、まず一人でフルセットを運べるアイテムではありません。

分解して一人ずつ持って、使う時に組み立てて、移動する時は数人で持ち上げて——、普通《ふつう》のGGOのクエストでは、かなり使《つか》い辛《づら》い銃《じゅう》です。

しかし、

「うってつけだな！」

デヴィッドが破顔したとおり、塔《とう》に立《た》て籠《こ》もる連中に向けて撃《う》つには、最適過ぎるアイテムでした。

それにしても、

「こんな展開を読んでいたのか？」

デヴィッドが気になって訊《たず》ねました。

彼等が今回RPG—7を用意したのは、SJでは乗れる車両が多く、それらに対処したかったからです。SJ4の動画を見て、使っているチームがいたこと、そしてエムの運転するディーゼル機関車への攻撃力《こうげきりょく》もあったことなども、参考になりました。

RPG—7なら重量もなく、持ったまま移動もできるので、チームの戦術に与《あた》える影響《えいきょう》も最小限ですし。

ちなみに、第二武装が選べるからといって、別の銃器《じゅうき》を用意して使うというチョイスは、MMTMにはありませんでした。今の得物に慣れている彼等には、それらが一番いいのです。

では、ZEMALがM2をチームで分担して運ぶ、という選択《せんたく》はどこから来たのでしょう？

もちろん、〝僕達マシンガンが大好き！　一番デカいのが持ちたい！〟という気持ちはよく分かるのですが、知略家のビービーがそれだけで選ぶとも思えません。

ビービーが、質問に答えます。少しはにかんで。

「まあ、ね。ほら、あの例の、スポンサーの——」

「正確の悪いクソ作家！　——の書いた小説！」

「そう。私、時間だけはあるから手当《てあ》たり次第《しだい》に読んでみたのだけど、高校生の主人公が銃《じゅう》を乱射しながら高い塔《とう》に立て籠《たこ》もって、妹になる美少女を十二人連れてこいとか、お気に入りのアニメとドラマの再放送をNHK総合で始めろとか、好き勝手な要求をするけど、最後は自衛隊の戦車の大砲《たいほう》で撃《う》たれて塔《とう》ごとあの世に行くって話があるの。タイトルは『とうとう塔倒壊《とうとうかい》～僕の七時間戦争～』」

「コメディ小説なのか？」

「至って真面目。いちおう主人公が凶行《きょうこう》に至った理由とか、隠《かく》されていた彼の正体とか、それなりに綺麗《きれい》な伏線回収《ふくせんかいしゅう》とちゃんとしたオチがついていて、なかなか泣けたけどね」

「まあ、その話はさておき――、なるほどそれでか。そして、全員で分けて持つ以上、メンバーが一人でも欠けてしまう訳にはいかなかったんだな。もちろん、貴女《あなた》のメンバーへの愛はそれ以上だが」

デヴィッドが慎重《しんちょう》に言葉を選んで言いました。

第二武装が使えなくなるから、ビービーはシノハラやトムトムの戦死を悔《く》やんでいる、わけではないことは、しっかりと言っておきました。彼女は仲間想《なかまおも》いなのです。

「シノハラは弾薬《だんやく》、コンビのトムトムは予備の銃身担当《じゅうしんたんとう》だったから、不幸中の幸いでどうにかなったけどね」

ビービーが、切なそうに言いました。

六人の内で死んだ二人が、たまたま互《たが》いの武装を運ぶペアだったのは偶然《ぐうぜん》ですが、それを喜びたくない信条が窺《うかが》えます。

「なるほど……。では、倒《たお》しに行くか。1時間前は仲間だったヤツらを」

「行きましょう」

「M2重機《じゅうき》関銃《かんじゅう》！　マジか！　あんなのあるのか！」

酒場の男達も、いよいよ始まるSJ5ラストバトル――、のために出てきた重武装に興奮を隠《かく》しきれません。

なぜならガンマニアなので。何せガンマニアなので。

「敵のロボットが腕《うで》に着けているのを見たことはあるな。まさか実装されるとは」

「数日前にアングラな店に並んだが、速攻《そっこう》で売れたって噂《うわさ》は聞いた。とんでもない値段だったらしいが……」

「ZEMAL、前回の優勝で結構儲《もう》けたらしいからな……。ゲットした優勝アイテム全部売ればそれなりのお金になるんじゃないか？」

「だからって、ポンと買えるシロモノちゃうぞ？」

「ビービーという女、グロッケンで割と見かけることが多いそうだ。何せあの美女だから目立つ」

「よっぽど長時間ダイブしてるんだろうな。稼《かせ》ぎまくってるんだろう。あるいはリアルマネー使い放題か……」

「いよいよナニモンだよ……」

画面の中で、ZEMALの男三人が三脚《さんきやく》ごとM2を持ち上げて、MMTMのジェイク、ボルドの支援《しえん》のもと、塔《とう》へと前進していきました。

デヴィッドはRPG—7を持ち、後ろでケンタが後方警戒《こうほうけいかい》。サモンは引き続き、塔《とう》の監視《かんし》。通信アイテムも繋《つな》がっていない別チームですが、役割分担は完璧《かんぺき》です。リーダー達が優秀《ゆうしゅう》だとこうなる。

「RPG—7とM2で塔《とう》を攻《せ》めるのか……。というより——」

「塔《とう》を完全にぶっ壊《こわ》すつもりだな。中の人ごと」

「エゲツな……」

「でも、最善策だろ?」

「で? この後どうするんだ?」

螺旋階段《らせんかいだん》の下の方で、ロープを出したシャーリーに聞かれて、

「こうする!」

レンはフカ次郎《じろう》と三度交換《こうかん》していた第二武装の光剣を、薄暗闇《うすくらやみ》で光らせました。

SECT.14

第十四章 ゴースト／スクワッド・ジャムの幻

第十四章「ゴースト／スクワッド・ジャムの幻《まぼろし》」

14時53分。

SJ5で生き残っているのは、十八人でした。

すなわち——、
チームLPFMから、レン、フカ、クラレンス、シャーリーの四人。

SHINCから、ボス、アンナ、トーマ、ローザの四人。

ZEMALが、ビービー、ヒューイ、ピーター、マックスの四人。

一番多く残っているのがMMTMで、デヴィッド、ジェイク、ケンタ、ボルド、サモンの五人。

そして——、BOKRの一人です。今どこにいるのやら。


「いきましょう」

ビービーの力の抜《ぬ》けた一言で、

「ハイ喜んでー！」

ヒューイによる、M2重機関銃《じゆうきかんじゆう》の全力射撃《ぜんりよくしやげき》が始まります。

組み立てた場所から運ばれて据《す》え置《お》かれたのは、塔《とう》までおよそ200メートルの位置。M2では近すぎると言ってもいい距離《きより》です。

彼は三脚《さんきやく》で据《す》えた巨大《きよだい》な銃《じゆう》の後ろに、両足を前に投げ出して座っています。縦グリップを両手で握《にぎ》り、親指でプレート型の引き金を押し込みました。

ずどどどどどどどどどどど。

フィールドに、地響《じひび》きが生まれました。

このサイズの弾丸《だんがん》となると、一発の射撃《しやげき》が周囲の空気を激しく揺《ゆ》らします。銃口《じゆうこう》から噴《ふ》き出《で》る発射ガスの圧力が、凄《すさ》まじいのです。近くにいる人の耳のみならず、頭まで痛くなるような空気の振動《しんどう》。

それが秒間10発の連射ですから、まるで爆発《ばくはつ》。

その撃《う》ち具合《ぐあい》といえば、

「ヒャッハーアアアアアアア！」

ヒューイの楽しそうな笑顔《えがお》が、だいたい全てを物語っていました。

バリケードの脇《わき》に太い銃身《じゆうしん》を出して、塔《とう》めがけての全力射撃《ぜんりよくしやげき》。予備の弾《たま》と銃身《じゆうしん》を脇《わき》に置いて、1秒間10発のフルオート連射、その繰《く》り返《かえ》しです。

放たれた巨大《きょだい》な銃弾《じゅうだん》は、塔《とう》をえぐり始めました。

弾丸《だんがん》の持つ威力《いりょく》は、ラフな計算で、7.62×51ミリNATO弾《だん》の五倍以上。構成する石にぶつかったとき、立てる土埃《つちぼこり》の量が比較《ひかく》になりません。

銃弾《じゅうだん》を食らった石は、一発で半分ほどの厚みをえぐり取られ、二発目で完全に穴が開きました。そして、アイテムとしての耐久値《たいきゅうち》を超《こ》えて、光の粒子《りゅうし》になって消滅《しょうめつ》します。それが塔《とう》のあちこちで、次々と起こります。

ヒューイは、M2の上下角を変えて、塔《とう》の上から下まで、まんべんなく銃弾《じゅうだん》を叩《たた》き込《こ》み続けました。

三脚《さんきゃく》には銃《じゅう》の高さを固定、ダイヤルで微調整《びちょうせい》できる金具があるのですが、最初から付けていませんでした。遠距離精密狙撃《えんきょりせいみつそげき》ではないので、これで十分です。

塔《とう》の5メートルくらいの場所から、50メートルの最上部まで、舐《な》めるように着弾《ちゃくだん》していきます。塔《とう》のあちこちで土埃《つちぼこり》が生まれて、そこに穴が開き、大きな石が一つ、また一つと消えていきます。

MMTMのサモンは、塔《とう》から反撃《はんげき》があった場合すぐさまそこに銃弾《じゅうだん》を撃《う》ち込《こ》めるように構えていますが、今のところその気配もありません。

ジェイクは入口にＨＫ２１マシンガンの銃口《じゅうこう》を向け続けていますが、こちらも出てくる者はいません。出てきたら蜂《はち》の巣《す》にしてやれるのに。

ビービー以外の、武装をＭ２の部品や弾丸《だんがん》に交換《こうかん》してしまったＺＥＭＡＬのメンバーは、撃《う》てるものが９ミリパラベラム弾《だん》のＭ１７拳銃《けんじゅう》しか残っていません。

マックスは弾薬箱《だんやくばこ》を新しくする役目を、ピーターは、過熱して性能が落ちた銃身《じゅうしん》を手早く取《と》り替《か》える役目を果たしていました。

弾薬箱《だんやくばこ》を交換《こうかん》し再装填《さいそうてん》し、過熱した銃身《じゅうしん》を交換《こうかん》し、そして撃《う》って撃《う》って撃《う》ちまくって、およそ１００秒に亘《わた》るＭ２の咆哮《ほうこう》が一度収まって、塔《とう》を覆《おお》っていた土埃《つちぼこり》が晴れたとき――、塔《とう》は、まだそこに建っていました。

南側の石の半分ほどが、アイテムとして消滅《しょうめつ》していました。虫食いだらけの塔《とう》になりました。場所によっては１メートル四方近い大穴が開いていて、中の螺旋階段《らせんかいだん》がガッツリと剝《む》き出《だ》しになっています。

それでも倒《たお》れてこないその姿は、

「達人達が延々続けたジェンガみたいだな」

ケンタのそんな感想を誘《さそ》いました。

ビービーが、通信アイテムで、デヴィッドへ話しかけます。

「私達はここまで。残念だけど残弾《ざんだん》がね」

それが、〝残弾《ざんだん》がゼロ〟なのか、〝この後に備えて、今はこれ以上は撃《う》てない〟なのかは分かりませんし、デヴィッドもそこは追及しません。大人のやりとりです。

代わりに、

「復活はなかったか……。誰《だれ》も死んでいないということだな。しぶとい」

予想混じりに、そんな言葉を返しました。

塔《とう》の中では、まだ誰《だれ》も死んでいないようです。撃《う》たれていない場所に逃《に》げて隠《かく》れている、としか考えられません。

「お願いできるかしら？」

「フカ次郎《じろう》をやってしまうかもしれないぞ？」

「観《み》させていただくわ」

「承知した」

デヴィッドが言って、バリケードの後ろでRPG—7を肩《かた》に載《の》せました。

この必殺武器を撃《う》つのは、チームではデヴィッドの役目。

別にリーダーだから活躍《かつやく》させろ、という訳ではなく、全員で射撃大会《しゃげきたいかい》をやったらデヴィッドが一番上手《うま》かったから。

M2をヒューイが撃《う》ったのも、同じような理由だろうと、デヴィッドは思いました。実は違《ちが》っていて、SJ5開始前にじゃんけんをした結果なのですがそれはさておきます。

「アッサリ死なれるのも切ないが、生き残ってくれても困るのでな」

レン達に向けてそんな言葉を漏《も》らすと、デヴィッドはRPG—7のハンマーを親指で起こしました。

簡素な光学照準器を睨《にら》み、引き金に指を当てると、巨大《きょだい》なバレット・サークルが視界の中に出現します。

風もなく距離《きょり》も近い今、心拍《しんぱく》に合わせて収縮するサークルが、塔《とう》からズレることもありません。撃《う》てば絶対に当たる距離《きょり》。

塔《とう》の高さの中心ほどに、狙《ねら》いを定めて、まさに引き金を絞《しぼ》りきる直前でした。

「リーダー！　伏《ふ》せて！」

ケンタの声に、デヴィッドは素直《すなお》に従い、倒《たお》れるように転がります。もちろん引き金からは指を離《はな》しながら。

「最上部、敵！」

その言葉と共に、銃声《じゅうせい》が始まりました。

PKMマシンガンの低音がドスドスと響《ひび》き渡《わた》り、上からバリケードに弾《たま》が降ってきます。

デヴィッドはバリケードの隅越《すみご》しに見ました。SHINCのマシンガナーが、最上部から身を乗り出し、辺り一面へと弾丸《だんがん》をばらまき始めました。

MMTMのメンバーが一斉《いっせい》に射撃《しゃげき》を始めると、ローザはサッと身を引いて石壁《いしかべ》の向こうに隠《かく》れます。

そして銃撃《じゅうげき》が止《や》むと、再び身と銃身《じゅうしん》を出しての連射。

幸いにも、自分が隠《かく》れている場所への攻撃《こうげき》はなく、

「先にあっちをやる！」

デヴィッドは素早《すばや》くバリケードから半身を出し、構え、狙《ねら》い、撃《う》ちました。

RPG—7は、砲《ほう》です。

引き金を引くと火薬が引火して、筒《つつ》の中で重いロケット弾《だん》を前方へと打ち出します。その強烈《きょうれつ》な反動を打ち消すため、後方には大量のガスを噴出《ふんしゅつ》——、いわゆる無反動砲《むはんどうほう》です。

打ち出されたロケット弾《だん》は10メートル前方でロケットに着火し、一気に加速していくのです。

言わば二段階の発射方式。

撃《う》ったデヴィッドを、ロケットの噴煙《ふんえん》が襲《おそ》います。まるで、重い布団《ふとん》がぶつかってきたかのよう。

燃焼《ねんしょう》ガスを噴《ふ》き出《だ》しながら音速近くまで加速していくロケット弾《だん》は、塔《とう》の最上部、鐘《かね》のない鐘楼《しょうろう》へと吸い込まれていきました。

そして、屋根の上に当たって、そこで爆発《ばくはつ》。

爆発《ばくはつ》のジェット噴流《ふんりゅう》がぶつからなくても、その爆発《ばくはつ》の威力《いりょく》は凄《すさ》まじく、鐘楼内《しょうろうない》を衝撃波《しょうげきは》が襲《おそ》います。

そして、そこにいた人間を一人、背中から押し出し、空中へと放り出しました。

「ぬわわあああああ！」

肩《かた》にかけたPKMマシンガンごと、悲鳴と共に、ローザが中に舞《ま》いました。

南側へと吹《ふ》っ飛《と》ばされて、そのまま50メートルを落下して、頭から落ちました。当然ですが死にました。SHINCのメンバー、さらに一人減少。

その瞬間《しゅんかん》。

カウントダウンが始まりました。

240という数字が、黒い壁《かべ》に現れたのです。

すぐに239になりました。

「なんでいきなり撃《う》ってきた……？」

デヴィッドは疑問を口にしながらも、隣《となり》のバリケードに飛び込むように移動しました。

RPG—7は、一度撃《う》つと猛烈《もうれつ》に後方に煙《けむり》を吐《は》き出《だ》すので、発射位置がすぐにバレるというデメリットがあります。反撃《はんげき》を食らいやすいのです。

同時に、素早《すばや》く手を動かし続けます。すなわち、RPG—7の再装塡《さいそうてん》。

ストレージから目の前に出した、細長い筒《つつ》に繋《つな》がった弾頭《だんとう》を空中でつかみ取ると、発射機に押し込みます。そして弾頭《だんとう》にある安全ピンを抜《ぬ》いて、撃発可能状態《げきはつかのうじょうたい》にします。

　こちらも何度も何度も練習したので、僅《わず》か数秒の早業《はやわざ》。

　そして準備を終え、一つのバリケードの裏に膝《ひざ》から滑《すべ》り込《こ》み、

「2発目だ！　後方注意！」

　後ろにいるかもしれない仲間に警告してから、バリケードの外へ半身を出し、先ほど狙《ねら》っていた塔《とう》の中央へと発射。

　2発目のロケット弾《だん》は、マシンガンで開けられた穴に吸い込まれるように突入《とつにゅう》し、螺旋階段《らせんかいだん》にぶつかり信管が作動、炸裂《さくれつ》しました。反対側の石を数個、周囲の石をもっとたくさん、爆風《ばくふう》で吹《ふ》っ飛《と》ばしました。

　そしてすぐに、ジェンガなら負ける瞬間《しゅんかん》がやって来ました。

「倒《たお》れるぞ！」

　サモンが仲間達に警告を発する中、塔《とう》は中央部からゆっくりと、南へ向けて頭《こうべ》を垂れるように傾《かたむ》き始《はじ》めました。

　そして、その数メートル下から、崩壊《ほうかい》を始めます。

　倒壊《とうかい》ではなく、崩壊《ほうかい》。

　上が傾《かたむ》いたことで、銃撃《じゅうげき》で穴だらけだった場所にある石が重量を支えきれず、アイテム耐《たい》久値《きゅうち》を超《こ》えて壊《こわ》れ、あるいは外れていくのです。

破壊《はかい》と脱落《だつらく》が連鎖《れんさ》して、塔《とう》は真下に崩《くず》れ始《はじ》めました。
心地《ここち》が良くない、石がぶつかり合う激しい音が響《ひび》いて、大地が小刻みに揺《ゆ》れて——、
すぐに土埃《つちぼこり》が周囲を包んで、何も見えなくなりました。

崩壊《ほうかい》の音が聞こえなくなって、

「やったか……？」

デヴィッドが、バリケードの脇《わき》から土埃《つちぼこり》が晴れるのを待ちます。

ボルドがすかさず後ろに来て、武装の交換《こうかん》を始めました。

この先に必要なのは、ロケット・ランチャーよりもアサルト・ライフルです。デヴィッドが得物を再び手にして、装填《そうてん》しました。銃弾《じゅうだん》も、グレネード弾《だん》も。

ビービー以下、四人のＺＥＭＡＬメンバーもまた、互《たが》いの武装を交換《こうかん》し、それぞれのマシンガンを再び握《にぎ》りしめました。ビービー以外は、バックパック型給弾《きゅうだん》システムを背負いました。弾薬《だんやく》ベルトの先端《せんたん》が、マシンガンの中に収まります。

そして、囲んでビービーを守る形で、塔《とう》へと近づいていきます。

風はありませんが、システム上の処置で土埃《つちぼこり》が消えていきます。

リアルならたっぷり周囲に降り積もっているはずですが、そこはゲーム。単に霧《きり》が晴れるように、じんわりと消えていきます。

塔《とう》の南東側からZEMALが、南西側から、MMTMが、ゆっくりと近づきました。ZEMALが右翼《うよく》、MMTMが左翼《さよく》の位置関係です。

もちろん全員銃《じゅう》を構えたままで、互《たが》いを援護《えんご》しつつ、バリケードを静かに伝いながら。

残り70メートルほどまで迫《せま》ったとき、土埃《つちぼこり》は完全に消えて、九人の目に、塔《とう》の姿がハッキリと見えました。

塔《とう》は最下部を5メートルほど残して、完全に倒壊《とうかい》していました。

最下部は、上から落ちてきた石でびっしりと埋《う》め尽《つ》くされていて、螺《ら》旋階段《せんかいだん》が完全に埋没《まいぼつ》していました。あの下で生きている人はいないでしょう。

その周囲に、何百もの石——、アイテムとしてまだ耐久値《たいきゅうち》が残っていたものが、積もり散らばって、縦横10メートルほどの大きさの山になっていました。

撃《う》たれて欠けた石以外、石の形を綺麗《きれい》に保ったまま転がっているのがゲーム世界ならでは。オモチャのブロックをザッと積み上げたようです。

石の山になった塔《とう》ですが、そこに、赤い【Dead】のタグが見えません。

「ビービー。そちらからタグが見えるか?」

デヴィッドが通信アイテムで聞いて、

「いいえ。一つも」

ビービーの答え。

「おかしい……。埋《う》まったか？」

デヴィッドは疑念と可能性を口にしました。

死体が完全に石の下なら――、例えば塔《とう》の最下部の中とか、深く埋《う》まってしまいタグが見えないことも、物理的には有り得るかもしれません。

にしても、ローザ以外に七人もいたのなら一つくらいは、と思わずにはいられません。

「撃《う》ってみる。跳弾《ちょうだん》注意」

ビービーが言って、

「了解《りょうかい》。少し待て」

デヴィッドのハンドサインの指示で、ＭＭＴＭのメンバーが、バリケードの後ろに体を隠《かく》しました。

残り70メートルだと、右側から撃《う》たれたマシンガンの跳弾《ちょうだん》が、デヴィッド達を襲《おそ》う可能性がゼロではないのです。

「いいぞ、やってくれ」

デヴィッドが言うと、ヒューイとマックスが発砲《はっぽう》を開始しました。

崩《くず》れた石の山へと、マシンガンの火線が二条伸《の》びていき、そこで石を穿《うが》ちます。

いくつかの石は、ギリギリだった耐久値《たいきゅうち》を失い消えました。石の山が、少しずつ低くなっていきました。

5秒ほどの連射が終わり、かすかな土埃《つちぼこり》が消えて、山の高さが低くなって、それでもタグは見えず、

「反対側に……、落ちたか？」

「可能性が高いわね。でも、落ちていたら、まず見えないでしょうね」

それぞれのリーダーが、対応を決めかねました。

もしレン達が全員、3000メートル下の奈落の底に落ちて死んでいたのなら、もうお互《たが》い殺し合うしかありません。

しかしそれを決めるタイミングを、完全に逸《いっ》してしまっています。まるで相撲《すもう》で、決まらなかった立ち合いのよう。

すぐに、近くにいる敵に全力で当たるか、それとも仕切り直すか。

デヴィッドが、ビービーが、ほんの数秒の逡巡《しゅんじゅん》をしてしまった時でした。

「フカ！　やれ！」

「あいよ！」

フカ次郎《じろう》が、両手のグレネード・ランチャーの連射を始めたのは。

酒場の連中は見ました。

フカ次郎《じろう》が、両手に持ったMGL—140グレネード・ランチャーを、空に向けて連射したのを。

巨大《きょだい》な回転式弾倉《かいてんしきだんそう》が、1発撃《う》つごとにガコンと角度を変えて、次のグレネード弾《だん》を砲身《ほうしん》と直線で結びます。そしてそれもまた、銃口《じゅうこう》から飛び出していくのです。

「いいぞ！　反撃《はんげき》だ！」

「やっちまえ！」

酒場に大映しされている画面の中で、フカ次郎《じろう》はロープにぶら下がっていました。

腰《こし》と腿《もも》に巻いたロープでぶら下がりながら、垂直の壁《かべ》に両足をつけて、体を保持しているのです。

その姿は、塔《とう》で銃《じゅう》を撃《う》ったシャーリーとほとんど一緒《いっしょ》。

違《ちが》うことは、ブーツの底をつけているのが塔《とう》の側面ではなく、この城の中央部分、その絶壁《ぜっぺき》であるということ。

フカ次郎《じろう》の背中の後ろには、3000メートルの空間が広がっています。

いいえ、正確には2996メートルでしょうか？　フカ次郎《じろう》は、ビービー達がいる平面より4メートル下にいるので。

そして、フカ次郎《じろう》の少し右脇《みぎわき》にはレンが、同じようにぶら下がっています。その左脇《ひだりわき》にはクラレンス、シャーリー、ボス、アンナ、そしてトーマ。

七人がぶら下がるロープの先端《せんたん》は、塔《とう》の基部に結ばれていました。

そこにレンが光剣で開けた二つの穴に、ロープは結ばれているのです。今は石で埋《う》まっていますが、基部が残っている以上は、ロープが外れることはありません。

レンがフカ次郎《じろう》のアホな意見から思いついた、これが唯一《ゆいいつ》の生き残れる方法。

手分けをして急いでも準備に手間がかかり、まだ塔《とう》の中にいる段階で、M2重機関銃《じゅうきかんじゅう》に撃《う》たれまくりました。

レン達が撃《う》たれなかったのは、ヒューイが地面を撃《う》たないように射線を低くしなかっただけの理由です。

全員がロープ伝いに側面に逃《に》げられたのは、RPG—7の射撃《しゃげき》が始まってからでした。

ぶら下がっている間、恐《おそ》らく破壊《はかい》されるだろう塔《とう》ごと落下してしまわないか、あるいは、頭の上に大きな石が落ちてこないか、それはもう運試《うんだめ》しでしたが——、
レンのラッキーガールっぷりは、今日も健在だったようです。


「グレネード！」

デヴィッドは、ぽぽん、と気《き》の抜《ぬ》ける発射音と、それとはうって変わって恐《おそ》ろしい破壊力《はかいりょく》のグレネード弾《だん》を認識《にんしき》しました。

そして、自分達の周囲へと降ってくる、恐《おそ》ろしく山なりなバレット・ラインも。

「裏にいやがった！」

その位置なら、フカ次郎《じろう》はほとんど垂直、少しだけ自分達へ角度を付けて撃《う》ったはず。そのグレネード弾《だん》は高く高く登って、そして重力に引かれて落ちてきます。自分達の周囲へ。

もしそれが、1時間ほど前に隠《かく》れ家《が》を完全に崩壊《ほうかい》させた、プラズマ・グレネードだったら？

「逃《に》げるな！　撃《う》ち落《お》とせ！」

デヴィッドがチームメイトに叫《さけ》んだとき、既《すで》にビービー達は発砲《はっぽう》していました。ちなみにビービーが命令した言葉は、

「空を薙《な》ぎ払《はら》え」

でした。

上方、バレット・ラインめがけての、四人全員の全力全開マシンガン連射。

MMTMのメンバーが、ワンテンポ遅《おく》れて続きます。

とても高い放物線を描《えが》く弾道《だんどう》なので、弾頭《だんとう》はまだ上へと登り切っていません。バレット・ラインが半分以上残っていることで分かります。

9丁のマシンガンとアサルト・ライフルが火を噴《ふ》いて、銃弾《じゅうだん》を空にばらまき始めました。

「落とせ落とせ落とせ！」

デヴィッドが、仲間へ活を入れながら、自分もフルオートで連射。

「大丈夫《だいじょうぶ》、撃《う》てばどれかが当たるから」

対照的にビービーは、ノンビリ優《やさ》しい口調で仲間達へ告げるのです。

銃弾《じゅうだん》の雨が、地面から空に降り注ぎました。

そして、空に大きな蒼《あお》い球体が生まれました。

ZEMALの上空で、一つの蒼《あお》い花火が咲《さ》いて、直径20メートルまで広がります。その縁《ふち》で別の花火が炸裂《さくれつ》しました。後ろから来た弾頭《だんとう》の誘爆《ゆうばく》です。

続いて、MMTMの頭の上で、同じように一つ、二つ、三つ目が咲《さ》きました。

空に広がった蒼《あお》い球体は、皮肉なことに、今度はデヴィッド達を守る楯《たて》となりました。

プラズマの奔流《ほんりゅう》はすぐには消えません。そこに後ろからの弾頭《だんとう》が入り込んで誘爆《ゆうばく》し、さらに押し広げたのです。

花火のスターマインのような、円の重なる、立て続けの爆発《ばくはつ》。

赤みがかったGGOの空が爽《さわ》やかな蒼《あお》を取《と》り戻《もど》し、デヴィッドやビービー達を照らしました。

酒場の大画面が、真っ青になりました。

12発撃《う》たれたプラズマ・グレネード弾《だん》の、誘爆《ゆうばく》に次ぐ誘爆《ゆうばく》。また誘爆《ゆうばく》。

「連鎖《れんさ》だ！」

「いや落ちゲーか！」

「たーまやー！」

「かーぎやー！」

「昔、《ミサイルコマンド》ってゲームがあってな——」

好き勝手なことを言って楽しむ酒場は、それはもう大盛り上がりです。

すぐにカメラが引いて、その情景を全て映します。

幅《はば》数十メートルの空が、高さ60メートルほどの場所で蒼《あお》く蒼《あお》く染まっています。

「せっかくの花火大会、もちっとカラフルさが欲《ほ》しいな」

「贅沢《ぜいたく》言うな」

また炸裂《さくれつ》し、蒼《あお》い花が咲《さ》いて、また巻き込まれて——、

「でもよ、だんだん低くなってきてるぞ」

その高さが、地面に迫《せま》っていました。


「クソっ！　間に合え！」

デヴィッドが、空を睨《にら》んで叫《さけ》びました。

もう撃《う》っていません。一マガジン撃《う》ちきってしまったので。

頭上が蒼《あお》く光っているので、そしてその中に赤いバレット・ラインが含《ふく》まれているので、自

分達にダメージを与《あた》えそうな弾道《だんどう》の弾《たま》は全て誘爆《ゆうばく》するはず。

しかし、その球体がどんどん下がってきているのが分かります。

それは当然で、弾頭《だんとう》が炸裂《さくれつ》して広がったときには落下中のベクトルがあるので、球体もそのまま落ちてきます。

直径20メートルですから、低い位置で炸裂《さくれつ》して、球体が消えるまでに地面に触《ふ》れてしまえば、デヴィッド達も消滅《しょうめつ》です。

「間に合え！」

デヴィッドが再び叫《さけ》んだとき、最初の爆発《ばくはつ》の爆風《ばくふう》が、そしてその連鎖《れんさ》した爆風《ばくふう》が、地面に叩《たた》き付《つ》けられました。

台風が五つほど一緒《いっしょ》に来たような凄《すさ》まじい圧力が、

「ぶはっ！」

デヴィッドと、

「きゃっ！」

ビービーと、
それ以外の七人へと襲《おそ》いかかり、彼等を後ろへとひっくり返した上に、さらに揺《ゆ》さぶりました。

レンは、ロープをたぐり寄せて自分の身を持ち上げながら、その空の光る様子を見て気付きました。

「撃《う》たれたのか……」

起死回生、これで勝てるかもと思った、現在レン達の持ち得る最強の必殺技《ひっさつわざ》。フカ次郎《じろう》のプラズマ・グレネード弾《だん》12発一斉射撃《いっせいしゃげき》。手持ち全部大射出。赤字覚悟《あかじかくご》の出血大サービス。

しかし、空中で撃《う》たれてしまいました。

それが不可能なことではないと、レンは知っています。

SJ3の序盤《じょばん》、レンに合図を送るために、フカ次郎《じろう》が真上に撃《う》った一発を、エムがM14・EBRで射貫《いぬ》いて合図にしましたから。

バレット・ラインがあるGGOでは、大きな的がゆっくりと飛んでくる場合、撃《う》ち落《お》とせる腕《うで》のある連中もいるのです。この変態め。

そして、一発が撃《う》たれたら、誘爆《ゆうばく》に次ぐ誘爆《ゆうばく》。

「うっひゃすげー！　今年の花火大会はこれでいいや！」

レンと同じように、ロープをたぐって足で側面を蹴《け》って登っているクラレンスが、楽しそうにはしゃぎました。

彼女の背中には、スリングで吊《つる》されたショットガンがあります。つまり第二武装。

それは、イタリアのベレッタ社製、《M1301タクティカル》。

引き金を引くだけで連射できる、自動式の散弾銃《さんだんじゅう》です。

1メートルほどの長さで、チューブマガジンには7発装塡可能《そうてんかのう》。ボディ左側には散弾《さんだん》をホールドできるシェルホルダー付き。

ストックとフォアエンドは、マグプル社のカスタムパーツを奢《おご》っています。銃口脇左側《じゅうこうわきひだりがわ》には、強力なフラッシュライト、右側にはレーザーサイト。それらは、GGOでは別に必要のないアイテムですが、格好いいから付けました。

これぞ、エムがクラレンスの戦い方を見てアイデアを出して、クラレンスが喜び勇んで購《こう》入《にゅう》したもの。

先ほど一度実体化したが、塔《とう》の防衛線では不適とされたもの。使っている弾《たま》が、9発の弾丸《だんがん》を一斉《いっせい》に発射するダブル・オー・バック弾《だん》なので、射程が短いのです。でも、この後の闘《たたか》いにはもってこい。

ボス以下のSHINCの三人も、必死に登ります。

ロープがあり、足を側面に着けるとはいえ、垂直に登るのはかなり大変です。腕《うで》の力がそうとう必要ですし、体重と銃《じゅう》が重ければさらに難易度は上がります。

たぐったロープを手放すと、元の低さまで落下する危険も。

その際に首に巻き付いたら、当然首つりです。手足に巻き付いたらそこで宙づりです。たぶん一人ではリカバリーできません。

それでも、これが唯一《ゆいいつ》の生き残る道でした。

この作戦では、今ここにいないローザが、とても重要な役目を果たしました。

敵チームが塔《とう》を攻撃《こうげき》してきたら、それを先延ばしするために、そして、まだ全員が塔《とう》にいると思わせるために、あえて最上部から身を出して派手に攻撃《こうげき》する役目です。

そして、間違《まち》いなく死ぬ役目でした。

ローザはベストなタイミングで身を出し撃《う》ちまくり、そして、デヴィッドのRPG—7の一発目を自分に撃《う》たせることに成功しました。

それがなかったら、もっと早く塔《とう》は崩壊《ほうかい》していて、みんな巻き込まれていたことでしょう。

その隙《すき》にレン達は、作業を終え、ロープでぶら下がることができたのです。

「ローザの死を！」

ボスが、太い手でロープを、少しずつたぐります。重い体を、持ち上げます。

「無駄《むだ》に！」

アンナもまた。

「しない！」

そしてトーマが。

一刻も早く登り切って、相手が陣形《じんけい》を整える前に襲《おそ》いかかるのが、本当に最後の最後のチャンスです。

レンが体の小ささと軽さを生かし、誰《だれ》よりも早く登り切ろうとしたその瞬間《しゅんかん》、

「ひゃっ！」

爆風《ばくふう》が襲《おそ》いかかってきて、軽いレンの体を後ろに吹《ふ》き飛《と》ばしました。

結果から言えば――、
フカ次郎《じろう》の撃《う》ったプラズマ・グレネードは12発全部、大空で誘爆《ゆうばく》してしまいました。誰一人《だれひとり》敵チームを減らすことなく、ど派手な花火大会を開催《かいさい》しただけに終わりました。
原因はフカ次郎《じろう》の腕前《うでまえ》の良さ。
フカ次郎《じろう》が、上手《うま》く撃《う》ちすぎたのです。
腰《こし》と腿《もも》に回したロープで、足を側面についてぶら下がった状態で、少しの角度を付けて前方への連射。
ゲーム廃人《はいじん》――、
ゲームをこよなく愛する篠原美優《しのはらみゆ》のアバターにして、猛練習《もうれんしゅう》にて連発グレネード・ランチャーを極《きわ》めた、フカ次郎《じろう》の中のフカ次郎《じろう》であるフカ次郎《じろう》でなければ、もっと弾《たま》が散っていたことでしょう。

あるいは、それを見越《みこ》して意図的に左右に散らして撃《う》てば、対空射撃《たいくうしゃげき》で撃《う》ち落《お》とされたとしても、全部が誘爆《ゆうばく》することはなかったかもしれません。

1、2発が爆発《ばくはつ》をすり抜《ぬ》けて、地面で炸裂《さくれつ》していれば――、もちろん敵全滅《てきぜんめつ》は無理でも、ZEMALかMMTMのメンバーを、一人か二人は、倒《たお》せたかもしれません。

「全員無事か……？」

ステータス画面を見れば分かるのに、思わず聞いてしまうのがGGOです。

デヴィッドは爆風《ばくふう》で地面に叩《たた》き付《つ》けられた上に後ろに吹《ふ》っ飛《と》ばされて、20メートルほど床《ゆか》を滑《すべ》っていきましたが、それだけではダメージ認定《にんてい》はされませんでした。銃《じゅう》を手放さなかったのもさすがです。

MMTMのメンバーは、全員生きていました。

ケンタのヒットポイントがゴッソリと、30パーセントほど減っているのは、バリケードに頭をガッツリぶつけたからです。

でも、生きてさえいればなんとかなります。今、救急治療《きゅうきゅうちりょう》キットを打って、ゆったりとした回復が始まりました。

「みんな立って。楽しみはまだまだある。マシンガンを、撃《う》ちまくるわよ」

ビービーの指示はいつも楽しげです。

「おう！」

「よっしゃ！」

「OB！」

そして仲間達も元気です。

爆風《ばくふう》で吹《ふ》っ飛《と》ばされて、中にはやっぱりヒットポイントを減らされたメンツもいましたが、それがなんでしょう？

自分の愛するマシンガンをフルオートでバリバリ撃《う》てば。そんなヒットポイントはすぐに回復するのですよ。いえ、しません。気のせいです。

60メートルほどの距離《きょり》から、ZEMALの四人が、腰《こし》にマシンガンを構えて、

「楽しく撃《う》ちながら前進！」

女神《めがみ》のちょっと変わった命令の下、向かう先に小刻みに連射しつつ、前進を始めました。

「向こうも無事だ！　マシンガン連中に負けるなよ！」

デヴィッドも、仲間達に活を入れ、

「前進だ。ただし近づきすぎるな。手榴弾《しゅりゅうだん》に常に警戒《けいかい》」

さらにはそんな指示をしつつ、肩《かた》でアサルト・ライフルを構えました。

「ようレン、お帰り」

「うー……」

レンは、シャーリーの脇《わき》でぶら下がっていました。完全に逆さになって。

状況《じょうきょう》はよく分かっています。

必死になってロープをたぐって登ったのに、誰《だれ》よりも早く登り切ったのに、上に出る直前に爆風《ばくふう》が自分を襲《おそ》い、吹《ふ》っ飛《と》ばされたのです。

そして城中央の外へ放り出されましたが、ロープがまだ繋《つな》がっていたので3000メートル下に落ちることはなく、4メートル下で停止。

ただし逆さまで。落下の衝撃《しょうげき》で腰《こし》と腿《もも》に食い込んだロープがちょっと痛いです。

「せっかく登ったのに……」

逆向きの空を見ながら、レンがぼやきました。

「チト早かったな」

「ぬう……」

ちなみにシャーリーは、全然登っていません。

登っても、再装塡《さいそうてん》が素早《すばや》いストレートプルとはいえ、ボルト・アクションのライフルしかないシャーリーは戦えないと判断。

最初から登るつもりはないと、ぶら下がるときに言っていました。

自分はここでノンビリ隠《かく》れていると。もし見つかったら、その時はその時、黙《だま》って撃《う》たれるのも癪《しゃく》だし銃《じゅう》が壊《こわ》れても嫌《いや》なので、ロープを腰《こし》の剣鉈《けんなた》で切って、３０００メートルスカイダイビングと洒落込《しゃれこ》むと。

「えー、シャーリー、ＳＪ３で動き回りながらスナップ・ショット決めまくったじゃん！」

クラレンスが、二人のヤバイ出会いのときのことを思い出して言いましたが、

「あんときゃ、かなり有利なポジションからのスタートだったからな。それに、今日はもう疲《つか》れた」

シャーリーはつれないお返事を言いました。

そんなシャーリーでしたが、

「ほれ。まずは左足から」

レンが頭と体を上に上げて、足で側面に踏《ふ》ん張《ば》るところまでは手を貸してくれました。

「ありがと！　行ってくる！」

「行ってこい」

レンは、二度目の登攀《とうはん》を開始します。

上を見ると、ボス達が今まさに、瓦礫《がれき》の山にたどり着こうとしています。

一緒《いっしょ》になって上に出て、少しでもダメージを食らっているであろうZEMAL、MMTMを倒《たお》さねば。

レンは上だけ見ながら、ロープに手袋《てぶくろ》の手を食い込ませながら、素早《すばや》く登り始めました。

そして見ました。

見上げる先、進む先に光る多数のバレット・ライン。

「ボス逃《に》げて！」

SHINCで一番早かったボスが、アンナへと顔を向けて手を伸《の》ばしていたので、ラインに気づかず、

「え？　——ぐはっ！」

銃弾《じゅうだん》が彼女の肩《かた》を射貫《いぬ》いて行きました。

ボスは伏《ふ》せることでそれ以上の被弾《ひだん》を防ぎましたが、アンナは登り切れません。いえ、その方が良かったでしょう。銃弾《じゅうだん》がひっきりなしに瓦礫《がれき》の山に飛んできて、弾《はじ》けていきます。

「ああ……」

レンが、長い長い溜息《ためいき》をつきました。

上の様子は見えませんが、予想は付きます。

生き残ったZEMALとMMTMの連中——、たぶんたくさんが、銃撃《じゅうげき》を加えながら迫《せま》っ

て来《き》ているのです。

こうなるともう顔も出せず、当然反撃《はんげき》などおぼつかず、最後は瓦礫《がれき》の山を登ってきた連中に銃口《じゅうこう》を向けられて、アッサリと撃《う》たれる未来が見えました。

「ダメかあ……」

レンの、登る腕《うで》が止まりました。

左少し斜《なな》め上《うえ》で、両肩《りょうかた》にグレネード・ランチャーをスリングで提《さ》げたフカ次郎《じろう》が、

「ま、やるだけやったよな」

そんな言葉と、爽《さわ》やかな笑顔《えがお》を向けてきました。

相棒の笑顔《えがお》に、レンも釣《つ》られて少し笑いました。やるだけやったのは確かです。これなら、もし死んでも、ピトさんも認めてくれるはず。

いや別に、あの人に認められなければならない訳ではないんですけどね。ええ、まったく。

レンは、ぽつりと漏《も》らします。

「まーね、それはね。よくやった。わたしも、みんなも」

ここで終わってもいいのではないか？　レンは思いました。

「ほんじゃま、私は100万円が誰《だれ》よりも欲《ほ》しいのでお主を屠《ほふ》ろうと思うのだが、拳銃《けんじゅう》でも当たるようにすぐ隣《となり》まで登ってきてはくれぬかね？」

「ざけんなー」

それを聞いたら、レンの気が変わりました。

クソッ！　こんなところで終われるか！

レンは思いました。

「まだ死んでないよ！　フカ！　急いでグレネード再装塡《さいそうてん》、したっけ、登ってきて！」

「おお、お主――」

フカ次郎《じろう》がニヤリと笑います。

「〝したっけ〟を使うとは、さては道産子《どさんこ》じゃな？」

レンは相棒を無視して、

「クラレンス！　上に上がって撃《う》ちまくって！」

ボス達とは別の場所で、ほとんど登り切る寸前のクラレンスに命じました。

「んー、すると俺、撃《う》たれちゃうけど？」

「フカのリロードの時間さえ稼《かせ》げればいい！　骨は拾っちゃる！」

「はっはっはー！　まったく人使いの荒《あら》いレンだぜー！」

クラレンスは嬉《うれ》しそうに、ロープをたぐって登っていきます。

「ボス達も！　とにかく撃《う》ち返《かえ》して！　わたし達はまだ死んでない！　だから負けてない！」

「おうよ！」

被弾《ひだん》エフェクトを煌《きら》めかせながら、ボスは瓦礫《がれき》に腹這《はらば》いになり、アンナとトーマを登らせました。

そして、相手の銃撃《じゅうげき》の隙間《すきま》──、というほどはないのですが、僅《わず》かな隙《すき》を見て、手榴弾《しゅりゅうだん》の投擲《とうてき》を試みます。

腰《こし》に着けていたのは、誤爆防止《ごばくぼうし》のために普通《ふつう》のグレネードでしたが、それをトーマとアンナにも渡《わた》します。

三人は、瓦礫《がれき》の山の裏に伏《ふ》せた状態でピンを抜《ぬ》いて、レバーは握《にぎ》ったまま、敵までは届かなくてもいいと、牽制《けんせい》のために腕《うで》を後ろに回して、

「アン、ドゥ、それ！」

変な合図で投げられた──、いいえ、投げられそうになった三つの手榴弾《しゅりゅうだん》は、投げられませんでした。

ZEMALの連射がちょうどそのタイミングで周囲を襲《おそ》い、瓦礫《がれき》の山の最上部にある石を破壊《はかい》し消して、さらに三人の腕《うで》を立て続けに射貫《いぬ》いていったからです。

「うがっ！」

「ぐっ！」

「いって！」

三人は腕《うで》を撃《う》たれて、ギリギリ切断されない程度のダメージを食らいました。

投げられなかった手榴弾《しゅりゅうだん》は手から離《はな》れて、安全レバーがはじけ飛んで、後ろに落ちて、さ

らに石に当たって転がって――、
3000メートル下へと、落ち始めていきました。

「え？　ひーっ！」

ロープを登っていたレンが、自分の左脇《ひだりわき》を掠《かす》めて行《い》く三つの手榴弾《しゆりゆうだん》を、ビビりながら見送りました。

その落ちていく先に、仲間がいました。

「あ？」

シャーリーは、自分へと真《ま》っ直《す》ぐに降ってくる、三つの手榴弾《しゆりゆうだん》を見て、

「おいおい、そういう〝オチ〟かよ」

それが最後の言葉になりました。

足元で、ぼぼぼん、と三連続で炸裂《さくれつ》した手榴弾《しゆりゆうだん》は、破片《はへん》と爆風《ばくふう》でシャーリーを完全に包んでいました。

これで生き残れるプレイヤーは、誰《だれ》もいません。


「あー……」

レンは、シャーリーの体に【Ｄｅａｄ】タグが付くのを見ました。

見た目的に酷《ひど》いダメージを受けた死体は、すぐに元の形に戻《もど》ります。ゲームなので。

まだロープにぶら下がったまま、シャーリーの死体は破壊不可能《はかいふかのう》オブジェクトになってしまいました。真《ま》っ直《す》ぐに硬直《こうちょく》したまま、絶壁《ぜっぺき》の縁《ふち》で綺麗《きれい》に水平を保っていました。

ロープの位置からして、水平になるわけはないのですが、そこはゲームなのです。

なんともシュールな光景は、

「バグってるなー」

フカ次郎《じろう》の感想を誘《さそ》いました。

「す、スマン！　申し訳ない！」

ボスの平謝《ひらあやま》りも、

「なあに！　GGOでは良くあること！」

レンは気にしません。というより、気にしている暇《ひま》がありません。

ちなみにシャーリーの下で手榴弾《しゅりゅうだん》が爆発《ばくはつ》していなかったら、レンにも破片《はへん》が飛んできていた可能性が高いです。

「うおおお、シャーリーのカタキぃいいいいい！」

今度は本当に死んでいるので、ツッコミは来ないまま、クラレンスがM1301タクティカルを手に立ち上がりました。

そして発砲《はっぽう》。

銃身《じゅうしん》からは9発の鉛弾《なまりだま》が一斉《いっせい》に、機関部右側からは撃《う》ち殻《がら》が一つ弾《はじ》き出《で》て、

「気持ちいい！」

クラレンスご満悦《まんえつ》。

次の瞬間《しゅんかん》にMMTMのメンバー全員からバレット・ラインの照射を食らって、

「もう一発くらい撃《う》たせろ！」

それが、クラレンスの最後の言葉になりました。

ただし、黙《だま》っては死にません。

体中を撃《う》たれる前に二回引き金を引いたクラレンスは、ボルドの半身に散弾《さんだん》を浴びせかけることに成功しました。

彼の銃《じゅう》、同じベレッタ社のARX160の機関部にも散弾《さんだん》は命中し、彼の手から弾《はじ》き飛《と》ばしていきました。

ボルドのヒットポントを三分の一奪《うば》い、銃《じゅう》を故障させてから、クラレンスはSJ5から退場していきました。

「クソッ！」

レンはロープを伝って登りながら、クラレンスの死体にタグが付くのを見ました。

そして登り切ると、まずその死体へと飛びついて、その陰《かげ》に隠《かく》れて、

「クラレンスのカタキ！」

自分が死地に追いやった仲間を楯《たて》にして、P90の銃口《じゅうこう》だけ上に上げて撃《う》ちまくりました。

狙《ねら》いも付けない、ただの乱射です。いわゆる盲射《もうしゃ》。以前ピトフーイにやらないように、と戒《いまし》められた行動ですが、今はそんなことは言ってられません。これで少しでも時間が稼《かせ》げればいいのです。

一マガジン50発を派手にフルオートでぶちかまして、レンがマガジン交換《こうかん》のために銃口《じゅうこう》を少し持ち上げた時でした。

狙《ねら》い澄《す》まして飛んできた1発が、P90の銃口根本《じゅうこうねもと》にあたり、そこで火花を散らしました。

「うぎゃ！」

その勢いはレンの腕《うで》から愛銃《あいじゅう》を奪《うば》い去《さ》り、その際に指の骨を折ったと判断されて少々のダメージ認定《にんてい》。

指などどうでもいいのですが、弾《はじ》かれた愛銃《あいじゅう》は、レンの小さな体からスリングがすっぽ抜《ぬ》けて、

「ああっ！」

慌《あわ》てて右腕《みぎうで》を伸《の》ばしても時既《ときすで》に遅《おそ》し。

ピンクのP90は、ピーちゃんは、

「さようならー、レンちゃーん！　またあうー、ひーまーでー！」

そんな悲しい言葉と共に、石の上でがんがしゃん、と二回バウンドしてから、フィールドの縁《ふち》から外へと落ちていきます。

「あああっ！」

レンが石の上を這《は》い回《まわ》って、奈落の底へと顔を出すと、

「あー！」

ピンクの物体が、3000メートル下へと落ちていく様子が、網膜《もうまく》に焼き付きました。

「さーよーうーなーらー、らー、らー」

ピーちゃんの声が、どんどん小さくなっていき、

「らー……」

そして聞こえなくなりました。

「ああ……」

下に顔を出して半べそのレンに、

「なんだ、ピーちゃんにフラれたか」

MGL−140グレネード・ランチャーの再装填《さいそうてん》を行っているフカ次郎《じろう》が訊《たず》ねてきました。

足でしっかりと踏《ふ》ん張《ば》っていないとバランスを崩《くず》すので、両手は使えるのですが、再装填《さいそうてん》にとても時間がかかっています。でも、見たところ右の方、つまり右太《みぎた》の再装填《さいそうてん》は終わったようです。

「フカ……。それでわたしを撃《う》っていいよ……。したっけ、賞金はSHINCのみんなも含《ふく》めて、山分けでいかない？」

「レン……」

フカ次郎《じろう》が、いつになく真面目な顔をして、手を止めました。

そして、

「そういうことはもう少し早く言え。お前にその覚悟《かくご》があったのなら、再会したときにすぐにプラズマ・グレネード弾《だん》で消してやったのに」

「そうだよね。言うのが遅《おそ》すぎたよね……」

レンはここで気付きました。

SJ5で再会したとき、自分はプラズマ・グレネード弾《だん》で消されそうになったことを。

「やっぱやめだ！　わたしにはまだ、ヴォーちゃん達がいる！」

レンはうつ伏《ぶ》せのまま、右手を腰《こし》に回して、コンバットナイフを抜《ぬ》きました。それで腰《こし》と腿《もも》のロープをズバッと切断。

その際に自分の肉体まで切ってしまったようでダメージ認定《にんてい》が少々発生しましたが、そんなこと構っていられません。

「あっしの出番これだけっすか？」

そう訊《たず》ねてくるナイフをホルスターにしまうと同時に、レンは左腕《ひだりうで》を振《ふ》って装備の一括変換《いっかつへんかん》。

背中に弾倉《だんそう》を入れたバックパックが実体化し、マガジンポーチが消えた両腿《りょうもも》にはホルスターが。その中には、ヴォーパル・バニー、45口径拳銃《けんじゅう》が。

　レンはホルスターから抜《ぬ》き取《と》ると、石の角にリアサイトを引《ひ》っ掛《か》けてスライドを引きました。

右、そして、左。

「おいおい、何する気じゃ？」

「いいから、フカ次郎《じろう》は再装塡《さいそうてん》したらボス達と頑張《がんば》って！」

「待て100万円！」

　レンは、フカ次郎《じろう》から視線を逸《そ》らすと、自分から5メートルくらい左で、瓦礫《がれき》の山の手前で伏《ふ》せているボス達三人を見ました。

　撃《う》たれた右手は、痺《しび》れが取れたようです。三人とも、ロープを腰《こし》や腿《もも》から取り外していました。

　頭の上を銃弾《じゅうだん》が飛《と》び抜《ぬ》けている中、

「ボス！　お願いが二つ！　一つは、再装塡《さいそうてん》したフカを引っ張り上げて欲しい！　アンナ達はボスを守って！」

「もう一つは？」

　ボスの当然の問いに、

「デカネードを出して、一個ちょうだい。ベルトにぶら下げるフックごと」

　レンは、

「ぬう」

ボスはすぐに分かりました。レンが何をしたいかを。

デカネードは、小ぶりのスイカのような大きさの、大型プラズマ・グレネードの俗称《ぞくしょう》。フカ次郎《じろう》のプラズマ・グレネード弾頭《だんとう》と同じくらいの威力《いりょく》があります。すなわち直径20メートルの被害範囲《ひがいはんい》。最低でも10メートルは投げないと自分が危ないという、恐《おそ》ろしいシロモノです。

威力《いりょく》の分だけべらぼうに重いので、レンには持ち運ぶことはできても、投げることなどできません。

所持しているボスが敵に向かって投げていないのは、投擲距離《とうてききょり》が足りなかった場合自分達が死ぬのと、空中で被弾《ひだん》したらやっぱり自分達が死ぬから。

それを、ベルトにぶら下げるフックごと欲《ほ》しい、というのはもう、

「お前……、死ぬ気だな……」

ボスはそれ以外の回答を見つけられません。ならばそれが正解なのです。

レンはそれを自分のベルトに、たぶん胸か腹にぶら下げて、ヴォーパル・バニーを撃《う》ちまくりながら飛び出していくつもりです。

レンの超高速《ちょうこうそく》なら、弾《たま》に当たらずに――、

あるいは、バックパックに防弾板《ぼうだんばん》が入っているヴォーパル・バニー武装なら、背中を射線に向けながら走れば、多少撃《う》たれても残り二チームのどちらかの懐《ふところ》に飛び込んでいけるかもしれません。

接近さえすれば撃《う》たれても、デカネードは誘爆《ゆうばく》。もししなくても、死ぬ前にレンがタイマーをゼロにしておいたスイッチを押せば、爆発《ばくはつ》。

上手《うま》くいけば、二チームのどちらかを完全に壊滅《かいめつ》させることができる、素晴《すば》らしい作戦です。

レンの命のことを、まったく気にしなければ。

「片方をやったら、残りはフカのグレランとボス達の攻撃《こうげき》で優勝目指してね！　ご武運を！」

頭の上をバレット・ラインと銃弾《じゅうだん》が飛んでいくなか、レンはボスに笑顔《えがお》を向けました。

「止めても無駄《むだ》なようだな……」

ボスは、自分の逡巡《しゅんじゅん》でその作戦すらできなくなることを恐《おそ》れ、ストレージ操作をしました。

敵は慎重《しんちょう》を期しているようですが、それでも断続的な発砲音《はっぽうおん》の発生元が近づいて来ているのは分かります。

30メートルか40メートルか、とにかくすぐ側《そば》にいるのです。これ以上近寄られると、レンの自爆《じばく》で自分達も危なくなります。

ボスは目の前に実体化した大きな球体を、レンの元へと、這《は》いずって届けました。

「ありがとう。ボス」

レンは受け取ると、ずっしり重いそれを、レンの胸に斜《なな》めに走っているベルトに引《ひ》っ掛《か》けました。

小さなフックは、ベルトに近づけるだけで装着されます。重さ的に支えられそうもないのですが、装着した装備はキッチリと保持されます。そう、GGOなら。

レンの胸とお腹《なか》の前に、胴体幅《どうたいはば》と同じくらいの丸い物体がくっついて、存在感をアピールしました。

レンはタイマースイッチを手早く弄《いじ》り、起爆時間《きばくじかん》をゼロに。これによって、胸の位置にある大きなスイッチを強めに押し込めば、即座《そくざ》に爆発《ばくはつ》します。

「………………」

アンナがサングラスを向けて、

「………………」

トーマが瞳《ひとみ》を向けて、二人とも何も言えずにいる中、

「じゃ、行ってくる！」

レンは、笑顔《えがお》で死地への旅立ちをしました。

そしてすぐに撃《う》たれました。

素早《すばや》く飛び出した、次の次の瞬間《しゅんかん》くらいに飛んできた銃弾《じゅうだん》が、レンの左肩《ひだりかた》を射貫《いぬ》いたのです。

「いっ？」

ガッツリ押される形になったレンは右側へとすっ転び、石の角に頭をがつんとぶつけて、

「痛ーい！」

撃《う》たれたときより大きな悲鳴を上げました。

石の山の頂上で倒《たお》れ込《こ》んだ形になったレンは、

「やばっ！」

すぐにごろりと体を回転して、バックパックをソリ代わりにして、山から転げ落ちました。

その場所を通り過ぎて行く2発目の狙撃《そげき》の銃弾《じゅうだん》。

あと僅《わず》かで、レンのお腹《なか》のデカネードに当たるところでした。


「見事な腕《うで》だ……」

デヴィッドは、感嘆《かんたん》するしかありませんでした。

彼は50メートルほど離《はな》れた位置でSTM—556を構えてスコープを覗《のぞ》いていて、ピンクのチビが飛び出した瞬間《しゅんかん》を見ていましたが、自分が撃《う》つより早く、右側から一発の弾丸《だんがん》が飛んでいきました。

そしてレンの左肩《ひだりかた》に当たり、転ばせました。2発目は、レンのすばしっこさに外れましたが、レンがデカネードを腹に装着しているのはよく見えて、

「レンはデカネードを持ってる。ぜったいにあそこから出させるなよ！」

仲間達に警告することができました。

褒《ほ》められた人が、

「顔に当てたかったのに」

ビービーが、悔《くや》しそうに言いました。


レンを仕留《しと》め損《そこ》なったビービーは、第二武装をバリケードの脇《わき》で構えていました。

バリケードに押しつけられて安定させられていた長めのライフルは、イギリス製の《L86A2　LSW》。

L85という、ブルパップタイプの、5．56ミリ弾《だん》を使うアサルト・ライフル、その発展版です。倍率四倍のスコープを標準装備。

LSWは、ライト・サポート・ウェポンの略。スクワッド・サポート・ウェポンたる、分隊支援火器《しえんかき》とほとんど同じ意味です。分隊を支援《しえん》する軽量マシンガンのこと。

L85から銃身《じゅうしん》を伸《の》ばして太くして精度と耐久性《たいきゅうせい》を上げて、その下にバイポッドを据《す》え付《つ》け、マガジンの後ろに伏《ふ》せて構えるときの左手用グリップを付けたのが、L86。A2は二回目の改良版を意味します。

この銃《じゅう》は、マシンガンではあるが、アサルト・ライフルと同じ30連マガジンを使うので装弾《そうだん》数《すう》が少ない、というデメリットがあります。とはいえ、米国海兵隊も似たような銃《じゅう》を採用しているので、弾数《たまかず》ではなく、高精度の射撃《しゃげき》で制圧するというのは一つの考え方。

もっとも、本家イギリスでは、２０１９年でもう運用を終えてしまった銃器《じゅうき》です。

このＬ８６Ａ２、射撃《しゃげき》の精度が高いというメリットから、簡易的な狙撃《そげき》に使われたという変わった経歴があります。

マークスマンライフルという、〝狙撃兵《そげきへい》は使わないが、腕《うで》のいい歩兵が狙《ねら》い撃《う》つための銃《じゅう》〟というジャンルにジョブチェンジして使われたのです。

ＺＥＭＡＬはマシンガンラバーズなので、メインアームにマシンガン以外は装備してはいけないという鉄の掟《おきて》があります。いえ、別に明文化されているわけではないのですが、なんとなく空気で。鉄の空気で。銃《じゅう》だけに。

だから、ビービーが選び出したのは、チームをサポートするための簡易的な狙撃《そげき》もできる軽《けい》機関銃《きかんじゅう》であるＬ８６Ａ２。

誰《だれ》にも文句を言わせない、さすがビービーな、略して〝さすビー〟なチョイスでした。


「Ｌ８６Ａ２とは、またレア銃《じゅう》を……」

彼女の様子を遠目に見ながら、デヴィッドが感嘆《かんたん》します。

Ｌ８５シリーズは、ドイツのＨ＆Ｋ社の手によってＡ２に改修される前は、マトモに作動しない銃《じゅう》として悪名を馳《は》せてしまいました。改修されてもネタ銃《じゅう》、珍銃扱《ちんじゅうあつか》いされることも多く、ガンマニアの多いGGOでは選ぶ人があまりいないという、ちょっと可哀想《かわいそう》な銃《じゅう》なのです。

「そしていい腕《うで》だ……」

自分も射撃《しやげき》の腕《うで》には自信があるのに、先に気付かれて先に撃《う》たれてしまいました。いい腕《うで》です。まったくもって、いい腕《うで》、あるいは鍛《きた》えられたキャラです。

赤毛と可愛《かわい》らしい横顔からは、想像も付きません。

なのでデヴィッド、ちょっと悪いクセが出るのです。

「ビービー。今度ゆっくり、グロッケンで話がしたい。お茶でもおごらせてくれ」

通信アイテムが、ZEMALの他のメンバーに繋《つな》がっていなくて良かったですね。

「あら、お誘《さそ》い？」

「貴女《あなた》のその強さの秘密が知りたいだけだよ」

嘘《うそ》ですね。

「さっきも言ったけど、ダイブしている時間がたくさんあるだけよ。ここにいる誰《だれ》よりも暇《ひま》で、GGOに入《い》り浸《びた》っているだけ」

「では、雰囲気《ふんいき》がよくて美味《おい》しいお店を知ってるかな？　後学のために紹介《しようかい》して欲しい。もちろん俺のおごりで」

「あら上手」

デヴィッドのいつもより気取った声を聞きながら、MMTMの生き残りメンツが、心の底で思っています。

へいリーダー。へいへいリーダー。フラれるから止めた方がいいよ？

それに、ヴァーチャル世界での彼女捜《さが》しは、あんまり良くないと思うんだ。リアルがどんな人か、全然分からないからね。

でも言いません。

リーダーを立てる、いいメンバー達です。メッチャ楽しんでいるだけ、とも言います。フラれたら慰《なぐさ》めてやりますし。よっし宴会《えんかい》だ。

「まあ、この殺し合いが全て終わったらね」

「そうだった」

そうです、ピンクのチビはまだ生きているのです。ナンパしてる場合ではないのですよ。

とは言っても、

「ちくしょー！」

レンは半分死にかけで、結構どうしようもない状況《じょうきょう》でした。

肩《かた》から撃《う》たれたことで、重要器官である肺へのダメージ認定《にんてい》がされたようです。ヒットポイントは一気に四割減。レンは撃《う》たれ弱《よわ》いのです。

レンは石の山の斜面《しやめん》に、バックパックを台にして仰向《あおむ》けにひっくり返ったまま、救急治療《きゆうきゆうちりよう》キットを打ちました。160秒かかる回復が終わるまで、果たして自分は生きているのやら。

「くそう……」

死ぬ気で飛び出したのに、一歩も進めずに撃《う》たれてしまいました。

まだかすかにラッキーガールだったのは、その1発がお腹《なか》に吊《つる》したデカネードに当たらなかったこと。

当たっていたら、次の瞬間《しゆんかん》に仲間達は全滅《ぜんめつ》していました。いや、ぶら下がっているフカ次郎《じろう》は助かったかな？　あ、ロープも消滅《しようめつ》するからどのみち無理だ。

敵による散発的な銃撃《じゆうげき》は、まだ続いています。

ひょっとしてZEMALの連中、このまま撃《う》ち込《こ》んで石を全部破壊《はかい》してしまうつもりじゃないでしょうかね？　連中の弾数《たまかず》と、トリガー・ハッピーっぷりからすれば、やりかねません。

レンはひっくり返ったまま空を見て、心の中で呟《つぶや》きます。

ピトさん、エムさん、さすがに今回は、無理かも。

今日何度目かの、そして最大の弱気でした。

今までのSJで、一番、特殊《とくしゆ》ルールに翻弄《ほんろう》されたなあ……。

レンは思いました。

裏切り者ルールがあったSJ3でも、いろいろなことがありましたが、あれは〝ピトフーイに翻弄《ほんろう》された〟のでちょっと違《ちが》います。

深い霧《きり》に、チームバラバラに、フィールド崩壊《ほうかい》に、転送に……。

結果論ではありますが、特殊《とくしゅ》ルールに散々振《ふ》り回《まわ》されまくったので、一度くらいルールに助けられたいものです。それも叶《かな》いそうにありませんが。

切なさを爆発《ばくはつ》させたレンの瞳《ひとみ》に、なんとなく、ピトフーイの顔が浮《う》かびました。

いつものタトゥー笑顔《えがお》で、何を考えているのか一見分からないけど、実際何を考えているか分からない顔が。

その隣《となり》に、エムのゴツい顔も浮《う》かびました。赤くて蒼《あお》い空を背景にして。

その表情はレンに、

「よく戦ったぞ」

そう言ってくれているようでした。気のせいですが。

ああ、幽霊《ゆうれい》が迎《むか》えに来たかな……？

レンは思いました。そう思えるほど、二人の顔が、ハッキリと見えます。

薄《うす》かったのが、じわりと濃《こ》くなってきました。どんどんクッキリしてきました。

「ああ、ピトさんが迎《むか》えに来た……」

呟《つぶや》いたレンの言葉に、

「なにいい！　お前にも見えるのか？」

ボスに大声で反応されて、

「はっ？」

レンは顔を上げて身を起こしました。

自分の数メートル左側で、石の山の陰《かげ》に隠《かく》れているボスと、そしてアンナとトーマが、やはり空を見ています。

その視線の先には、4メートルほど離《はな》れた位置に、ソフィーとターニャの、すなわちSHINCの戦死者二人の笑顔《えがお》が浮《う》かんでいて、いや、顔だけではなく、体もボンヤリと見えてきて、手を振《ふ》っていて、

「うひぃぃぃぃぃっ！」

レンの背中を、怖気《おぞけ》が高速で走《はし》り抜《ぬ》けました。敏捷性《びんしょうせい》を上げているので、怖気《おぞけ》もスピーディーだった気がしました。

「おう？」

グレネード・ランチャーの再装塡《さいそうてん》を終えたフカ次郎《じろう》が、ロープにぶら下がったまま上を見て、

「なんだなんだ？　おいおい、レンの右側の空に、ピトさん達の幽霊《ゆうれい》が見えるぞ。お盆《ぼん》か？

そんな時期だったか？」

「フカにも分かるの？」

「ああ。あのケツのラインはピトさん以外にあり得んからな。私くらいのケツニストになると、

ケツラインからその人の人生経験や性格まで──」

「な、な……、な……」

フカ次郎《じろう》がまだ何か言ってますがレンは無視しつつ、ごろりと回転して、見える二人の顔を180度回転させました。

「何が起きてるんだっ！」

ピトフーイの顔と体はいよいよハッキリしてきました。まだ足が見えませんが、体の細部も透明感《とうめいかん》がだいぶなくなり、向こう側の空が見えなくなります。

そのつなぎに装備に、手にしているKTR─09その他の武器は、どう見てもゲーム開始時のピトフーイで、

「え？」

そのピトフーイが、エムの脇腹《わきばら》を左肘《ひだりひじ》で突《つ》きました。

するとエムは、見えるようになってきた楯《たて》を、レンへとできる限り突《つ》き出《だ》しました。

「は？　は？」

何が起きているのかサッパリ分からないまま、レンは、大きな楯《たて》に目をこらします。

そこには、おそらくはマジックペンで、楯《たて》の面積を一杯《いっぱい》に使って、文字がたっぷりと書いてありました。

日本語でした。カタカナでした。こう書いてありました。

『シエン　ノ　ネマワシ　ハ　ヤッテオイタ　アトハ　オヌシラ　シダイ　シヌマデ　ガンバレー』

それは明確なメッセージで、

「え？」

レンが盛大《せいだい》に首を傾《かし》げた時、ＧＧＯのどこかで、カウントダウンタイマーが〝0〟を指しました。

レン達に見えていたピトフーイやエム、ソフィー、ターニャが、足まで完全に見えるようになりました。

そして彼等は空中から音もなく、スライドするように移動しました。次の瞬間《しゅんかん》、城中央の上に、縁《ふち》ギリギリに立っていました。

ピトフーイとエムは、レンの右横に4メートルほど離《はな》れた場所で。

ソフィー、ターニャの二人は、ボス達からやはり4メートルほど左に離《はな》れた場所で。

まるで生き返ったかのようですが、よく見ると体も服装も銃《じゅう》も、全体が薄《うす》ぼんやりとしています。ピントが少しボケたような感じです。そして頭の上に、目立つオレンジ色の〝Ｇ〟の文字が浮《う》かんでいます。

「なっ、なっ、なっ、何が起きてるのーっ！」

半ば悲鳴を上げたレンの胸で、答えてくれるサテライト・スキャン端末《たんまつ》が派手に震《ふる》えました。

酒場の画面と、生存プレイヤーのサテライト・スキャン端末《たんまつ》に、文章が出ました。

それは、13時ちょうどに待機エリアに出た、

『SJ5の特殊《とくしゅ》ルールについて。さらなる追加！　重要だよ！　よく読んでね！　死んでも諦《あきら》めないで！

これを読めるのは、SJ5で死んだ皆《みな》さんだけですよね。そんな皆《みな》さんに、とっておきのお話がありますよ！

死んだからって、まだやれること、ありますよね？　そう、化けて出ることです。

だからみなさん——、〝幽霊《ゴースト》〟になってみませんか？』

このメッセージから始まりました。

『《GHOST《ゴースト》》とは、皆《みな》さんよくご存じの、

G　グラニュレイテッド（Granulated）＝粒状《りゅうじょう》の

Ｈ　ホモジニアス（Homogeneous）＝同質の・均質の
Ｏ　オブジェクト（Object）＝物体
　　オブ（of）＝の
Ｓ　スピリチュアル（Spiritual）＝精神的・霊的《れいてき》・魂魄《こんぱく》の
Ｔ　トランスクリプト（Transcript）＝複写・複製・転写
のことである！

Granulated Homogeneous Object of Spiritual Transcript＝GHOST
日本語にすれば、《魂魄転写粒状均質物体《こんぱくてんしやりゆうじようきんしつぶつたい》》とでもなろうか！
死んだ者達の霊魂《れいこん》が、今もこの滅《ほろ》びた地球で稼働《かどう》するナノマシン製造機の暴走によって結合し、再びこの世に現れた仮初《かりそ》めの姿！
それは死者の意思を持ち、行動の自由を得るのである！』

メッセージはそんな大層な設定を熱く語る言葉が並んでいました。
いや〝よくご存じ〟ではないですよ。ＳＪ５での新設定でしょうよ。
そして、その先はずっとフランクに、

『というわけでー、SJ5では、戦死したプレイヤーも、やがてはゴーストとなってフィールドに戻《もど》ることができます。

超重要《ちょうじゅうよう》！　明日テストに出るゴーストの特殊《とくしゅ》ルール！

①　ゴーストとしてSJ5に戻《もど》りたい人は、待機所で10分を過ごした後に《グレイブヤード》に行く選択《せんたく》をしなければならない。行かない場合は、通常通り酒場へ戻《もど》される。グレイブヤードでは、酒場と同じ環境《かんきょう》が用意されているので、そこで飲み食いしながらSJ5の中継《ちゅうけい》を楽しんでいて欲しい。死者同士の会話も可能。気が変わった場合、そこから酒場へ帰還《きかん》やログアウトも可能。

②　残りプレイヤーが十七人以下になった時点で、240秒のカウントダウンタイマーが作動。生者がまだ残っていてタイマーがゼロになった場合、グレイブヤードにいるプレイヤーはゴーストとしてフィールドへ戻《もど》って再び暴れることができる。

③　生者にはゴーストがうっすらとぼやけて見え、さらに識別のために、頭の上に〝G〟の文字が表示される。ゴーストには生者もゴーストも普段通《ふだんどお》りハッキリと見え、生者の体の上

に〝L〟の文字が表示される。

④　ゴーストは、ナノマシンの集合体であるので実体があり、足を地に着け、生者と同じ動きができる。フィールドにある物体や、ゴースト同士をすり抜《ぬ》けることはできない。

⑤　ゴーストは自分のメイン武装と、今回のみの別装備の両方を自由に使える。ストレージ操作で切《き》り替《か》えて自分でスイッチ可能。弾数《たまかず》、エネルギー量は最初に持ってきた分量のみで、復活はない。通信アイテムの使用は不可とする。

⑥　ゴーストがダメージを与《あた》えられるのはゴーストのみで、生者や物体への攻撃《こうげき》は一切《いっさい》できない。同時に、生者の攻撃《こうげき》は一切《いっさい》ゴーストには当たらず、バレット・ライン、弾丸《だんがん》などは全てすり抜《ぬ》ける。ゴーストと生者の間に音は通じず、声によるコミュニケーションは一切《いっさい》とれない。

⑦　攻撃《こうげき》を受けたゴーストはヒットポイントが減少するが、そのダメージは生者時の十分の一である（ヒットポイントが十倍になっていると考えてもいい）。使える回復アイテムはない。ヒットポイント全損時は〝昇天《しょうてん》〟となり待機所に戻《もど》され、二度目のゴースト参加は

不可。

⑧　ゴーストは生者に触《ふ》れる事は一切《いっさい》できない。生者の４メートル以内に接近すると光弾防御《こうだんぼうぎょ》フィールドによってゴーストの動きは鈍《にぶ》くなり阻害《そがい》される。そして、３メートル以内に入った瞬間《しゅんかん》に反発力が働き、ゴーストは否応《いやおう》なく遠くに弾《はじ》き飛《と》ばされる。

⑨　それ以外の仕様は現地で体感してほしい。いちいち説明するのメンドイ。なお、細かなバグがあっても主催者《しゅさいしゃ》・運営は責任を取らない。

⑩　最後に、ゴーストはフィールドのあちこちに隠《かく》された〝隠《かく》しポイント〟をゲットすることで経験値にすることができる。２メートル以内に近づいた場合、小さく光る場所がある。そこに手をかざすと、隠《かく》しポイントが入手できる。０から10までランダム配置であり、ＳＪ５終了《しゅうりょう》後《ご》に経験値か、ＧＧＯクレジットに換算《かんさん》できる。言わば宝探しゲームなので、存分にフィールドを探《さぐ》って欲《ほ》しい。

「オバケで復活ルールかっ！」

「また特殊《とくしゅ》なルールを……」

「そりゃあ、誰《だれ》も帰ってこないわけだよ……」

「ゲームに戻《もど》れるし、経験値とクレジットが手に入るとは太っ腹な」

「こんなの、参加しないわけないわ」

「謎《なぞ》は全て解けたっ！」

「くっそ！　SＪ5出たかったぜ……。予選で負けなければ……」

画面のルールを読んだ酒場の男達が声を上げて、

「けっ、誰《だれ》も気にしてなかったくせに」

早い段階から、プレイヤーが全然酒場に戻《もど》ってこないことを懸念《けねん》して口にしていた男が、

「オヤジ！　もう一杯《いっぱい》！」

やけ酒をヴァーチャルな胃に流し込みました。


「よう、どうする？」

「どうするって何がー？」

薄暗《うすぐら》い待機所で、シャーリーがクラレンスに訊《たず》ねました。クラレンスに問い返されました。

「ゴーストで出るか？」

二人は黒い床《ゆか》に足を前に投げ出して、愛銃《あいじゅう》をその脇《わき》に置いてボケッと座っているのです。

「いやあ、化けて出られるまであと8分だよ？　それまでに全部終わっちゃうよー」

クラレンスの答えに、

「ま、そりゃそうか」

シャーリーは肩《かた》をすくめて、ウィンドウ操作で愛銃《あいじゅう》と装備をストレージにしまおうとしました。そして、とあることに気付きました。

「お？　ここにも酒場と同じ飲食メニューがあるぞ。ゴーストがらみかな？」

「マジ？　フレンチフライある？　ケチャップとマスタードマシマシで！　山で頼《たの》んでよ山で！」

「はいはい」

「ポテチはある？　ハッシュドポテトは？　あと、コロッケも食べたい！」

「どんだけ芋《いも》が好きなんだよ」

「こないだリアルで北海道国に行ってね！　芋《いも》のおいしさに目覚めたのさ！　あー、また行きたいなあ」

「そうかい。私が北海道在住って話はバレてるよな。じゃ、ちょびっとリアルの話でもしてやるか。特別にな」

「聞きたい聞きたい！」

「なんと……」

端末《たんまつ》の文字を急いで読んでいたレンの脇《わき》に、

「おいおい説明しろやー。簡潔になー」

ボス達もサテライト・スキャン端末《たんまつ》の画面を睨《にら》んでいるので、結局自分の力でえっちらおっちら登ってきたフカ次郎《じろう》がやって来ました。

石の山の脇《わき》で、身をかがめてレンに近づきます。

「ゴーストだって！」

レンが破顔して言いました。

「簡潔すぎて分からん！」

フカ次郎《じろう》に言い返されました。

「あ、ごめん。死んだ人もオバケ扱《あつか》いでゲームに出られるって！　でも、わたし達を攻撃《こうげき》できないし、攻撃《こうげき》もされない。ポイントを稼《かせ》ぐだけ」

「なるほどー」

「でも、チャンス！　ピトさんが何か考えているに違《ちが》いない！　まだ戦える！　クソみたいなルール万歳《ばんざい》！」

レンがヴォーパル・バニーを持ったままの腕《うで》をぶんぶん振《ふ》りながら言って、

「分かったから、出産間近のデカいお腹《なか》をしまえ。今お主、スイッチ押しそうになったぞ」

「うひっ！」

レンは慌《あわ》てて、デカネードの安全装置をかけました。

「で、どうする？」

ヘルメットの下でニヤリと笑った相棒に、レンはまず言うのです。

「とにかく右太《みぎた》と左子《ひだりこ》をぶっ放せ！　それから――」

全部言い終わる前に、フカ次郎《じろう》は発砲《はっぽう》していました。

『とにか』

のあたりで発砲《はっぽう》を始めていたので、フカ次郎《じろう》はエスパーであるという説を、レンは唱えたくなりました。

「砲撃《ほうげき》！」
自分の脇《わき》4メートルの位置に登場したラックスの幽霊《ゆうれい》と、サテライト・スキャン端末《たんまつ》の多すぎる文章に気を取られていたデヴィッドやＭＭＴＭのメンバーですが――、
さすがに可愛《かわい》らしい発砲音《はっぽうおん》を聞いて、バレット・ラインが上から降ってくれば気付きます。

フカ次郎《じろう》による、超山《ちょうやま》なり弾道《だんどう》のグレネード攻撃《こうげき》。もしまた、プラズマ・グレネード弾《だん》だったら？

再びの対空射撃《たいくうしゃげき》を命じようと思っていたデヴィッドの脳裏《のうり》に、1時間前に聞いたレンの台詞《せりふ》がよぎりました。

「全部通常弾《つうじょうだん》だ！」

そうです、煉瓦造《れんがづく》りの豪邸《ごうてい》を吹《ふ》っ飛《と》ばされる前に、レンはフカ次郎《じろう》のプラズマ・グレネード弾《だん》の保有数を12だと言っていたのです。とても重要な情報でした。ならば彼女の性格からして、先ほど全部ぶっ放したはず。そして空で爆発《ばくはつ》したはず。誰《だれ》も死んでいないのなら復活もしていません。

「了解《りようかい》！」

仲間達はそれを理解し、バレット・ラインを最低限の移動で除《のぞ》ける手段を取りました。通常《つうじよう》弾《だん》なら、着弾後《ちやくだんご》の殺傷半径はだいたい5メートル。それ以上離《はな》れて伏《ふ》せていれば、ひとまずは安全です。

デヴィッドがチラリと右側を見ると、今度お茶を一緒《いつしよ》にしたい相手――、でなくビービーやその仲間達も、同じ行動を取っていました。

ゴーストになったトムトムとシノハラが、その近く、といっても3メートル以内には近づけないので遠巻きに囲んでいました。

何かビービーに伝えたいのか、二人は地面に向けて何かをしています。それがまだ伝わっていないのか、ビービーも困惑顔《こんわくがお》。

「どうするリーダー？」

チームを代表して聞いたケンタに、

「チャンスだ！」

デヴィッドは速決しました。左手を耳に当てて、ビービーとの通信チャンネルを切ると、

「今のうちにレン達を仕留める！　左から回り込め」

このときデヴィッドの脳裏《のうり》には、先んじてレン達を全滅《ぜんめつ》させ、フカ次郎《じろう》くらいはトドメを刺《さ》さずに生き残らせて、ＺＥＭＡＬの前に追い立てるというプランが浮《う》かんでいました。

難しい作戦かもしれませんが、研鑽《けんさん》を積んだ自分達五人にはできると思っていました。

そしてそうすれば、ビービーから感謝されて、自分の株も上がると。

つまりモテる。

完璧《かんぺき》な作戦。

「了解《りょうかい》！」

部下達は、その下心に大変よく気付いていました。

気付いた上で、リーダーとビービーの恋路《こいじ》を応援《おうえん》してやろう、上手《うま》く行ったら面白《おもしろ》いし、駄《だ》目《め》なら駄目《だめ》で面白《おもしろ》いし——、そういう腹積もりで、快諾《かいだく》するのです。

ゴーストのラックスが何か慌《あわ》てて、サングラスの下で表情を曇《くも》らせていますが、デヴィッドには見えていませんでした。

「デヴィッド。一度後退して、態勢を立て直して」

シノハラとトムトムが、背中から出したマシンガンの弾薬《だんやく》を並べることで文字を書いて、ビービーに伝えたいことを伝えることに成功しました。

「そのまま攻撃《こうげき》したら、よくないわよ。——デヴィッド？」

ビービーは優《やさ》しくも警告を発しましたが、デヴィッドの耳には、もう届いていませんでした。

ＭＭＴＭの五人が、左側へと全力で回り込みながら石の山を目指し動き始めました。飛んできたグレネード弾《だん》６発は、誰《だれ》もいない場所で次々に炸裂《さくれつ》しました。

互《たが》いの視線、あるいは射線の死角をカバーしながら、ＭＭＴＭは彼等十八番の進撃《しんげき》を見せます。バリケードをぬるぬると伝い、一人が移動中に仲間が支援《しえん》する、淀《よど》みなく流れるようなフォーメーションです。

レン達がバリケードから出てきていたら即座《そくざ》に撃《う》ち返《かえ》せる態勢ですが、発砲《はっぽう》はありませんでした。

そのまま最後のバリケードを抜《ぬ》けて、あとは20メートルの空間。

ジェイクが、何も言わずに身をかがめ、HK21を支援射撃態勢《しえんしゃげきたいせい》に持っていき、それ以外が突撃態勢《とつげきたいせい》に入ったとき――、

「それいけええ！」

ピトフーイが号令しました。

残り20メートルを詰《つ》めようと思っていた、MMTMの先頭ケンタは、青白い光剣の刃《は》を両手に剝《む》き出《だ》しにして、自分めがけて突《つ》っ込《こ》んで来る黒い女に度肝《どぎも》を抜《ぬ》かれました。

「え？」

「にゃろ！」

そして少し足を緩《ゆる》めて、G36Kを発砲《はっぽう》。その弾《たま》は全て、ニヤけた顔をしたピトフーイを通《とお》り抜《ぬ》けて行きました。

その隣《となり》でサモンは、M14・EBRをこちらに向ける緑色の大男を見て、

「くっ！」

やはり発砲《はっぽう》。SCAR―Lから放たれた銃弾《じゅうだん》は、やはりエムをすり抜《ぬ》けていって、

「あ……」

「やばい」

二人は同時に気付くのです。

自分達がゴーストに〝化かされた〟ことに。

「撃《う》て！」

そのタイミングで石の山の上に出てきたボス、アンナ、トーマの三人が、ヴィントレスとドラグノフの全力射撃《ぜんりょくしゃげき》を行いました。

目標は、今動きを緩《ゆる》めたMMTMの二人。レン達に向けて突っ込《つこ》んできたので、側面はがら空き。いい的です。

仲間二人が射貫《いぬ》かれていくのを見ながら、

「くっ！」

その少し後ろにいたボルドは、一人で突撃《とつげき》を続けました。今は止まったり身をひるがえしたりする方が、撃《う》たれやすくなるからです。

その手には、ベレッタ《APX》9ミリ口径拳銃《けんじゆう》。アサルト・ライフルのARX160はクラレンスに壊《こわ》されていたからです。

連中の作戦は見切りました。もう、ゴーストに化かされることはありません。

この場所はＳＨＩＮＣから攻撃《こうげき》されやすいので、突撃《とつげき》することで石の山の陰《かげ》に入り、レン達へと襲《おそ》いかかる腹積もり。

目の前10メートルに迫《せま》ったピトフーイとエムめがけて、大きな体で体当たりするかのような突撃《とつげき》を敢行《かんこう》しました。

そして距離《きょり》が４メートルに近づいたとき二人の動きが不自然に止まり、３メートルで弾《はじ》き飛《と》ばされました。

自分の周囲の空気がゴム鞠《まり》になったかのような、見事な反発。

ピトフーイとエムは、たっぷり５メートルは弾《はじ》かれて、左側に飛ばされたエムなどは、あわや城中央から落下するギリギリでした。

「ゴースト、恐《おそ》るるに——」

足らず、までは言えませんでした。

二人のゴーストのすぐ裏に、大きなゴミ箱、にしか見えない物体が一つ逆さに置いてあって、その底のかすかな隙間《すきま》で、二箇所《かしょ》が光ったからです。

そして何も見えなくなりました。

それが、フカ次郎《じろう》の別装備の塵箱偽装型二人乗人力走行装甲車両《ごみばこぎそうがたふたりのりじんりきそうこうそうこうしゃりょう》、あるいはＰＭ号であることや、上蓋《うわぶた》の隙間《すきま》からレンがヴォーパル・バニー×２を同時発砲《どうじはっぽう》、４５口径拳銃弾《けんじゅうだん》が自分の両目にヒットしたことなどは、サモンは後に知るしかなかったのです。

「ざけんな！」

ジェイクのHK21が、仲間達を屠《ほふ》られた怒《いか》りを乗せて吠《ほ》えました。

ドイツ製らしい快調すぎる作動をして、7．62×51ミリNATO弾《だん》をゴミ箱に叩《たた》き込《こ》みました。

撃《う》った弾《たま》が全て命中したゴミ箱は、全て弾《はじ》き返《かえ》しました。

「なっ！　エムの楯《たて》と同じか！」

すぐに気付いたジェイクは、撃《う》つのを止めませんでした。連射さえしていれば、隙間《すきま》から顔を出してこないはず。

しかしそれは、別方向への隙《すき》を生む行為《こうい》でした。

デヴィッドに、あるいはZEMALに撃《う》たれるのを覚悟《かくご》の上で石の山を下りてきたボスが、ジェイクの右側へと回り込み、狙《ねら》い澄《す》ましたヴィントレスの一発を、彼の頭に叩《たた》き込《こ》みました。

音もなく。

ZEMALからの銃撃《じゅうげき》は、ありませんでした。

仲間が死につつある瞬間《しゅんかん》、デヴィッドは足を止め、STM―556のマガジンを右手で握《にぎ》りました。その前には、銃身下《じゅうしんした》につけたグレネード・ランチャーの引き金があります。

どれほどあの怪《あや》しい箱の装甲《そうこう》がタフでも、グレネードの直撃《ちょくげき》を食らえばひっくり返るはず。

ひっくり返ったところを銃撃《じゅうげき》すればいいのです。

次の瞬間《しゅんかん》、デヴィッドは世界が暗くなるのを感じました。

「あ？」

いえ、実際に世界は暗かったのです。

デヴィッドの視界の死角、斜《なな》め後《うし》ろからワラワラと迫《せま》っていた五十体ほどのゴーストが、デヴィッドの前に回り込み、さらに左右から後ろから、ギリギリの距離《きょり》4メートルで、完全に囲んだのです。

しかもスクラムを組んだ男達の上に、別の男が乗っかり、さらに上へ。その組み体操を、デヴィッドめがけて倒《たお》しました。

普通《ふつう》ならデヴィッドの近くに倒《たお》れるだけの行動ですが、ゴーストのルールがそれを阻止《そし》します。

すなわち、

『生者の4メートル以内に接近すると光弾防御《こうだんぼうぎょ》フィールドによってゴーストの動きは鈍《にぶ》くなり阻害《そがい》される』

組み体操の上から倒《たお》れてきたゴースト達は、デヴィッドを中心にした半径4メートルの位置で、覆《おお》い被《かぶ》さるように、空中で静止してしまいました。

実際には倒《たお》れてきているのです。それが遅《おそ》いので、そして近づくにつれてどんどん遅《おそ》くなるので、まるで覆《おお》い被《かぶ》さって空中で止まっているように見えるのです。

物理的にあり得ない光景ですが、ゴーストのルールだと、そうなるしかないのです。

オバケ達に囲まれたデヴィッドですが、

「それがどうしたあ！」

相手が自分に対してできるのは、ここまで。一時的に視界を邪魔《じゃま》した程度。自分にダメージなど与《あた》えられません。

ただし、見えなければグレネードの攻撃《こうげき》はできないので、

「どけえ！」

デヴィッドは勢いよく前進。3メートル以内になった瞬間《しゅんかん》、スクラムの土台役とその上にいたゴースト達は、綺麗《きれい》に吹《ふ》っ飛《と》ばされていきました。

世界が明るくなった瞬間《しゅんかん》でした。

自分の目の前に、小ぶりなスイカが転がってきました。

いえ、それは大きさと形がスイカに近いだけで、実際は大型プラズマ・グレネードで、

「どうやって……？」

デヴィッドは顔を上げて、石の山、あるいはゴミ箱から自分まで、30メートルもあるのにと訝《いぶか》しみました。この距離《きょり》を、このアイテムを投げられる腕力《わんりょく》がある人が残っていたのかと。

デカネードはデヴィッドの右脇《みぎわき》2メートルを転がってきて、背中4メートルほどの位置で爆《ばく》

発《はっ》しました。

青い奔流《ほんりゅう》で、デヴィッドを粉々にしながら。

そこで蠢《うごめ》いていたたくさんのゴースト達に、眩《まぶ》しい以外の影響《えいきょう》はありませんでした。

デカネードの爆風《ばくふう》に耐《た》えた後、レンはPM号からコッソリと顔を出して、

「すごい！　MMTM……、全滅《ぜんめつ》させた！」

【Dead】のタグが五つ光る景色を見て感嘆《かんたん》しました。

デカネードの爆発《ばくはつ》がバリケードも吹っ飛《と》ばしてくれたので、そこには、平らな土地が広がっていました。できたばかりの死体とタグが五つ、散らばっていました。

「ボス、無事？」

左側から一人突撃《とつげき》をかけたボスの身を案じ、

「大丈夫《だいじょうぶ》だ！　ZEMALは引いたようだ。周囲を警戒《けいかい》する！」

ホッとする返事をもらいました。

ZEMALには逃《に》げられた形にもなりますが、やり合っていて確実に勝てていた自信もないので、結果万々歳《ばんばんざい》。一度仕切り直しです。

それからレンは、

「フカ！　ナイスキックだったよ！　素晴《すば》らしい！」

デヴィッドの謎《なぞ》、どうして30メートルも、大きくて重いデカネードを移動させられたのか？に答えるのです。

フカ次郎《じろう》は鍛《きた》えられた健脚《けんきゃく》で、タイマー作動させたデカネードを、ＰＭ号の裾《すそ》の下から蹴《け》っ飛《と》ばしたのです。

投げるのは無理な球でも、蹴《け》りなら別。足の力は腕《うで》の三～五倍はあるのです。

蹴《け》られたデカネードは平らな地面をゴロゴロと転がっていき、デヴィッドへとパスを、若《じゃっ》干《かん》ズレましたが決めたのです。ゴーストに視界を奪《うば》われていたデヴィッドには、それがギリギリまで見えませんでした。

褒《ほ》められたフカ次郎《じろう》が、

「なあに。別アカウントで、フルダイブ・サッカーゲームもちょっちね」

「どんだけ遊んでるの！」

「いいもんだぜえ？　スポーツは」

「さすが元テニス部！」

「レンもやらないか？　今なら、虫のアバターになるゲームが盛り上がってるぜ？」

「スポーツどこいった？」

「ま、ゴースト様々だぜ」

「そうだね」

レンはPM号から頭を出すと、周囲でウロウロしている五十体のゴーストにむけて、ぺこり。

頭を可愛《かわい》く下げました。

ゴースト達から、とても複雑な心境を表す笑顔《えがお》が返ってきました。


数十分前。

「ねえ、みんなー！　よく聞いてー！　アッテンション、プリーズ！」

ゴースト待機所であるグレイブヤードで、ピトフーイが大声を出しました。

そこは、グロッケンの酒場とまったく同じ作りの空間です。

要するに、データの使い回し。見分けが付かず、ぼうっとしているとどっちにいるのか分からなくなります。同じように配置されたモニター画面の中では、レン達が迷路《めいろ》でウダウダしていた頃《ころ》でした。

ピトフーイはSJではひとかどの有名人ですので、ほとんどの男達は彼女に注目しました。

その中には、かつてのSJでピトフーイに酷《ひど》い目に遭《あ》わされたり、もっと酷《ひど》い目に遭《あ》わされたり、さらに酷《ひど》い目に遭《あ》わされたりした人もいましたが、そこはそれ。今恨《うら》んでも仕方がないのです。ノーサイドです。

どのみち酒場では攻撃《こうげき》できないですし、できたとしても勝てる保証はないですし。

「みんな！　死んだわねー！　残念！」

「いえーい！」

ノリのいい声の他に、

「おまえもだろー！」

そんな楽しそうな声が戻《もど》ってきます。

ピトフーイがこの時点で死んでいるなど、死人の皆《みな》さんの誰《だれ》が予想したでしょうか。

「まあねー！　私だって、こういうこともあるさ！　ま、それはさておき——」

ニヤリと顔のタトゥーを歪《ゆが》ませて、ピトフーイは本題に移ります。

「1億クレジット、あるいは100万円！　残念！」

男達に、矢が刺《さ》さったようです。

「うっせー！」

「本当にそう思ってるのかー！」

などの声が戻《もど》ってきます。

「そっこでモノは相談だけどさ、チームが全滅《ぜんめつ》してるみんな、あるいは、最後の十七人に残りそうもないみんな！　悔《くや》しくない？　誰《だれ》かに賞金持ってかれちゃうかもしれないんだよー？」

男達の目が、ギラリと光りました。

その目が語っていました。悔《くや》しくないわけなかろう！　と。

「そんなら、ゴーストになったら、セコいポイント稼《かせ》ぎなんて無視して、レンちゃんを全力サポートした方がいいんじゃない？　1億クレジット、むざむざとどっかの誰《だれ》かに奪《うば》われたい？　レンちゃんが生き残ったまま優勝させると、レンちゃんを含《ふく》む誰《だれ》にも賞金が手に入れられなくなるんだけどなー！」

男達の喉《のど》が、ゴクリと鳴りました。

「まあ、強制はできないけどね！」

根回しが完了《かんりよう》した瞬間《しゆんかん》でした。

「ピトさんの考えること、怖《こわ》いわー」

ピトフーイは死んでもピトフーイでした。

レンは呆《あき》れつつ恐《おそ》れつつ、でも感謝もしています。

「もしピトさんが先に死んでいなかったら……、さっき、やられていたなあ」

レンは今、ラックスのゴーストが酷《ひど》い目に遭《あ》っているのを、遠目に見ています。

ピトフーイとエムのゴーストが、そしてピトフーイの口車に乗ったゴースト達が、一斉《いっせい》に彼に襲《おそ》いかかっているのです。

ゴーストの出しているバレット・ラインは見えませんが、撃《う》っている曳光弾《えいこうだん》はかすかに見えます。

エムが容赦《ようしゃ》なく撃《う》ちまくっているMG5が、光の線となってラックスの長い狙撃銃《そげきじゅう》に命中して、それを破壊《はかい》しました。


ゴーストが武器を失った場合どうなるかは知りませんが、アイテム消失でないことを願うばかり。高そうなライフルでしたから。


「くそったれええええええ！」

ラックスの怨嗟《えんさ》の声が、フィールドに響《ひび》き渡《わた》りました。

もちろん聞こえるのは周囲にいるゴーストだけで、言い返すのも周囲のゴーストだけです。

「悪く思うなよー」

「お前さんに恨《うら》みはないんだが」

「いや俺は少しある。SJ2でボコられた」

「SJ3でナイフでぶった切られた」

「ならばやっちゃれ」

周囲のゴースト達が、入《い》れ替《か》わり立《た》ち替《か》わり銃撃《じゅうげき》するという、えげつない攻撃《こうげき》を繰《く》り返《かえ》しています。

彼等は『守銭奴《しゅせんど》ー』。

自分以外の誰《だれ》かに1億クレジットをもらって欲しくない、そんなの耐《た》えられない連中です。

なので攻撃《こうげき》する相手は、レンの敵となるチームです。

ＭＭＴＭは壊滅《かいめつ》しているので正直ラックスを叩《たた》く理由はないのですが、少しでもレンの邪魔《じゃま》になる者には消えてもらいましょう的な、シンプルでピュアな思考です。

ピトフーイやエムに銃撃《じゅうげき》を食らいながら、『守銭奴《しゅせんど》ー』にボコボコにされながら、ラックスはまだ生きていました。ゴーストとして。

何せヒットポイントが十倍設定ですから、なかなか死にません。死ねません。

体のあちこちを撃《う》たれて、ゴーストのくせに生きているときと同じくらい痛いのに、死ねないのでまだ続くという酷《ひど》い状況《じょうきょう》。

「がっ！」

ラックスは、脳天をライフル弾《だん》で一発射貫《いぬ》かれました。通常なら即死《そくし》コースでも、ヒットポイントは一割しか減っていませんでした。

ＦＤ３３８狙撃銃《そげきじゅう》は撃たれて壊《こわ》されて、修理はできそうですがもう使えません。

ベレッタＡＰＸ拳銃《けんじゅう》をホルスターから抜《ぬ》いて連射しますが、ワラワラと周囲に迫《せま》ってくるヒットポイント十倍ゴースト達がそれで死ぬわけもありません。

ゴースト達は容赦《ようしゃ》なく発砲《はっぽう》しながら、周囲から迫《せま》って来《き》ました。流《なが》れ弾《だま》が当たっているゴーストもいるのですが、そんなのは気にしません。

「恨《うら》むぞスポンサー作家！　化けて出てやる！」

ラックスは叫《さけ》びました。いやもう死んでいるのですけどね。

結局、五十人以上に追われて囲まれて散々撃《う》たれまくって、十倍あったヒットポイントも削《けず》り取《と》られ、

「おのれえええええええ！」

ラックスは非業《ひごう》の昇天《しょうてん》を迎《むか》えました。


「ありがとう。二人は自由に動いて」

ビービーが言った言葉はトムトムとシノハラには聞こえているはずないのですが、二人のゴーストはにっこりと笑って、散っていきました。

二人のことですから、弾《たま》がなくなるまでゴースト達に撃《う》ちまくることでしょう。いつもより十倍撃《う》たないと相手は昇天《しょうてん》しないので、なにそれ楽しそう。

ＺＥＭＡＬの四人が助かったのは、その場にいては危ないと二人に伝えてもらったからです。

二人はピトフーイの算段を聞いていたので、登場してすぐに、ビービーに弾丸《だんがん》で文字を書くことで伝えたのです。

『ニ　ゲ　テ』

の文字を見たビービーは、即座《そくざ》に南へ下がることを決断。

しかしデヴィッドに警告したのに、彼等は救えませんでした。理由は知りません。

まさか自分への恋心《こいごころ》でいいところを見せようとしたデヴィッドが、そしてそのチームが、楽しそうに無理をしたなんて、気付きようもありません。

レン達は、ＭＭＴＭを倒《たお》して、ようやく一息がつけました。

時間を見ると15時ちょうど。10分近く休みもせず戦っていたことになります。

2時間近くになると、人によってはフルダイブ疲《づか》れが発生して能力が落ち、最悪の場合アミュスフィアの安全装置が働いてシャットダウンさせられるのですが、幸か不幸か、レンは今までのＳＪで慣れてしまっていました。少なくともプレイ中は大丈夫《だいじょうぶ》。終わった後に頭痛できそうですが。

レンはＰＭ号に乗ったまま、フカ次郎《じろう》の第二武装の交換操作《こうかんそうさ》をしました。ＰＭ号は、スパッと姿を消して、フカ次郎《じろう》はＭＧＬ―１４０両手射ちスタイルに戻《もど》りました。

レンは、ヴォーパル・バニーをホルスターに戻《もど》し、マガジン再装填用《さいそうてんよう》のバックパックを実体化させました。

PM号の中では、このバックパックが邪魔《じゃま》なのです。とはいえ、P90で撃《う》つのも大変です。

レンの火力が制限される、そこだけがPM号の弱点。

「フカ。プラズマ・グレネード復活していた？」

レンは、気になっていることを訊《たず》ねました。

さっきのデカネードキックでデヴィッドを屠《ほふ》っているので、80パーセントまでの弾薬回復《だんやくかいふく》で

プラズマ・グレネード弾《だん》が戻《もど》っていればいいなと。

しかし、

「いんや。もともと、八割を下回ってなかったからなあ」

「そっかー……」

これはしょうがない。フカ次郎《じろう》が筋力値にあかしてグレネード弾《だん》をたくさん持ちすぎ、という話なのです。

「レン達はそこにいてくれ。ZEMALは私達が——、〝なんとかする〟とは言えないので、少しでも減らす！」

ボスがそんなことを言って、生き残ったアンナとトーマ、そして二人のゴーストを連れて進撃《しんげき》しようとしていました。

レンは即座《そくざ》に、

「やーめてー！　これからは一緒《いっしょ》に戦おう！」

男らしすぎる背中に叫《さけ》んで、ボスを呼び止めました。

自分達を守る作戦のためにローザを死地に追いやってくれたボス、エムの件のお返しとしてはもう十分です。

「ぬう……。では、そうするか。最後の2チームになるまで」

「そうだよ！　一緒《いっしょ》にZEMALを倒《たお》そう！　一人も欠けずに！　そしたら、またガチ勝負をしよう！」

「うむ、望むところだ。しかし、どう攻《せ》めるべきか。連中が何人残っているかは不明だが、火力勝負では不利だ」

ボスの言う通りです。

シノハラ以外の死者は分かりませんが、まあビービーは死んでいないでしょう。

どうやって、あの火力バカ達を倒《たお》すか。倒《たお》せるか。

レンだけが高速で走り回っても、複数人からマシンガンの連射を食らえば逃《に》げ切《き》れる気がしません。

また、レンとバディを組めるほどの高速キャラはもういません。そして何より、今のレンにはP90がありません。

幸い自分達には、フカ次郎《じろう》という別の意味での火力バカがいるので、彼女を攻撃《こうげき》の切り札にしたいところ。

自分が囮《おとり》で、ボス達の狙撃《そげき》サポートで敵を追い込める？　いや、難しそうだな……。

高速思考で思いを巡《めぐ》らすレンの5メートル前で、どなたかは知りませんがゴーストな人が、手を振《ふ》っています。注目してもらいたいのでしょうか？

先ほどのメンツに、さらに人が集まってきました。

一気に増えて、八十人くらいにはなったでしょうか？

つまり半数近い数のゴーストが、ピトフーイの口車にのせら——、ピトフーイの熱い情熱に心打たれて、レンサイドに集まってきてくれています。頭の上のGの文字が、やかましいくらいに揺《ゆ》れています。

サポートはありがたいのですが、今は相手をしている暇《ひま》が無いので無視をしました。作戦を考えます。

ボス達は副武装がもうない、というより交換《こうかん》する相手を失っているので、武装は変化できません。今ある中で戦うしかないのです。幸いボスは、デカネードがまだ五つほどあるので——、ゴーストがレンの周囲に集まってきて、またも笑顔《えがお》で手を振《ふ》っています。正直集中の邪魔《じやま》ですね。

「うっさーい！」

レンは全力ダッシュをかけました。

二十人くらいのゴーストの群へ突《つ》っ込《こ》むと、全員が3メートル以内NGルールで遠くへと吹《ふ》っ飛《と》んでいきました。

吹《ふ》っ飛《と》ばされたゴースト達が、吹《ふ》っ飛《と》ばされた場所で笑顔《えがお》になって、

『面白《おもしろ》いまたやってくれ！』

とでも言いたげに再びギリギリまで近づいてくるので、ひとまず無視することにしました。

犬のボール遊びじゃないんだから。

「なあレン、それ、いいんじゃねーか？」

フカ次郎《じろう》が、ぽつりと言って、

「どれ？」

レンは聞き返しました。

レン達が作戦会議をしている間、

「俺達を助けろ！　女神様《めがみさま》を助けろ！」

ＺＥＭＡＬのゴースト二人も、作戦会議と呼んでいいのかかなり疑問な作戦会議をしていました。

一度ビービーから離《はな》れたトムトムとシノハラは、周囲の空にマシンガンを撃《う》ちまくりながら、ゴースト達を集めて話しかけていました。

とても人に話しかける態度ではないのですが、ゴースト達も戦って死ぬよりは話くらい聞いてやろうかと、二人に集まってきました。

フィールドの南半分から集まってきたその数は、七十人をゆうに超《こ》えています。今も集まりつつあります。

二人の仲間であるビービーという美女キャラを近くで見たいだけかもしれませんが、それはさておきます。

「俺達の女神様《めがみさま》と、仲間はっ——」

やがてシノハラが、集まってきたゴースト達に一説ぶち始めます。弾丸《だんがん》以外の語る手段も持っているようです。

「これからピンクのチビとその連合チームを倒《たお》す！　ゴーストのみんな、この先何をしたい？　せっかく化けて出られたのに、セコいお宝探しなどして、あるいはそれを奪《うば》い合《あ》ってゴースト同士だけで撃《う》ち合《あ》いなどして、楽しいと思うか？　いや楽しいな！　バリバリ撃《う》ちまくれるし、なかなか死なないからな！」

演説開始からいきなり脱線《だっせん》したシノハラを肘《ひじ》で押《お》し退《の》けて、トムトムが、

「でもみんな、それより達成感のあるバトルをやろうではないか！　具体的には、俺達の後ろ

を付いてきて、ピンクのチビにぶつかっていこう！　向こうにはピトフーイという悪女に誑《たぶら》かされたゴースト達がいる！　生者を倒《たお》せなくても、敵ゴースト達を屠《ほふ》り、視覚的に邪魔《じゃま》になって、我らが女神様《めがみさま》の支援《しえん》になる！」

ずっと説得力のあるスピーチを打《ぶ》ちました。

「いいだろう！　乗った！　オバケになってただ小銭《こぜに》を稼《かせ》いだり、それすらせずにブラブラしているよりずっといい！」

「だな！　1億クレジット云々《うんぬん》はどうでもいいや。理由のあるバトルがしたいんだよ、俺は！」

大声を出して同意した二人が出たことで、周囲の数人の男達は、まあしょうがないかあ、といった感想を持ち、それがやがて伝播《でんぱ》し、全体的に賛成の雰囲気《ふんいき》に包まれました。

その最初の二人は、さっき酒場でトムトムが懐柔《かいじゅう》しておいた連中なのは秘密です。

ちなみに報酬《ほうしゅう》は、マシンガンが高確率でドロップするZEMALお得意の狩場《かりば》。

なお、簡単にゲットできるとは言ってません。

こちらの陣営《じんえい》に集まってきた男達の中には、

「オイラはゴースト！　やくざなゴースト！　オイラが脅《おど》せば、嵐《あらし》を呼ぶぜ！」

ノリノリで実況《じっきょう》をしている、実況《じっきょう》プレイヤー・セインの姿もありました。

「死んで花実が咲《さ》くものか？　咲《さ》かせて見せましょもう一花！　ゴースト目線での実況《じっきょう》を行いたいと思います！　首チョンパしてくれたレンに、一切合切恨《いっさいがっさいうら》みはないけれど、一生懸命《いっしょうけんめい》こっちの軍に入りまｓｈｏｗ！」

結構恨《うら》みがあるようです。


15時05分。

互《たが》いのチームの戦略、あるいは戦術、もしくはひとまとめにして作戦が決まったようで、酒場の画面に、ゴーストの群が突撃《とつげき》する様子が映りました。

「おお、動き出したぞ！」

ＳＪ５で唯一《ゆいいつ》残った直径2キロメートルの円形フィールド。

その北側から一つの群が、南側の別の群に向かっての突撃《とつげき》です。


「よっしゃいけー！」

レン達側についた八十人ほどのゴーストの先頭に立つのは、もちろんピトフーイ。

ＫＴＲ―０９を左手に持ち、右腕《みぎうで》には青白い刃《は》を出した光剣を掲《かか》げ、先陣《せんじん》を切って走っていきます。

その姿は、歴史の授業で見た、民衆を導いて突撃《とつげき》する女性の絵を思い起こさせました。さすがに、おっぱい剝《む》き出《だ》しではありませんが。

置いていかれるかとばかりに、様々な装備と服装の男達が、付いていきました。

ピトフーイが空に叫《さけ》びます。

「やあやあ！　遠からんものは音にも聞け！　近くば寄って目にも見よ！　我等こそ、『誰《だれ》にも1億クレジットを渡《わた》さぬ仲間達』！　略して、『ピトフーイ軍』だ！」

何をどうやってどう略せばそうなるのか、今はツッコむ人がいません。

「うおおお！」

「行くぞおおお！」

「誰《だれ》もリッチになんかさせねえぞ！」

「そうだそうだ！　みんなで不幸になれば怖《こわ》くないぜ！」

全員が、ノリノリで雄叫《おたけ》びを上げて突撃《とつげき》している最中だからです。いいのです楽しければなんでも。

ピトフーイ軍の集団に、エムはいません。

ではどこかというと、先ほどラックスが潜《ひそ》んでいた塔《とう》の上に登り切って、そこで全長2メートルの化《ば》け物銃《ものじゅう》、アリゲーター対物ライフルを構えていました。

有効射程2000メートル以上のこの銃《じゅう》なら、フィールドはどこでも狙《ねら》えます。

「ピト、そのまま南進だ。連中は九十人規模。残り300メートル」

ゴーストでも使えた通信アイテムでピトフーイに指示を出し、

「おっけえ！」

進む先で邪魔《じゃま》をしているバリケードだけはスルリと避《さ》けながら、ピトフーイ軍の怒濤《どとう》の進撃《しんげき》。

足の速さの違《ちが》いで矢尻《やじり》のような陣形《じんけい》になった一団は、真《ま》っ直《す》ぐ相手へとぶつかっていくのです。


「〝敵軍〟が突《つ》っ込《こ》んで来るぞ！　ここで動かず迎《むか》え撃《う》つ！」

トムトムが、仲間達に指示を出しました。

バリケードの隙間《すきま》から、敵側になったゴースト軍団が迫《せま》ってくるのは見えていて、自分達はびっしりと肩《かた》を並べてガッツリと迎《むか》え撃《う》つ態勢。逃《に》げて背中を向けるより、ひたすら撃《う》ちまくってここで押さえ込みます。

「ここが踏《ふ》ん張《ば》りどころだ！」

シノハラも号令。

「我らのマシンガンが欲《ほ》しければ、こっちに来て奪《うば》ってみせろ！」

トムトムが、勇ましいことを言いました。別に誰《だれ》も欲《ほ》しいとか言ってませんが。

九十人ほどのゴースト達は、横に広がりました。

そして、自然と伏《ふ》せ撃《う》ち、座《すわ》り撃《う》ち、立《た》ち撃《う》ちになって、その肩《かた》を重ねます。迫《せま》ってくる敵に、最大の火力を与《あた》えられるように。

「今、戦《いくさ》の準備が整いました！」

セインは一人、列の前面を、ふらふらと撮影《さつえい》しながら歩いています。

「武田騎馬軍団《たけだきばぐんだん》を迎《むか》え撃《う》つ、長篠《ながしの》の闘《たたか》いのようです！　織田信長《おだのぶなが》、徳川家康連合軍《とくがわいえやすれんごうぐん》！　おお、いえい！　つまり我らの勝利は約束！　つまり固いぜ我らの結束！」

時々踊《おど》るセインを見ながら、

「ねえ、あれ撃《う》っていい？」

ゴーストの一人が訊《たず》ねましたが、あとにしておけ、と言われました。

列の一番端《いちばんはし》に、トムトムとシノハラの、7．62ミリマシンガンを800発近く撃《う》ちまくれるコンビがつきました。

陣形完了《じんけいかんりょう》です。


「いやあ、合戦だな！」

酒場の連中はもちろん大盛り上がり。

日本の戦国時代か、あるいは中世欧州《ちゅうせいおうしゅう》の騎馬戦《きばせん》か、なんにせよGGOでは見ることができない集団戦闘《しゅうだんせんとう》が見られるとは。

上空からの映像が、横に広がった集団に一列でぶつかっていく集団を映しています。残り200メートルほど。

「これ、どっちが有利なんだ？」

誰《だれ》かの疑念に、

「普通《ふつう》に考えれば、広がって待《ま》ち伏《ぶ》せる方が有利だが」

まずはそんなオーソドックスな意見。

勢いよく突撃《とつげき》する側は先頭にいる人達、あるいは一団の外側にいる人達しか発砲《はっぽう》できませんが、防衛側は全員が撃《う》てるからです。

しかし、今回は特殊《とくしゅ》なルールです。

「ヒットポイント十倍なら、撃《う》たれても簡単には死なないよな？　――って死亡でなくて昇《しょう》天《てん》だったか？」

「だな。だから突撃側《とつげきがわ》が多少撃《う》たれても、痛いのだけ我慢《がまん》して走り続けたら、防衛側に穴を開けることはできるんじゃね？」

残り150メートル。

バリケードが幾重《いくえ》に重なり邪魔《じゃま》なので、双方《そうほう》、まだ誰《だれ》も撃《う》っていません。

「これ、突撃側《とつげきがわ》が中央突破《ちゅうおうとっぱ》したらどうなる？　その先には、ビービー達がいるけど？」

画面で分かります。

横に列を作った〝ビービー軍〟のちょうど中央あたり、後ろ10メートルほどの位置に、ZEMALの四人がいます。およそ6メートル間隔《かんかく》で横に広がって、二人は前方左右を、二人は後方左右を警戒《けいかい》していました。つまりは全周警戒《ぜんしゅうけいかい》。

「まったくどうもならんよ。ゴーストは生者に攻撃《こうげき》できないだろ」

「ははあ、分かった。ビービー達は、それを狙《ねら》ってるな」

「どういうことだ？」

残り100メートル。

「突撃側《とつげきがわ》が防御陣《ぼうぎょじん》を勢いよく突破《とっぱ》したとしても、そこに生者が四人もいたらどうなる？」

「あ！　分かった！　撥《は》ね返《かえ》される！」

「そういうこと。防御陣《ぼうぎょじん》と生者と、二段重ねの防衛ラインってわけだ。撥《は》ね返《かえ》された敵は、味方ゴーストが倒《たお》せばいい」

「なるほど……」

残り50メートル。

防御側《ぼうぎょがわ》の発砲《はっぽう》が始まりました。

「うおおおおお！」

「どりゃあああああ！」

トムトムとシノハラ、暑苦しい男達の暑苦しい声が響《ひび》いて、さらにマシンガンの銃声《じゅうせい》がそれに被《かぶ》ります。防御側《ぼうぎょがわ》の左右端《さゆうはし》から、中央へ迫《せま》る一団への挟《はさ》み撃《う》ち。

同時に、ゴースト九十人の一斉発砲《いっせいはっぽう》。

世界は瞬《しゅん》時《じ》に大騒《おおさわ》ぎとなりました。銃声《じゅうせい》があまりにも響《ひび》きすぎて、途《と》切《ぎ》れて聞こえません。

ごーっ、という強風の音のよう。

「○で×ぬが△い……！　ふ○げで×◆たっ！」

列の後ろに引っ込んだセインが何か叫《さけ》んでいますが、他の人には全然聞こえません。

放たれた数百の銃弾《じゅうだん》が、縦に長い一塊《いっかい》になって迫《せま》って来《き》ていた群へ降り注ぎます。

当然ですが先陣《せんじん》を切っているピトフーイは大量の弾丸《だんがん》を食らって、

「うわわははは！　いってえええええ！」

体中が被弾《ひだん》エフェクトで光りました。

それでも、十倍のダメージには遠く、ピトフーイは走り続けます。同時に、左腕《ひだりうで》一本でKTR—09も乱射。

後ろに続く男達もだいたい同じ。全速力で走りながら、自分の最大火力の武器を撃《う》ちまくります。

ピトフーイ軍は防衛陣《ぼうえいじん》のほぼ中央に突《つ》っ込《こ》んでいったので、左右から容赦《ようしゃ》なく撃《う》たれまくりました。それでも簡単には死なず、死なない以上は、走れます。

そして何より、突撃側《とつげきがわ》の内側にいたゴーストには、簡単に弾《たま》が当たりません。

「スイッチ！」

「しゃーねーな」

これもピトフーイが伝えた作戦。外側と内側が定期的に入れ代わって、ガード役を交代するのです。

周囲にあったバリケードにも弾《たま》が当たりますが、ゴーストによる射撃《しゃげき》なので変化はありません。弾《たま》が防がれているのが分かるだけ。

突撃側《とつげきがわ》も走りながら撃《う》ちまくって、たくさんの弾《たま》が防御側《ぼうぎょがわ》の、その場で静止して銃《じゅう》を撃《う》っている男達に当たるのですが、こちらも踏《ふ》みとどまります。まだまだ昇天《しょうてん》にはほど遠いのです。

結局、銃撃戦《じゅうげきせん》には思えないような状態が続き、ピトフーイ軍はグイグイとビービー軍の防《ぼう》御陣《ぎょじん》に迫《せま》りました。残り30メートル。

「ひゃははは！」

笑いながら迫《せま》るピトフーイに向けて、

「アイツを殺《や》る！」

銃撃《じゅうげき》を止めて、プラズマ・グレネードを投げようとした男がいました。

本当は銃《じゅう》を撃《う》っていたいし、プラズマ・グレネードは自分も巻き込む恐《おそ》れがあるから投げたくなかったのですが、致《いた》し方《かた》がない。

男がポーチから鈍《にぶ》い灰色の球体を出して、作動スイッチを押そうとしたその瞬間《しゅんかん》——、男の体が上半身と下半身に分離《ぶんり》して、1メートルほど離《はな》れた場所に倒《たお》れました。

「な、何が起きた……？」

男には分かりません。

400メートルほど離《はな》れた場所にいるエムに、ラインなしで狙撃《そげき》されたことなど。

対物ライフルの直撃《ちょくげき》を腹に食らえば、それはもう胴体《どうたい》を両断します。

普通《ふつう》なら即死《そくし》パターンですが、さすがゴースト、

「おお？」

上半身と下半身が磁石のように引き合って移動しくっついて、ポリゴンのフレームで見えていた断面で結合し、アバター皮膚《ひふ》や服装が元に戻《もど》りました。

ヒットポイントは、人生三回分くらい減っていました。手に持っていたプラズマ・グレネードは、どこかへ消えていました。

「ひゃっはあ！」

突撃先頭《とつげきせんとう》のピトフーイが防御陣《ぼうぎょじん》にたどり着いて、左腕《ひだりうで》の光剣を振《ふ》り回《まわ》しながら雄叫《おたけ》びを上

げ、

「くそがあああ！」

それでも一歩も引かずに、M4A1アサルト・ライフルを撃《う》っていた男を、

「どけい」

「げほっ！」

蹴《け》り飛《と》ばしていきました。

敵の中に飛び込んだピトフーイがやることは一つ。

ドラムマガジンを撃《う》ち切《き》った愛銃《あいじゅう》KTR—09を気前よく誰《だれ》かに投げつけると、そいつの顔面に命中させてひっくり返しました。同時に右手でも光剣を抜《ぬ》いて、敵集団の中で二刀流の大暴れです。

グルグルと腕《うで》を振《ふ》りながら走り回るだけなのですが、なんでも斬《き》ってしまう光剣の威力《いりょく》は凄《すさ》まじく、両手を切られて、切断はされなくても銃《じゅう》を落とし、そこへピトフーイ軍の銃撃《じゅうげき》を食らいまくる者や、足を切られてすっころび——、そして以下同。

「ひゃっはー！」

文字通りヒャッハァしているピトフーイ、とうとう誰《だれ》かに十回死ねる分だけのダメージを与《あた》えて、そいつが光の粒子《りゅうし》になって消えていきました。

「天国ごあんなーい！」

もちろんピトフーイを撃《う》とうとする男達はたくさんいましたが、脅威度《きょういど》が高いものからエムが狙撃《そげき》して吹《ふ》っ飛《と》ばしていったので、ピトフーイはまだまだ元気でした。

「わははははは！」

笑顔《えがお》で暴れるアブない女に、銃《じゅう》を持った男達の腰《こし》が引けていきます。そんな彼等は、ピトフーイ軍の後続にどんどん撃《う》たれていきます。

「なんというジョイな乱戦！　何度だって時代は乱世！　突《つ》っ込《こ》んできた二刀流！　つまりはこれが彼女流！」

すぐ側《そば》でノリノリのセインを、

「次はお前かー！」

「ノー！」

ピトフーイは四つくらいにバラバラにしてくれました。そして次の獲物《えもの》へと襲《おそ》いかかります。

まだ昇天《しょうてん》してなかったので、再びくっついたセインが、

「ゴースト復活は、他に例えようのない不思議な感じですね。でも、なかなか楽しいです。これ、GGOのモードとして普通《ふつう》に入れたら、喜ぶプレイヤーは、実は多いのではないでしょうか？　以上、現場からセインがお伝えしました」

「おのれええ！」

吠《ほ》えたのはトムトムです。

銃口《じゅうこう》の向きを変えて、ピトフーイがバッサバッサと仲間をバラバラにしながら暴れているところめがけて、ＦＮ・ＭＡＧをフルオート連射。

飛んでいった弾丸《だんがん》はいくつかピトフーイに当たり、

「おう！　いていていてて！」

それなりに痛がらせましたが、それ以上の数が、

「おいおい！　バカ味方！」

「このマシンガン脳が！」

「イテエイテエ！」

一応は味方の軍勢にもビシバシと当たって、彼等の行動や攻撃《こうげき》を邪魔《じゃま》しています。

そんな中、ピトフーイと一緒《いっしょ》に先頭を走っていた、ピトフーイ軍の中でも熱い男達は、

「どうりゃあああ！」

「やっちまええええ！」

防衛陣《ぼうえいじん》に食い込むやいなや左右に散らばって、肉弾戦《にくだんせん》を挑《いど》み始《はじ》めました。

コンバットナイフで斬《き》り込《こ》んだり、銃剣《じゅうけん》がある者は銃剣突撃《じゅうけんとつげき》をかましたり。拳銃《けんじゅう》に切《き》り替《か》えて、近接戦闘《きんせつせんとう》を楽しんでいる人もいます。

「クソッタレぇ！」

「負けるかあああ！」

防衛側もそれなりの熱血戦闘《ねっけつせんとう》バカ──、もとい、優秀《ゆうしゅう》なGGOプレイヤーなので負けていません。持ち場を離《はな》れてでも、その肉弾戦《にくだんせん》の中に突《つ》っ込《こ》んで行きます。

現場はもうメチャクチャです。

撃《う》ってもなかなか死なない戦闘《せんとう》なので、容赦《ようしゃ》なく撃《う》ちまくりの攻撃《こうげき》しまくり。

敵と味方の区別が明確にありませんので、よく分からないまま攻撃《こうげき》している人もいますがもうしょうがない。

そしてピトフーイ軍の本体、と言っていいのかは分かりませんが、集団の厚みが一番ある部分が、乱戦中の現場に押し寄せて、そのまま防衛陣《ぼうえいじん》を突破《とっぱ》しました。

「抜《ぬ》けたぞ！　行くぞー！」

突破《とっぱ》したピトフーイ達は、足を緩《ゆる》めずに迫《せま》りました。

「ビービー！　お命頂戴《いのちちょうだい》！」

ＺＥＭＡＬのリーダーめがけて。

酒場の男達は見ていました。

見事に防御陣《ぼうぎょじん》を突破《とっぱ》した一団が、ＺＥＭＡＬの生者へと群がるのを。

そして呆《あき》れました。

「いやだから――」

「それをやってどうなる？」

誰《だれ》かが呟《つぶや》く中で、全員が予想した光景が広がります。

四人の生者は、透明《とうめい》なバリアを張っていました。別にそんなアイテムやスキンを持っていたわけではなく、そういう設定になっていたからで、

「あーあ」

3メートル以内に勢いよく突撃《とつげき》していったピトフーイ達は、急ブレーキをかけられました。それでも後ろから殺到《さっとう》するゴーストが押し続けるのでさらに近づいて、やがて生者のバリアに触《ふ》れて、立て続けに弾《はじ》き飛《と》ばされました。

次々に殺到《さっとう》しては、次々に吹《ふ》っ飛《と》ばされて、宙を舞《ま》いました。

「あーれー……」

楽しそうに空中を進むピトフーイは、グルグル回る視界の中で、見ました。

自分達の集団が、黒い群となってＺＥＭＡＬへと突撃《とつげき》していくのを。そして吹《ふ》っ飛《と》ばされていくのを。

そして、その集団の最後尾《さいこうび》から迫《せま》るヤツを。

「なぜこんなことを……？」

ビービーは、銃《じゅう》を一発も撃《う》たずに見ていました。

自分と、その前、左前、左にいる三人の仲間達へと、敵ゴースト軍はまったく意味のない突《とつ》撃《げき》をしかけてきます。文字通り殺到《さっとう》です。そして弾《はじ》き飛《と》ばされて、宙に舞《ま》っています。

中には、一人に弾《はじ》かれて空に舞《ま》い、落ちてきたところに別の生者がいたので落下がゆっくりになり、やがて再び吹《ふ》っ飛《と》ばされるという、トランポリンのような状態になっている者もいます。ちょっと楽しそう。

ビービーの視界では、Gのマークを付けた、薄《うす》くモヤがかかったように見えるゴースト達で埋《う》め尽《つ》くされて、それが空に弾《はじ》き飛《と》ばされて、またその後ろから次がやって来て——、まるで、走る車のフロントガラスに、大量の雪が襲《おそ》いかかるよう。もちろんビービーは濡《ぬ》れません。

これは、まったく無駄《むだ》な行動です。

生者に吹《ふ》っ飛《と》ばされるのが楽しい遊びでもやりたいのならともかく、レンに利するためにゴーストの敵陣営《てきじんえい》を倒《たお》したいのなら、ビービーなどに構っている場合ではないのに。見事に突破《とっぱ》したのだから、左右に散らばってビービー軍を各個《かっこ》撃破《げきは》でもすればいいのに。

それをしてないで吹《ふ》っ飛《と》ばされまくっているので、態勢を立て直したビービー軍が後ろから銃撃《じゅうげき》を加えています。

トムトムとシノハラなど、遠慮《えんりょ》なく撃《う》ちまくって、ピトフーイ軍のゴーストを少しずつ減らしています。

それでも、生者への突撃《とつげき》は止まりません。

「なんのために……？」

「つっこむぞつかまれ！」

運転していたフカ次郎《じろう》が、吠《ほ》えました。

ピトフーイ軍の集団が、ビービー達に迫《せま》って、3メートルの位置で吹《ふ》っ飛《と》ばれて続けて10秒以上が経《た》って、それが終わりつつあったとき、

「っ！」

ビービーは見ました。

ピトフーイ軍の向こうで、ゴーストが一人、空を飛んでいるのを。

それは、自分達に付いてくれた男だと、レアな《SG550》アサルト・ライフルで分かりました。

そして、全てが繋《つな》がりました。

「全員撃《う》ちまくれ！」

その命令は、急すぎて、そして簡潔すぎました。

簡潔に言わなければならなかったのですが、ＺＥＭＡＬのメンバーを、キョトンとさせるという逆の効果を生んでしまいました。


「一人目だあ！」

「おう！」

フカ次郎《じろう》が運転するＰＭ号が、ビービー軍のゴースト達を吹《ふ》っ飛《と》ばしながら、高速で迫《せま》ります。

ＰＭ号にはタイヤが付いています。しかもこんな平らなフィールドなら、動力源たるフカ次《じ》郎《ろう》の出せる最高の速度で進めます。

命令に戸惑《とまど》って、ビービーの方を見てしまったのが、ピーターの死因となりました。

ＰＭ号は鼻にテープを貼《は》った男のすぐ脇《わき》を風のように通《とお》り抜《ぬ》け、その際、レンの伸《の》ばした腕《うで》の先で伸《の》びた光剣の刃《は》が、彼の頭を切り落としていきました。


「突入《とつにゅう》した」

エムからの声を聞いて、十倍になったヒットポイントも残り数パーセントのピトフーイが、

「よっしゃあ！」

光剣を手にガッツポーズを取りました。

フカ次郎《じろう》とレンが考案した、

『ゴースツ』

『トツゲキ』

『ワタシタチ』

『ウシロカラ』

レンが光剣で石に書いてピトフーイに伝えた作戦――、
ＰＭ号でゴースト集団の後ろから接近してＺＥＭＡＬにカチ込みをかけるアイデアは、気持ちいいくらいに決まりました。

「わはははははは！」

光剣を両手に掲《かか》げたピトフーイに、ビービー軍の生き残りが殺到《さっとう》し、容赦《ようしゃ》なく銃撃《じゅうげき》し、

「わが生涯《しょうがい》に一片《いっぺん》の悔《く》い無し！」

ピトフーイは笑いながら昇天《しょうてん》していきました。

「右45度、ビービー！」

「大丈夫《だいじょうぶ》、見えてる！」

蓋《ふた》を引っ込めながら見たレンの指示より早く、運転手フカ次郎《じろう》はそちらへと舵《かじ》を切りました。

ＰＭ号は、現地改修がされていました。

すなわち、防弾性能《ぼうだんせいのう》を落としてでも、視界の確保を優先したのです。

運転手であるフカ次郎《じろう》が前を見られるように、彼女の右目の位置に、５センチほどの穴を一つだけ光剣で開けておきました。防弾性《ぼうだんせい》の高い板ですが、光剣をフルパワーでしばらく押しつけることで、どうにか加工しました。

この穴がなければ、バリケードを避《さ》けながら、ゴーストの後ろをついていくことなど不可能だったでしょう。

最初の一撃《いちげき》は偶然最寄《ぐうぜんもよ》りにいたピーターでしたが、狙《ねら》うのはビービーの首一つ。

走るゴミ箱に驚《おどろ》いているヒューイとマックスは無視して、ＰＭ号はビービーへと突撃《とつげき》を敢行《かんこう》しました。

「くっ！」

ビービーのＲＰＤ軽機関銃《けいきかんじゅう》が吠《ほ》えましたが、その弾丸《だんがん》は全て弾《はじ》かれて、不運にも視界用の穴に飛び込むこともなく、

「くらえええええええ！」

フカ次郎《じろう》の怒《いか》りの咆哮《ほうこう》が狭《せま》い車内に響《ひび》き、鍛《きた》えた大臀筋《だいでんきん》が唸《うな》りを上げました。

命中する弾丸《だんがん》に速度を少しだけ削《けず》られながらも、ＰＭ号はビービーへと迫《せま》り——、

射撃《しゃげき》に意味がないと悟《さと》ったビービーが、横に飛《と》び跳《は》ねるように避《さ》けました。

車体の体への直撃《ちょくげき》は防ぎましたが、金属がぶつかり合う鈍《にぶ》い音がして、ビービーの手からＲＰＤが弾《はじ》かれました。スリングで吊《つ》っていたので体にぶら下がります。

次の瞬間《しゅんかん》、通り過ぎるＰＭ号から、蓋《ふた》を開けたレンの手が、その先にある刃《は》が横薙《よこな》ぎにビービーを襲《おそ》い、

「っ！」

ビービーはそれを、またも避《さ》けました。素晴《すば》らしい反射神経です。

首を狙《ねら》っていた刃《は》は、彼女の肩《かた》と胸を掠《かす》めただけに終わりました。ヒットポイント、ほとんど減っていないことでしょう。しかし、レンの執念《しゅうねん》の一撃《いちげき》か、光剣はスリングを両断して、ＲＰＤが地面に落ちていきます。

「くそう外した！　いい動き！」

「言ったろ？　ヤツはマジ強えよ。肉弾戦《にくだんせん》こそヤツの十八番《おはこ》だからな」

走ってきた勢いそのままに、ＰＭ号はビービーから離《はな》れていきます。その中で、レンとフカ次郎《じろう》が、ライバルを称《たた》えました。

「じゃあもう一度アタックだ！」

「何時《いつ》でも何度でもおおお！」

フカ次郎《じろう》、両足のブーツの底を焼き切れんばかりに地面に押しつけて、ＰＭ号は急ブレーキ、

からの180度ターン。

「うぎゃ」

上で乗っていたレンが、内装に頭をぶつけました。

ターン終了《しゅうりょう》。PM号はビービーまでの距離《きょり》を再び詰《つ》めます。4メートルほど。

「女神様《めがみさま》！」

「このう！」

ヒューイとマックスの射撃《しゃげき》が始まりましたが、PM号のお金のかかっている装甲《そうこう》は全て弾《はじ》きました。予算こそ力。

そしてその射撃《しゃげき》はすぐに止《や》みました。理由はもちろん、自分の弾《たま》が、あるいは跳弾《ちょうだん》がビービーに当たるから。

「どりゃああ！」

フカ次郎《じろう》、渾身《こんしん》の、二度目の突撃《とつげき》。

ビービーは、闘牛士《とうぎゅうし》のようにサッと身を躱《かわ》しましたが、

「お前はいつも左に避《よ》けるよなああ！」

読んでいました。

フカ次郎《じろう》の全身を使ったステアリングで、PM号は左へと強引《ごういん》に舵《かじ》を切り、

「うぎゃ」

上で乗っていたレンが、内装に肩《かた》をぶつけました。

同時に、ごすっ、っと嫌《いや》な音がして、ビービーの体にＰＭ号がぶつかり、跳《は》ね上《あ》がった体が、そのまま上に乗ってしまいました。

「女神様《めがみさま》！」

「まてぇえ！」

ヒューイとマックスの目に、怪《あや》しい逆さゴミバケツに連れ去られるリーダーが映りました。

「ぬう？　車が重くなったぞ？」

「上に載《の》ってるんだ！」

レンが気付いて、光剣を握《にぎ》る手で蓋《ふた》を開けようとしますが、

「重くて開かない！」

「なんとタダ乗りか許さん！」

次の瞬間《しゅんかん》、ＰＭ号の車内が明るくなりました。

「あれ？」

レンが驚《おどろ》いて上を見上げると、自分は何もしていないのに、蓋《ふた》が10センチくらい開いているではありませんか。そこから自分へと向けられる、拳銃《けんじゅう》の銃口《じゅうこう》。

腹這《はらば》いから身を下げて、ＰＭ号にしがみついた形になったビービーが、右手で蓋《ふた》をこじり開けて、腰《こし》から抜《ぬ》いたＭ１７拳銃《けんじゅう》を押し込んできたのです。

そして発砲《はっぽう》。

「ひゃあ！」

レンは避《さ》けました。鍛《きた》えられた敏捷性《びんしょうせい》がなければ、９ミリパラベラム弾《だん》に頭を射貫《いぬ》かれていたことでしょう。

しかし銃弾《じゅうだん》は、運転手のフカ次郎《じろう》のヘルメットに当たり、跳《は》ね返《かえ》った弾《たま》がＰＭ号の内壁《ないへき》でさらに跳《は》ね返《かえ》り、そしてフカ次郎《じろう》の脇腹《わきばら》に食い込んでいきました。

「ぐがあ！　ただ乗りの上にハイジャックする気かあビービー！」

その銃弾《じゅうだん》は、彼女の怒《いか》りの絶叫《ぜっきょう》を誘《さそ》いました。ヒットポイント、二割減。

レンは、

「たっ！」

光剣の刃《は》を短く出しつつ、その拳銃《けんじゅう》を突《つ》きます。

しかし、ビービーが手を引っ込める方が早く、その光の刃《は》は宙を焼いただけで終わりました。

さらには上から蓋《ふた》が勢いよく閉じられ、

「イテ」

レンの頭にぶつかりました。

ビービーが、走るＰＭ号にしがみついたまま、仲間へと命じます。

「撃《う》ちなさい！　私ごと！」

「しかし……」

「でも……」

どんどん離《はな》れていくＰＭ号を走って追いかけていたヒューイとマックスですが、その命令には一瞬逡巡《いっしゅんしゅんじゅん》してしまいました。

「女神《めがみ》の命であるぞ！」

その言葉を聞いて、

「ＯＢ！」

「ははー！」

一瞬《いっしゅん》で態度を変えました。

50メートルほど先に逃《に》げていくゴミバケツへと、マシンガンの銃口《じゅうこう》を向けて——、

「なっ！」

その目の前に大量にやって来た、ピトフーイ軍ゴーストの群に、完全に視界を封《ふう》じられました。

「どけえぇ！」

二人は、その前に見えた場所へと、全力射撃《ぜんりょくしゃげき》しました。

後ろから迫《せま》ってくるマシンガンの銃弾《じゅうだん》は、PM号に命中はしませんでした。

フカ次郎《じろう》がその直前に、バリケードを避《さ》けるために左にターンしていたからです。弾丸《だんがん》は、すぐ脇《わき》を通過していきました。ゴースト達の邪魔《じゃま》がなければ、間に合わなかったタイミングでした。

「レン！　ただ乗り野郎《やろう》をブッ刺《さ》せ！　愛車ごとでいい！」

「分かった！」

レンはPM号の屋根へと光剣の先を押しつけると、容赦《ようしゃ》なく最大の長さへと作動。刃《は》は上へと伸《の》び、側面より薄《うす》く作ってある屋根を貫《つらぬ》いていきました。

「やったか？」

小さな穴から前を見ていたフカ次郎《じろう》が聞きましたが、

「手応えがない！」

レンから答えが返ってくるのと、視界が暗くなるのが同時でした。

ビービーは、蓋《ふた》を閉じたとき、左手を蓋《ふた》の下に挟《はさ》んでいました。

「このおお！」

リアルなら指の骨が全部折れる所業ですし、実際ヒットポイントが減りましたが、そんなことは気にしません。

ビービーは走り続けるＰＭ号の前面に抱《だ》き付《つ》くと、そこにあった小さな穴に、右手の拳銃《けんじゅう》の銃口《じゅうこう》を向けました。


「うぎゃあああ！」

フカ次郎《じろう》のかつて聞いたことがないような悲鳴を、レンはすぐ下から聞きました。

見ると、ヒットポイントが一気にレッドゾーン。

「目を撃《う》たれた……。くそう、なんも見えん」

それでもフカ次郎《じろう》は走るのを止めませんでした。２発目を食らわないように顔を捩《よじ》りながら。

レンは、

「このおおお！」

頭で蓋《ふた》を押し上げると、同時に右手光剣での横薙《よこな》ぎ払《はら》いをかけて、
ガチン。

その光剣の柄《つか》が、ビービーのＭ１７拳銃《けんじゅう》で止められました。

金属同士がぶつかり合う、鈍《にぶ》い音がしました。

何も見えない運転手が走らせるＰＭ号の上で、レンとビービーの視線が交差します。

「はーい、次に会ったときは、敵《てき》って言ったわよね」

赤毛の下で、綺麗《きれい》な顔で楽しそうな笑顔《えがお》を作るビービーが言って、

「分かってるよ……」

レンはそう答えるしかないのでした。

ピトさんとは真逆で、この人もコエエ。

レンは思いましたが、言う余裕《よゆう》などありませんでした。

レンは右手の光剣を振《ふ》り切《き》りたいのですが、フカ次郎《じろう》も認めるビービーの馬鹿力によって、拳銃《けんじゅう》で抑《おさ》え込《こ》まれています。左腕《ひだりうで》はＰＭ号のパイプを摑《つか》んでいるので、離せません。離したら体ごと押し切られます。

しかしビービーも、柄《つか》に銃《じゅう》の底面をぶつけている以上、レンに銃口《じゅうこう》を向けられません。レンと同じく、左手は体の保持のためにＰＭ号の側面を摑《つか》んでいないといけません。

八方塞《はっぽうふさ》がり。

そんな言葉がレンの脳内に浮《う》かんで──、

発砲塞《はっぽうふさ》がり。

そんな誤変換《ごへんかん》まで思いつきました。

二人とも動けない。その考えが間違《まちが》いだと、ビービーの腕《うで》の力がレンへと教えてくれます。

レンの方が押されていました。ぐぐぐっと、拳銃《けんじゅう》に押されて光剣が下へと流されていきます。

やばいやばい。これはやばい。悪い意味でやばい。

レンの脳内で警報が鳴《な》り響《ひび》きました。このまま押しこまれたら、光剣の刃《は》がPM号を、そしてフカ次郎《じろう》を切《き》り裂《さ》いてしまいます。

しかしスイッチを切って刃《は》を消したら、その瞬間《しゅんかん》ビービーはレンへと銃口《じゅうこう》を向けて撃《う》ってくるでしょう。この距離《きより》で、それが避《さ》けられる気がしません。

どうすればいい？

どうしようもない。

そんなレンの視界に、ビービーの体の脇《わき》から、とんでもないものが見えてきました。

とんでもないもの――、

それは塔《とう》でした。

かつて自分が居座《いすわ》って酷《ひど》い目に遭《あ》った塔《とう》、と同じ外見の塔《とう》が、進む先のちょっと右側に見えているのです。

それはすなわち――、

「フカ！　この先、落ちる！」

いつの間にか、中央フィールドが終わる縁《ふち》までやって来てしまったということです。この先に、もうバリケードはありません。

レンが少し首を傾《かし》げ、ビービーもまた首を捻《ひね》って、自分達が進んでいる先を見ました。

残り20メートルほどで、この車は3000メートル下へ真っ逆さま。

「フカ！　止まって止まってこの先、崖《がけ》っ！　危険が危ない！」

そんなレンの悲鳴に、フカ次郎《じろう》は答えます。

「負けるかあああああああああああああああ！積年の、恨《うら》みを晴らすときは今だああ！」

フカ次郎《じろう》がやりたいことを理解したレンが、

「ばかやめろおおおおおおおおおおおおおおおおおおおおおお！」

恐怖《きょうふ》で絶叫《ぜっきょう》してしまいましたが、車は止まりません。残り20メートル。

次の瞬間《しゅんかん》、下から手が出てきました。

フカ次郎《じろう》の小さな手が、
むんず。

ビービーの手首を握《にぎ》って、

「ぐっ！」

強烈《きょうれつ》な握力《あくりょく》で固定しました。もうこれで、レンが手を引っ込めても撃《う》たれることはありません。

崖《がけ》まで、残り10メートル。

レンは、フカ次郎《じろう》の本当にやりたいことを理解しました。

そして、

「ありがとう、フカ……」

光剣の刃《は》をしまうと、PM号の中でジャンプをしました。

両足を内部のパイプで勢いよく蹴《け》り、レンの体が空中へと跳《と》び上《あ》がっていきます。頭で押された蓋《ふた》は上へと外れて、レンと共に空へ。レン、危機一発。

跳《と》び上《あ》がった空中で、レンは見ました。

自分の視界の向こうへと、蓋《ふた》のないPM号がさらに加速し、ビービーを摑《つか》まえたまま、去っていくのを。

そのすぐ先に崖《がけ》があって、そこへとPM号は驀進《ばくしん》して——、

ビービーは、最後まで拳銃《けんじゅう》をレンに向けようとしていました。

でも、フカ次郎《じろう》の右手は、最後までその手首を摑《つか》んでいました。

PM号の車輪が、大地から空へと飛び出すのと、レンが地面に着地するのが同時でした。

レンは崖《がけ》の3メートル手前にブーツの底をついて、

「っ!」

そのまま意図的に前へと転びました。レンは腹這《はらば》いになり、全身で大地にしがみつくようにブレーキをかけて、

「止まれぇぇええっ!」

必死の願いがガンゲイルの神様に通じたのか、レンは静止しました。

止まった時、レンの顔は崖《がけ》の外にあって、落ちていくPM号がよく見えて、

「フカーぁ！」

相棒の声を叫《さけ》んだレンの耳に、

「おいなんだ！　レン、えっ？　ちょっ！　てめえ！　一人だけ降りやがったな！　ナンデだあ！　おい！　ビービーと一緒《いっしょ》に殺せるチャンスだったのに！　オイラの1億クレジットおおおお！」

フカ次郎《じろう》の魂《たましい》の叫《さけ》び声《ごえ》が、通信アイテム越《ご》しに戻《もど》ってきました。

「え？　あ、うん、おたっしゃでー。ビービー倒《たお》せてよかったね」

レンは、そう言うしかないのでした。

そして見続けると、小さくなっていくPM号の中で、小さく鋭《するど》い光が見えます。

「てめえええ！」

フカ次郎《じろう》の叫《さけ》び声《ごえ》と、かすかな銃声《じゆうせい》が聞こえます。

つまりあの落ちていく最中に、フカ次郎《じろう》とビービーは拳銃《けんじゆう》を撃ち合《あ》っているということで、

「あー……」

最早《もはや》何も言えず、レンは伏《ふ》せて顔だけ出したまま、下を見続けていました。

もう見えなくなってからも、

「お前だけは倒《たお》す！　マジ倒《たお》す！　ここで会ったが百年目！」

フカ次郎《じろう》の叫《さけ》びは耳に届いていました。

〝百年目〟とは人の寿命《じゅみょう》の暗喩《あんゆ》で、〝ここで俺達は会った。お前は死ぬ〟位の意味だと、前に国語の授業で教わったなあと、レンは思っていました。

視線の左端《ひだりはし》でフカ次郎《じろう》のヒットポイントが全損し、×マークが付いたのは、落ち始めてからたっぷり60秒は経《た》った頃《ころ》でした。


「はあ……」

レンがゆっくりと身を引いて、座ったまま振《ふ》り返《かえ》ると、

「よう」

「やあ」

「うひっ！」

視線の先30メートルの位置に、ZEMALの生き残り二人がいました。

ヒューイとマックスが、腰《こし》に黒々としたマシンガンを保持したまま、こっちを見ています。

銃口《じゅうこう》からはバレット・ラインが伸《の》びて、自分へと刺《さ》さっていました。

すぐに撃《う》っては、きませんでした。

鶏冠頭《とさかあたま》のヒューイが、切なそうな顔で言います。

「『おのれえ！　女神様《めがみさま》の敵だ！』と言いたいし、今すぐに撃《う》ちたいのだが、ピンクの悪魔《あくま》よ――、お前は序盤《じょばん》で一度、我らがリーダーの命を、本気で助けてくれたそうだな？」

「え？　うん、まあね。成り行き上ね」

「敵とはいえ、その恩義に俺達は報《むく》いる。それはマシンガンを持つ者が、マシンガンに愛されるために果たさねばならぬ当然の使命だからだ。分かるだろう？」

　いや全然。

　レンは思いましたので、

「うん、分かるよ」

　そう言っておきました。

「だから、そこから立ち上がって、武器を手にファイティングポーズを取るまでは、撃《う》つのを待とう」

「そんだけー？」

「十分では？」

「まあ、すぐに撃《う》たなかったことは感謝してる。だって……」

「だって？」

「わたしにだって、仲間は残っているからね」

ドラグノフが2丁、同時に甲高《かんだか》い銃声《じゆうせい》を響《ひび》かせ——、
放たれた銃弾《じゆうだん》が、二人の男の頭を射貫《いぬ》いて行《い》きました。

フィールドの縁《ふち》で、一本の塔《とう》の脇《わき》で、そして、いまさっき全滅《ぜんめつ》したZEMALの、二人の男の死体の前で、

「はあ……。疲《つか》れた……」

レンはへたり込んでいました。

手から転がり落ちた光剣までもが、

「イエース！　ベリィタイアード！」

そんな言葉を盛らします。

「お疲《つか》れ、コーちゃん」

レンのネーミングセンスに淀《よど》みはありません。

そこへ、視界の右側から、堂々と歩いて来た女が三人。

「お疲《つか》れ様《さま》だ！　素晴《すば》らしい作戦だったな！」

お下げのゴリラが言って、子供が泣き出しそうな笑顔《えがお》を向けてきました。

アンナとトーマのスナイパー二人も、口元をほころばせています。

この三人を無理に殺させずに、後詰《ごづ》め——、すなわち控《ひか》えの戦力として残しておくのは、レンの作戦でした。

だから三人とは通信アイテムがずっと繋《つな》がっていて、喋《しゃべ》っていたことは全て聞こえていたのです。

「さて、どうするか。ゴースト達は適当に楽しんでいるようだが、我々には関係の無いはなしだからな」

座るレンの目の前に立ち、ボスが言いました。

「そうだね。じゃあ、尋常《じんじょう》に勝負して、決めよう。でも、条件が一つある」

「なんだ？」

「方法はなんでもいいけど、わたしとボスの一騎《いっき》打《う》ち。そして、わたしがもし勝ったら、アンナとトーマのどちらかが、わたしを撃《う》って欲《ほ》しい」

「そいつは——」

「1億クレジットを積んだ人が誰《だれ》か知らないけど、その人には、損をしてもらいたいからね！　賞金は、みんなでチームで仲良く山分け！」

「ぬう……」

お下げのゴリラが唸《うな》りました。

「もちろん、わたしだって手を抜《ぬ》かないよ！」

ピンクの悪魔《あくま》は笑顔《えがお》を作りました。

「あのう……、それ、僕も参加して、いいですか？」

そして、その男は言いました。


その男は、塔《とう》から出てきました。

ずっと隠《かく》れていた塔《とう》から。

その男は、全身にブリキのロボットおもちゃのようなプロテクターをしていました。

背中に、巨大《きよだい》なバックパックを背負っていました。

男の手が、バックパックに伸《の》びる紐《ひも》を握《にぎ》っていて――、

「ぬおわああ！」

野太い気合いと共に放たれたボスの前蹴《まえげ》りが、

「ぐげぼ！」

レンの腹部に炸裂《さくれつ》しました。

レンの小さな体が後ろへと吹《ふ》っ飛《と》んで、それはヒットポイントが三割減るダメージで、

「うわあああ！」

レンの体は、垂直の崖《がけ》の外に飛び出して、３０００メートル下へと落ちていきます。

フリーフォールの加速感を感じながら、レンはお尻《しり》を下に、足を崖向《がけむ》きに落ちていきました。

すぐ足元を、毎秒9．8メートルずつ速くなっていく崖《がけ》が上へと昇《のぼ》って行《い》きます。どんどん迫《せ》り上《あ》がってい
きます。

実際には自分が落ちているのですが、見た目的には変わりません。

その崖《がけ》の上で、オレンジの光が生まれました。

もちろんそれが何か、レンにはよく分かっています。あの自爆《じばく》チームの爆発《ばくはつ》です。

生き残っていた一人が、ずっとずっと塔《とう》の中に隠《かく》れていて、ヒョッコリやってきて自爆《じばく》した
のです。

ボスはそれに気付いて、レンを蹴飛《けと》ばして、落としたのです。レンが死なないために。

「ボス……。また助けてもらっちゃった……。ありがと……」

呟《つぶや》きながらオレンジの空を見ていたレンの視界の上に、

『CONGRATULATIONS!! WINNER LPFM!!』

の文字が負けないくらい派手に出て、ファンファーレが聞こえてきました。

オレンジの光が急に消えて、爆風《ばくふう》も轟音《ごうおん》もありませんでした。何事もなかったかのように、
城の中央は、上へと迫《せ》り上《あ》がっていきます。

「あっ、そっか……」

自爆《じばく》チームはラスト一人で、生き残りはレン達も含《ふく》めて五人だったのです。

その内の四人が今の爆発《ばくはつ》で即死《そくし》してしまったので、生き残りはレンのみ。優勝チームはＬＰＦＭ。

結局誰《だれ》も１億クレジットを手にすることなく、ＳＪ５は終了《しゅうりょう》してしまったのです。

落ちながら、レンは思います。

この落下は、いったいいつまで続くのかと。

SECT.15

第十五章　争い済んで日が暮れて

第十五章「争い済んで日が暮れて」

2026年9月20日(日曜日)

「ハロー！ レンちゃーん！ 昨日はお疲《つか》れー！」

今日もハイテンションで元気なピトフーイに迎《むか》えられて、ガッツリと抱《だ》き付《つ》かれそうになったのでレンはサッと避《よ》けました。速さなら負けない。

そこはグロッケンの酒場の一室で、時間は昼の13時15分。

昨日のSJ5の死闘《しとう》開始《かいし》からだいたい24時間後で、要するに翌日です。

「わたしが最後？ みんな、待たせてごめん」

長方形の酒場の部屋には、呼ばれたメンバーの、レン以外の全員が揃《そろ》っていました。

すなわちLPFMの五人と、SHINCの六人と。横に長いテーブルは、あと十人くらいは座れそうです。

昨日のSJ5の終了後《しゆうりようご》、落下に落下を続けたレンは75秒くらいして地面に激突《げきとつ》して死ぬことができましたが、なかなかの衝撃《しようげき》が、突然《とつぜん》に全身を襲《おそ》いました。

油断していたレンはビックリしすぎて、アミュスフィアの安全装置が働いてしまい、シャットダウン。現実に戻《もど》されてしまいました。

おまけに長時間の激闘《げきとう》の後遺症《こういしょう》か、目覚めた香蓮《かれん》はそれなりに頭痛がしました。なのでみんなにメッセージを送って、再ログインしない旨《むね》と、自分を救ってくれたボスへのお礼の言葉を送りました。

それならばと設けられたのが、本日13時30分開始の、LPFM優勝おめでとうパーティーです。

今日の明日でいきなり開催《かいさい》ですが、自分一人先にリアルに戻《もど》ってきたこともあり、出ないわけにもいきません。幸い予定もありませんでしたので。大学の勉強以外は。

レンは時間より少し早めに来たつもりでしたが、最後とは。

「遅《おく》れてないよー！」

クラレンスが、いつものイケメンハンサム顔を向けてきました。その指にはフレンチフライが握《にぎ》られていました。

「ピトさんが、お主だけ30分遅《おそ》く伝えたのだよ」

フカ次郎《じろう》は、ヘルメットを被《かぶ》らず、サラサラ金髪《きんぱつ》を全て下ろしたスタイルで、そんなことを言ってきました。このヘアスタイルだと、だいぶ印象が変わります。

「なんと」

レンは驚《おどろ》きつつ、それなら納得《なっとく》です。

「でもなんで?」

「そりゃあ、主賓《しゅひん》を待たすわけにはいかんだろう。現に、ずいぶん早く来たしな」

シャーリーが、クラレンスの脇《わき》で芋《いも》を食べながら、

「フカなんて、ついさっき来たからな」

「おいおい、それは言わない約束だろ?」

「いや、そんな約束は、してないな」

「おいおい、それも言わない約束だろ?」

「だからしてない」

レンは二人を放置して、ボスの脇《わき》へ。

座っていてもデカい体を見ながら、

「助けてくれてありがとう」

小さくぺこりと頭を下げました。

「礼なら昨日いただいているよ。でも、どういたしまして」

そしてレンはSHINCのメンバーそれぞれに、口々に礼を言われてから、テーブルの一角にちょこんと腰《こし》を下ろしました。

「はいはい、主賓《しゅひん》が座ったらパーティー開始!」

既《すで》にみんな結構飲み食いしていますが、まあそこはそれ。

エムがアイスティーを出してくれて、

「どうぞ」

レンの前に置きました。

「ありがと、エムさん。昨日はお疲《つか》れ様《さま》」

「素晴《すば》らしい闘《たたか》いだった」

「はいじゃあ！　私が音頭《おんど》！」

ピトフーイが元気に叫《さけ》んで、

「乾杯《かんぱい》の前の、ビールがぬるくなる、くだらなくて長いスピーチするね！　はい、みんなお疲《つか》れオメ！　カンパーイ！」

世界有数の短さでスピーチが終わり、乾杯《かんぱい》となりました。

レンがストローでアイスティーを啜《すす》り、

「はいパーティーは終了《しゅうりょう》！　SJ5反省会をやるよ！」

世界有数の短さでパーティーが終わり、反省会となりました。

まあ反省会と言っても、昨日のバトルを振《ふ》り返《かえ》りながら、脱線《だっせん》しながら、主に脱線《だっせん》がメインで話をするだけ。

パーティーも反省会も結局やるコトは変わらないしと、レンは気にしません。戦闘《せんとう》するよりは楽ですし、みんなと楽しい時間を過ごすのも、とても素敵《すてき》なこと。

なので、

「たまには、ピザでも頼《たの》んじゃおうかな。こっちで食べ過ぎると、リアルで食欲が減るから危険なんだけど……、今日くらいは、ちょっと減量してもいいよね」

レンが言うと、

「食べるー！」

大皿の芋《いも》を平らげたクラレンスが乗ってきました。どんだけ食べる気か。

ピトフーイが、

「いいねー！　パーティーと言えばピザ！　デカイの頼《たの》もう！　マンホールみたいなサイズのを！」

反省会では？

レンは思いましたが、もちろん言いません。

「じゃあエムよろ」

ピトフーイが注文をエムに押しつけたので、

「アンチョビアンチョビ！　パイナップルが入ってるヤツも、それとは別にね！　生地《きじ》は薄目《うすめ》で！　でも、ディープディッシュピザも、一つ頼《たの》む！　あとね、バッファローウィングあるよね？　辛《から》さは中の上で！　それと――」

さすがは宮沢賢治《みやざわけんじ》好き。注文の多いクラレンスの世話共々任せるとして、

「結局、誰《だれ》も賞金を手にすることができなかったけれど――」

レンは一番気になることを言うのです。

「あれ、誰《だれ》が懸《か》けたんだろう……？」

「ああ、そのことなら、今日最初の話題になってな、レンが来る前に答えが出てるよ」

フカ次郎《じろう》がそう言って、レンは目を丸くしました。

「ほんと？」

昨日ＳＪ５の後も、それなりに自問していた香蓮《かれん》です。その答えがあるのなら、ぜひとも知りたいです。

「ああ。我々が出した答えは一つ」

「すると？」

「〝誰《だれ》でもいい〟――、だ」

「は？」

「誰《だれ》でもいいんだよ。結局、今の状況《じょうきょう》では分からない事だから、悩《なや》んでも無駄《むだ》だってことだよ」

「…………」

なんとも納得《なっとく》できない答えですが、正答が得られないのなら、それが最良の答えなのは間違《まちが》いなく、

「じゃあ、それで」

レンは目の前に出てきたアンチョビたっぷりの巨大《きょだい》ピザに、ゆっくりと手を伸《の》ばしました。

（おわり）

あとがき特別掌編《しょうへん》

「経験値」

　GGOの赤い砂漠《さばく》の真ん中で――、
二人の小さなプレイヤーが寝《ね》っ転がっていました。

「なあ、レンよ」

「なにー、フカ」

「暇《ひま》じゃな」

「暇《ひま》だね」

「お主がそう返してくるのは、これが34回目だ」

「フカがそれだけ言ってきたからでしょ」

「惜《お》しい。ワシが言ったのは35回だ。一度、返事が無かったことがある。どうした？　〝大根抜《ぬ》き〟のコトでも考えていたか？」

「なんで？　――ねえフカ、大根抜《ぬ》きって、ほぼ北海道だけの遊びらしいよ。全国的には、知名度、全然ないらしいよ」

「ああ、知ってる。以前本土からの留学生と話をして、マジでポカンとされたからな」

「留学生言うな。まだ北海道は独立していない」

「で、考えていたか？」

「いないよ！　とにかく待機で、とっても暇《ひま》だなって思っているだけ」

「なあレンや。ホントにここ、高いレアアイテムをドロップするエネミー、出るんかいな？　お前また、タチの悪い男に騙《だま》されてないか？　カーチャン心配だよ」

「誰《だれ》がカーチャンだ。ピトさんの情報だから、たぶん間違《まちが》ってはいないよ。たぶん……」

「ならよし」

「いいのか」

「エルザ様の言う事は無条件で信じる。そして私は救われる」

「新しい宗教ヤメロ」

「エルザ様を信じぬ不埒《ふらち》な異端者《いたんしゃ》め！　この地より出て行け！」

「だからヤメロ。わたし達だって、何時までもエムさん達に頼《たよ》るわけにはいかないよ」

「ま、そうだな。まずは自分達でしっかり稼《かせ》いで――」

「そうそう」

「その上でだよな。金持ちにタカるのは」

「おい待て」

「いや待たん。オイラ達はリアルで、エルザ様にいくら貢《みつ》いでいる？」

「え？　えっと、たくさん……」

「じゃろ？　これは正当なリターンだよ」

「〝正当〟とは？」

「まあ、エネミーが出たら容赦《ようしゃ》なくぶっ殺そうぜ」

「だから、その敵が全然出ない訳だけど……」

「にしても、レンは変わったなあ」

「ん？　小さくなった？」

「なってねーよ。いや訂正《ていせい》。レンではなくコヒーは変わった。小比類巻香蓮《こひるいまきかれん》は、変わった」

「ん？　小さくなった？」

「なってねーよ。タッパのことは諦《あきら》メロン。そうじゃなくて、前よりずっとずっと、いろんなコトに積極的になった。性格も、明るくなった。お主は気付いておらんようじゃがな」

「そ、そう……？」

「以前のコヒーだったら、引っ込み思案《じあん》が服着て歩いているようなもんで、他人にガンガン絡《から》んでいくことはなかっただろ？　さすがガンゲイル・オンラインだぜ。ガンガ――」

「うーん、やっぱり、変わったのかな、わたし……？　どうなんだろ……？」

「どう見ても変わった！　つーか別人だろ！　お前は一体誰《だれ》だ！　おとなしかったコヒーを返せ！　今すぐ返せ！」

「え？　イヤだ！　返さない！」

「おのれ偽者《にせもの》め！　そこへ直れ！　成敗してくれる！」

「お？　抜《ぬ》いたな……？　当たらない拳銃《けんじゅう》を」

「この距離《きょり》なら勝負は五分五分。かかって来い！　お主を倒《たお》して、経験値の足しにしてやる！」

「ふっ、こっちも、エネミー待ちぼうけには飽《あ》いてきたところよ……。ピーちゃんが、経験という名の〝値《ち》〟を欲《ほっ》している……」

「ホント変わったな……。よし来い！　女の勝負といこうじゃねえか！」


「ねーエム、あそこでバリバリやってるの、レンちゃんとフカちゃんじゃない？」

「どうやら、そのようだな。理由は、まったく分からないが」

「二人、仲違《なかたが》いでもしたかしら？」

「その割には楽しそうだが」

「暇《ひま》だから殺し合いでも始めたかな？　〝その場所ではもうエネミーは出なくなった〟って教えてあげたいけど、まあ、しばらく放っておきましょう」

おしまい

モノクロ挿絵
グレーやトーンを
使わない感じで
今まで描いてきて
しまったので
迷彩柄とか
描くの大変です。
バトル終盤はみん
こんな表情なので
かわいい咲さん
描きました
KUROBOSHI

◉時雨沢恵一　著作リスト

「キノの旅Ⅰ～XXIII　the Beautiful World」（電撃文庫）
「学園キノ①～⑦」（同）
「アリソンⅠ～Ⅲ〈上〉〈下〉」（同）
「リリアとトレイズⅠ～Ⅵ」（同）
「メグとセロンⅠ～Ⅶ」（同）
「一つの大陸の物語〈上〉〈下〉　～アリソンとヴィルとリリアとトレイズとメグとセロンとその他～」（同）
「男子高校生で売れっ子ライトノベル作家をしているけれど、
　年下のクラスメイトで声優の女の子に首を絞められている。Ⅰ～Ⅲ」（同）
「ソードアート・オンライン　オルタナティブ　ガンゲイル・オンラインⅠ～XIII」（同）
「お茶が運ばれてくるまでに　～A Book At Cafe～」（メディアワークス文庫）
「夜が運ばれてくるまでに　～A Book in A Bed～」（同）
「答えが運ばれてくるまでに　～A Book without Answers～」（同）

本書に対するご意見、ご感想をお寄せください。

ファンレターあて先
〒102-8177　東京都千代田区富士見2-13-3
電撃文庫編集部
「時雨沢恵一先生」係
「黒星紅白先生」係

本書は書き下ろしです。

電撃文庫

ソードアート・オンライン　オルタナティブ

ガンゲイル・オンラインXIII

—フィフス・スクワッド・ジャム〈下《げ》〉—

時雨沢恵一《しぐさわけいいち》

2023年３月10日　初版発行

発行者　山下直久
発行　株式会社KADOKAWA
〒102-8177　東京都千代田区富士見2-13-3
0570-002-301（ナビダイヤル）
装丁者　荻窪裕司（META＋MANIERA）
印刷　株式会社暁印刷
製本　株式会社暁印刷

●お問い合わせ
https://www.kadokawa.co.jp/（「お問い合わせ」へお進みください）
※内容によっては、お答えできない場合があります。
※サポートは日本国内のみとさせていただきます。
※Japanese text only

※定価はカバーに表示してあります。

ISBN978-4-04-914143-6　C0193　Printed in Japan

電撃文庫　https://dengekibunko.jp/

電撃文庫創刊に際して

文庫は、我が国にとどまらず、世界の書籍の流れのなかで〝小さな巨人〟としての地位を築いてきた。古今東西の名著を、廉価で手に入りやすい形で提供してきたからこそ、人は文庫を自分の師として、また青春の想い出として、語りついできたのである。

その源を、文化的にはドイツのレクラム文庫に求めるにせよ、規模の上でイギリスのペンギンブックスに求めるにせよ、いま文庫は知識人の層の多様化に従って、ますますその意義を大きくしていると言ってよい。

文庫出版の意味するものは、激動の現代のみならず将来にわたって、大きくなることはあっても、小さくなることはないだろう。

「電撃文庫」は、そのように多様化した対象に応え、歴史に耐えうる作品を収録するのはもちろん、新しい世紀を迎えるにあたって、既成の枠をこえる新鮮で強烈なアイ・オープナーたりたい。

その特異さ故に、この存在は、かつて文庫がはじめて出版世界に登場したときと、同じ戸惑いを読書人に与えるかもしれない。

しかし、〈Changing Times,Changing Publishing〉時代は変わって、出版も変わる。時を重ねるなかで、精神の糧として、心の一隅を占めるものとして、次なる文化の担い手の若者たちに確かな評価を得られると信じて、ここに「電撃文庫」を出版する。

1993年6月10日
角川歴彦

電撃文庫DIGEST　3月の新刊

発売日2023年3月10日

第29回電撃小説大賞《金賞》受賞作

新作

ミリは猫の瞳のなかに住んでいる

著／四季大雅　イラスト／一色

猫の瞳を通じて出会った少女・ミリから告げられた未来は探偵になって『運命』を変えること。演劇部で起こる連続殺人、死者からの手紙、ミリの言葉の真相——そして嘘。過去と未来と現在が猫の瞳を通じて交錯する！

七つの魔剣が支配するXI

著／宇野朴人　イラスト／ミユキルリア

四年生への進級を控えた長期休暇、オリバーたちは故郷への帰省旅行へと出発した。船旅で旅情を味わい、絆を深め、その傍らで誰もが思う。これがキンバリーの外で穏やかに過ごす最後の時間になるかもしれないと——。

七つの魔剣が支配する Side of Fire　煉獄の記

著／宇野朴人　イラスト／ミユキルリア

オリバーたちが入学する五年前——実家で落ちこぼれと蔑まれた少年ゴッドフレイは、ダメ元で受験した名門魔法学校に思いがけず合格する。訳も分からぬまま、彼は「魔法使いの地獄」キンバリーへと足を踏み入れる——。

新作

とある暗部の少女共棲《アイテム》

著／鎌池和馬
キャラクターデザイン・イラスト／ニリツ
キャラクターデザイン／はいむらきよたか

学園都市の『暗部』に生きる四人の少女、麦野沈利、滝壺理后、フレンダ＝セイヴェルン、絹旗最愛。彼女たちがどのようにして『アイテム』となったのか、新たな『とある』シリーズが幕を開ける。

ソードアート・オンライン　オルタナティブ

ガンゲイル・オンラインXIII —フィフス・スクワッド・ジャム〈下〉—

著／時雨沢恵一　イラスト／黒星紅白　原案・監修／川原 礫

1億クレジットの賞金がレンに懸けられた第五回スクワッド・ジャム。ついに仲間と合流したレンだったが、シャーリーの凶弾によりピトフーイが命を落とす。そして最後の特殊ルールが試合にさらなる波乱を巻き起こす。

恋は双子で割り切れない5

著／髙村資本　イラスト／あるみっく

ようやく自分の割り切れない気持ちに答えを出した純。琉実と那織とのダブルデートの中でその想いを伝えた時、一つの初恋が終わり、一つの初恋が結ばれる。幼馴染として育った三人が迷いながらも選び取った関係は？

怪物中毒2

著／三河ごーすと　イラスト／美和野らぐ

《官製スラム》に解き放たれた理外の《怪物サプリ》。吸血鬼の零士と人狼の月はその行方を追う——その先に最悪の悲劇が待っていることを、彼らはまだ知らない。過剰摂取禁物のダークヒーロー譚、第二夜！

友達の後ろで君とこっそり手を繋ぐ。誰にも言えない恋をする。3

著／真代屋秀晃　イラスト／みすみ

罪悪感に苛まれながらも、純也と秘密の恋愛関係を結んでしまった夜瑠。友情と恋心が交錯し、疑心暗鬼になる新太郎と青嵐と火乃子。すべてが破局に向かおうとする中、ただ一人純也だけは元の関係に戻ろうと抗うが……

新作

わたしの百合も、営業だと思った？

著／アサクラネル　イラスト／千種みのり

最推しアイドル・かりんの「卒業」を半年も引きずる声優・すずね。そんな彼女の事務所に新人声優として現れたのは、かりん、その人だった！　売れっ子先輩声優×元アイドル後輩声優によるガールズラブコメ開幕!!

新作

魔王城、空き部屋あります！

著／仁木克人　イラスト／堀部健和

魔王と勇者と魔王城、時空の歪みによって飛ばされた先は——現代・豊洲のど真ん中！　元の世界に戻る作戦は「魔王城のマンション経営」!?　住民の豊かな暮らしのため（？）魔王が奮闘する不動産コメディ開幕！

新作

魔女のふろーらいふ

著／天乃聖樹　イラスト／今井翔太（Hellarts）
原案／岩野弘明（アカツキゲームス）

温泉が大好きな少女ゆのかが出会ったのは、記憶を失くした異世界の魔女？　記憶の手がかりを探しながら、温泉を巡りほのぼの異世界交流。これはマイペースなゆのかと、異世界の魔女サピによる、お風呂と癒しの物語。

レプリカだって、恋をする。
Even a replica falls in love
榛名丼
［イラスト］
raemz
16歳、夏。はじめての、青春。
愛川素直という少女の
身代わりとして働く
分身体《レプリカ》、それが私。
本体のために生きるのが
使命……なのに、
恋をしてしまったんだ。
海沿いの街で
巻き起こる
ちょっぴり不思議な
青春ラブストーリー。
応募総数
4,128作品の
頂点
第29回
電撃小説大賞
大賞
受賞作
電撃文庫

クセつよ異種族で行列ができる結婚相談所
~看板ネコ娘はカワイイだけじゃ務まらない~
五月雨きょうすけ ill. 猫屋敷ぷしお
見習い秘書係のネコ娘、今日も頑張っています!
第29回 電撃小説大賞受賞作
電撃文庫
特設サイトをcheck!!
STORY
訪れるのはワケあり相談者ばかり?
異種族同士の婚活って大変なんです!
ドタバタ婚活ファンタジー、はじまります!!
電撃文庫

悪徳の迷宮都市を舞台に
一人のヒモとその飼い主の生き様を描く
衝撃の異世界ノワール
第28回
電撃小説大賞
大賞
受賞作
姫騎士様のヒモ
He is a kept man for princess knight.
白金 透
Illustration
マシマサキ
姫騎士アルウィンに養われ、人々から最低のヒモ野郎と罵られる
元冒険者マシューだが、彼の本当の姿を知る者は少ない。
「お前は俺のお姫様の害になる——だから殺す」
エンタメノベルの新境地をこじ開ける、衝撃の異世界ノワール！
電撃文庫

第28回電撃小説大賞
銀賞
受賞作
愛が、二人を引き裂いた。
BRUNHILD
竜殺しのブリュンヒルド
THE DRAGONSLAYER
東崎惟子
[絵]あおあそ
最新情報は作品特設サイトをCHECK!
https://dengekibunko.jp/special/ryugoroshi_brunhild/
電撃文庫

アマルガム・ハウンド
捜査局刑事部特捜班
1
第28回 電撃小説大賞 選考委員奨励賞
電撃文庫
Special Investigation Unit, Criminal Investigatio
駒居未鳥
illust 尾崎ドミノ
少女は猟犬——
主人を守り敵を討つ。
捜査官と兵器の少女が
凶悪犯罪に挑む！
捜査官の青年・テオが出会った少女・イレブンは、
完璧に人の姿を模した兵器だった。
主人と猟犬となった二人は行動を共にし、
やがて国家を揺るがすテロリストとの戦いに身を投じていく……。
電撃文庫

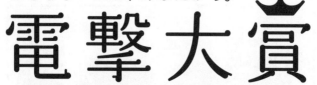